표적

표적

돈 펜들턴 지음
한국첩보문학협회 옮김

8

라스베이거스

부자나라

표적

⑧ 라스베이거스

초판1쇄 인쇄 2016년 10월 20일
초판1쇄 발행 2016년 10월 21일

지은이 돈펜들턴
옮긴이 한국첩보문학협회
펴낸이 박대용
펴낸곳 도서출판 부자나라

디자인 디자인 상상(kkt9512@hanmail.net)

주소 10882 경기도 파주시 교하읍 산남리 292-8
전화 031)957-3890, 3891, **팩스** 031)957-3889
이메일주소 zinggumdari@hanmail.net

출판등록 제406-2104-000069호
등록일자 2014년 7월 23일
ISBN 979-11-87475-06-4 04840
       979-11-953288-8-8 04840 (세트)

차 례

라스베이거스

1
초읽기

단순한 것 같으면서도 꽤나 까다로운 성가신 일이었다.

질주해 오는 두 대의 고성능 자동차를 정지시키고 적어도 10여 명은 됨직한 마피아 졸개들의 저항을 침묵시킨다. 그리고 싣고 있는 거액의 부정 도박 매상금을 탈취하여 요새에 주둔하고 있는 잔당들이 출동하기 전에 좁은 퇴로를 따라 철수한다.

그것만 하면 된다. 그러나 50초 이내에 해치우지 않으면 곤란하다.

검은색 야간 전투복을 입고 있는 키 큰 사나이는 맥 보란이었다. 〈어리석은 맥〉 〈검은 번개〉 〈킬러〉라고도 불리며 또한 미국 사회를 좀먹고 있는 어떤 특정한 집단의 내부에서는 〈똥싸개 보란!〉으로 더 잘 통하는 사나이.

그는 지금 라스베이거스와 미드 호수 사이에 끼여 있는 평평한 둔덕의 거대한 바위 틈에 몸을 숨기고 있었다.

그의 정면으로 수십 마일 떨어진 지점에는 밤새도록 반짝이는 화려한 도박 도시의 네온에 비친 서쪽 지평선이 밤하늘에 희미하게 떠올라 있었다.

조용한 밤이었다. 보이는 끝까지 황량하기 이를 데 없는 울퉁불퉁한 사막 위에 창백한 달빛이 비추어 여러 가지 기이한 그림자를 만들어 내고 있었다.

보란 자신도 그 그림자의 일부였다. 죽음과 파괴의 타협 없는 전투를 몰고 다니는 검은 옷의 그림자.

그의 배후 약 300야드 위쪽에서는 산꼭대기의 요새로 통하는 문을 경비원이 지키고 있었다. 그 요새야말로 여러 카지노에서 유출되는 비과세(非課稅) 자금의 집결지며 마피아의 비밀 집회장으로서의 기능을 다하고 있는 곳이었다. 그곳은 그들의 라스베이거스 본부와 다름없었다.

조금 전의 빈틈없는 정찰 결과, 보란은 톰슨 기관총을 휴대한 6명의 경호원이 구내를 순회하고 있는 것을 알아냈다. 이층 건물의 본관 안에도 역시 그 정도 숫자의 사내들이 걸어다니고 있었다.

정찰 도중에 헬리콥터 한 대가 구내에 착륙했다. 아마 두 명의 계리사(計理士)와 제2진의 비자금 수송을 호위했던 전투원들일 것이라고 보란은 짐작했다.

그는 공격 계획을 세우는 데 있어서 헬리콥터도 미리 계산에 넣어 두지 않으면 안 되었다. 경우에 따라서는 그것도 그에 대한 강력한 무기로 사용될 가능성이 충분히 있었기 때문이었다.

정문 옆에는 언제든지 출발할 수 있도록 만반의 준비를 갖춘 지프가 한 대 정차해 있었다. 언덕을 깎아 만든 공터에는 아무리

험한 산을 달리더라도 끄덕없을 트럭도 몇 대 주차해 있었다.

여러 가지 조건을 감안해 볼 때, 앞으로 시작될 공격은 상당한 위험을 감수해야 할 것으로 예상되었다. 게다가 시간은 50초로 제한되어 있었으며 그나마 더욱 긴박한 사태로 급변할 가능성도 계산에 넣어야 했다. 초를 다투어 공격에 착수하지 않으면 안 되었다.

보란은 다시 그의 눈 아래 펼쳐진 광경을 내려다보았다.

라스베이거스 쪽에서부터 뻗어온 한 줄기 좁은 포장 도로는 그다지 가파르지 않은 오르막길에서 우회하여 미드 호수의 레크리에이션 구역 방향으로 하강하면서 사라지고 있었다.

요새로 통하는 사도(私道)는 국도에서 급격한 커브를 그리며 갈라져서 다시 한 번 꺾이며 거의 수직에 가까운 급한 산비탈을 오르고 있었다.

보란이 기습 지점으로 선택한 곳은 비탈로 이어지기 직전의 평탄한 직선 도로였다. 그는 그 도로에서 10피트쯤 위쪽으로 벗어난 바위 그늘에 숨어 있었다. 거기에서라면, 사막 일대를 한눈에 내려다볼 수 있을 뿐만 아니라 사도가 급커브를 그리며 국도에서 갈라지는 분기점도 면밀하게 감시할 수 있기 때문이었다.

그가 노리는 표적은 처음 커브길을 다 돌아서 다음 커브에 이르기까지 100피트의 평탄한 도로로 나오게 되는데 아마 녀석들은 이어지는 가파른 비탈을 감안해서 전속력으로 돌진해올 것임에 틀림없었다.

그렇더라도 녀석들을 맞아 싸우려면 그 직선 도로가 아니면 안 되었다. 속력이 좀 떨어진 비탈을 택했다면 녀석들의 자동차가 전복하여 기슭으로 굴러 떨어져 미처 손댈 틈도 없게 되어 버릴지 모르기 때문이었다.

오늘밤 보란의 기습 목적은 25만 달러를 몽땅 탈취해서 자신의 전쟁 비용을 늘리려는 데 있었다. 결코 그것을 허사로 돌아가게 할 수는 없었다. 그러자면 자연 기습 지점은 애당초 정한 그대로가 가장 적절했다. 비록 놈들의 본거지에서 300야드밖에 떨어져 있지 않았지만 말이다.

반대로 유리한 조건도 있었다. 몸을 숨기기에 아주 알맞은 곳이기도 하려니와 우선 전망이 좋았다.

그는 1초를 다투는 퇴각에 대비하여 국도 옆에 자동차를 주차시켜 놓았다. 무기도 부족한 것은 없었다. 어깨에다 나일론 끈으로 매달고 있는 무기는 월남 전선에서 그 성능을 충분히 입증했던 자동 화기, 스토너 경기관총이었다.

원반형 탄창을 사용하는 이 기관총은 구경 5.5밀리의 탄환을 1분에 무려 1000발이나 토해 내는 고성능이었다. 탄창에는 150발이 들어 있었고 그 정도면 이번 공격에는 충분하리라고 생각되었다. 그 밖에도 보조용으로 스탠더드 콜트 아미 45도 휴대하고 있었다.

그러나 무엇보다도 최대의 파괴력을 가지고 있는 것은 바위 옆에 뉘어둔, 언뜻 보기에는 별 위력을 느끼게 하지 않는 파이버글라스로 만들어진 원통(圓筒)이었다. 겉으로는 아무 위험이 없어 보였지만 사실 그처럼 무서운 무기는 드물었다. 400미터 이내의 거리에서 사용했을 경우, 그 엄청난 파괴력은 확실히 전율할 만큼 가공스러운 것이었다.

준비는 완료되었다. 보란은 언제라도 50초의 공격을 개시할

수 있었다. 계획한 50초 이내에 공격을 끝낼 수 있기를 그는 담
담히 기도했다.

그러나 만일 50초를 초과한다면……. 어떤 운명이 기다리고
있을 것인지 그것은 그때 가서 해결할 문제였다.

공격 개시 시간은 점점 다가오고 있었다. 가파른 고갯길을 아
무렇지도 않게 올라오는 고성능 차량의 엔진 소리가 점차 다가
오고 있었다. 그것은 정찰의 결과가 정확했음을 입증해 주는 소
리였다. 현금 수송차는 어김없이 정시에 나타났다.

보란은 안전핀을 뽑고 파이버글라스 원통을 길게 늘였다. 조
준경을 확인한 다음 그것을 어깨에 멨다.

그가 포구(砲口)를 차도로 돌렸을 때 리무진을 앞세운 캐딜락
이 창백한 달빛을 받으면서 홀연히 그 모습을 드러냈다.

두 대의 자동차는 정확히 리무진 한 대의 간격을 두고 달려오
고 있었다. 휘황한 헤드라이트의 불빛이 사격권내에 들어온 것
을 확인한 다음, 보란은 턱을 바짝 끌어당겼다.

그는 눈을 차가운 조준경에다 밀어붙이고 초점을 처음에 나타
난 두 개의 헤드라이트 한가운데 맞추었다. 깊이 들이마신 숨을
천천히 내뱉으면서 보란은 담담한 마음으로 원통 상부에 달린
발사 레버를 당겼다. 슈슛 하는 소리와 함께 불꽃의 긴 꼬리를
그으며 탄이 날아갔다.

작은 미사일과도 같은 탄은 표적을 파고들어 엔진 깊숙이 틀
어박혔다. 순간 귀가 멀어 버릴 듯한 폭음이 밤의 정적을 깨뜨렸
다. 리무진은 불기둥에 휩싸여 공중으로 크게 튀어오를 듯이 보
였다. 그러나 아슬아슬하게 옆으로 미끄러졌을 뿐 넘어지지는
않았다. 차량은 치명상을 입고 무릎을 꿇은 거대한 짐승처럼 도

로를 막으면서 정지했다. 엔진 뚜껑이 날아오르며 시뻘건 화염이 치솟았다.

뒤따라오던 자동차의 반응은 의외로 재빨랐다. 급정거하여 불길을 피하는 것과 동시에 후퇴를 시작하면서 양쪽 창문으로는 톰슨 기관총을 내밀어 보란이 엎드려 있던 바위 그늘을 향해 총알을 퍼부어 댔다.

그러나 보란은 이미 그 자리를 뜨고 없었다. 그는 스토너 경기관총을 안고 제2의 사격을 가할 기회를 노리며 튀어나온 바위 그늘을 따라 전력으로 이동하고 있었다. 그는 달리면서 후진중인 캐딜락의 앞유리에 제2탄을 쏘았다. 캐딜락은 갑자기 급선회하더니 뒤꽁무니를 산허리에 들이박으며 정지했다.

곧 이어 톰슨 기관총을 안은 한 사내가 튀어나와 한 바퀴 구르고는, 돌진해 오는 스킨슈트의 사나이를 향해 총구를 들이대었다. 그 사내는 필사적으로 기관총을 쏘아 대며 보란을 저지하려 했으나 그것은 헛일이었다. 다음 순간 그는 보란의 일격을 맞고 태엽 풀린 인형처럼 비틀거리다가 차도 중앙에 널브러지고 말았다.

다른 한 자루의 톰슨 기관총은 주저앉은 차체를 방패삼아 맹렬한 반격을 시도하고 있었다. 그러나 그것도 잠깐이었다. 1분 안에 1000발 이상이 발사되는 스토너 경기관총의 탄환 세례를 받은 자동차는 유리창이 산산조각으로 깨어지며 흩어지는 소리에 겹쳐 단말마의 비명이 어둠을 흔들어 놓았다.

보란은 머릿속으로 수를 헤아리고 있었다. 시체의 수가 아니라 초(秒)의 경과를. 기습을 개시한 뒤 꼭 20을 세었을 때, 산꼭대기의 요새에서 사이렌이 울기 시작했다. 예상과 1초의 오차도 없었다. 만사가 순조로웠다.

두 번째 캐딜락은 무자비한 총격을 받아 두 명이 즉사했는데도 용케 불이 붙지 않았다. 뒷좌석에는 현금이 들어 있는 가방을 끌어안고 신음하는 사내가 하나 있었다.

보란은 그 사내에게서 가방을 뺏고 권총도 빼앗았다. 그 대신 저격수 메달을 쥐어준 다음, 가방을 땅바닥에 팽개쳤다.

「얼굴을 바닥에 처박아! 만일 밖을 내다보았다가는 네 생명은 보장받을 수 없어!」

보란은 중상을 입은 생존자에게 냉랭하게 명령했다. 상대는 시키는 대로 순순히 따랐다. 보란은 다른 쪽의 사태를 파악하기 위해 몸을 돌렸다.

온몸에 불이 붙은 사내가 자동차 밖으로 비틀거리며 튀어나오는 참이었다. 보란은 한 걸음 앞으로 나서며 인간 횃불이 된 사내에게 재빨리 자비의 탄환을 퍼부었다. 사내의 영혼이 불에 그을린 채 길가에 쓰러져 뒹구는 비참한 고깃덩어리에서 순식간에 해방되어 하늘로 올라갔다.

뒷좌석의 문이 꽝 하고 열린 것은 바로 그때였다. 시커먼 물체 하나가 자동차 밖으로 기어나와 괴로운 듯 몸부림을 쳤다. 전신이 피범벅이 된 그 사내의 두 손은 뒤로 묶여 있었고 불붙은 로프가 한쪽 발에 달라붙어 바지 가랑이로 타들어 가고 있었다. 사내는 그것을 비벼 끄려고 온몸을 마구 뒤틀었다.

보란은 급히 그 사내에게로 뛰어갔다. 불붙은 옷을 얼른 찢어버리고는 곧 사내의 등 뒤로 돌아 파괴된 자동차 안으로 고개를 디밀고 재빨리 내부를 훑어보았다.

앞좌석에 탔던 두 사내 중 한 사내는 머리와 한쪽 어깨가 날아갔으며 다른 한 사내는 가슴 부분에 커다란 구멍이 뚫려 있었다. 게다가 두 주검은 맹렬한 화염에 숯처럼 새카맣게 그을려 있어서 사람이라는 것을 식별하기 거의 힘들었다. 역시 두 명의 시체가 널브러져 있는 뒷좌석의 풍경도 마찬가지였다.

차의 엔진 쪽에서 치솟아오르는 불길로 보아 언제 연료 탱크가 폭발할지 모를 일이었다. 보란은 현금이 들어 있는 뜨거운 케이스를 들고 재빨리 퇴각했다.

손이 뒤로 묶인 사내는 고통의 신음을 내면서 무릎으로 기어서 필사적으로 불타고 있는 자동차에서 멀어지려고 애를 쓰고 있었다.

30초. 초읽기는 여전히 이상없었다. 계획된 그대로였다. 요새에선 소란이 일고 있었다. 그들끼리 뭐라고 외쳐 대는 소리가 바람을 타고 들려 왔다. 나직이 기침하는 소리 같은, 자동차에 시동이 걸리는 소리도 들렸다. 지프인 것 같았다.

보란이 두 손이 묶인 사내의 옷깃을 움켜 잡아 도로 끝까지 끌고 온 순간 캐딜락이 굉음과 함께 조명탄과도 같은 불덩어리를 하늘 높이 쏘아올렸다.

「빌어먹을! 이대로 어물거리다간…….」

보란은 현금 케이스를 확보하기 위해 바쁘게 뛰어다녔다.

40초. 험한 비탈을 급속히 질주하는 지프의 요란한 엔진 소리가 점차 다가들었다. 그러나 보란은 밤의 어둠 속으로 잠적할 수 있었다. 자동차의 잔해를 태우는 불꽃이 넘실거리며 지옥 같은 기습 현장을 살풍경하게 비추었다.

마지막으로 현장을 점검하던 보란의 눈이 중상을 입고 쓰러져 있는 사내의 시선과 맞부딪쳤다. 사내의 눈동자는 말없이 애원을 담고 있었다. 순간적으로 보란은 망설였다.

「함께 가고 싶은가?」

「당신이 허락한다면…….」

사내는 매우 분한 듯한 목쉰 음성으로 덧붙였다.

「어차피 놈들은 나를 땅속에 묻어 버리기 위해 끌고온 거야.」

그는 심한 상처를 입고 있음에 분명했다. 이런 귀찮은 일에 말려들 시간적 여유는 보란의 계획에 없었다. 보란은 잠시 혼란을 느꼈다.

보란은 전방의 커브길을 흘긋 바라보고 나서 사내에게로 다시한 번 시선을 돌렸다. 그리고 그는 곧 초읽기를 그만두었다. 50초 경과. 더 이상 초읽기에 얽매인다 해도 별 의미가 없었다.

보란은 마음을 정하고 그 사내 곁에 현금 케이스를 내려놓은 다음 천천히 도로를 향해 다가갔다. 지프가 나타날 무렵이 되었다고 생각했기 때문이었다.

그는 스토너 기관총의 방아쇠를 당겨 보았다. 그러나 원반형 탄창은 비어 있었다.

이번에는 묵직한 콜트 45구경의 정확한 명중성과 뛰어난 파괴력에 의존하기로 했다. 보란은 그것을 쥐고 똑바로 팔을 뻗어 지프가 나타날 지점을 어림하여 조준했다.

마침내 표적이 그 모습을 드러냈다. 도로가 꺾이는 지점에 다다른 지프는 속도를 조금도 늦추지 않은 채 90도 회전하여 성난 코뿔소처럼 돌진해 왔다. 앞좌석에 둘, 뒷좌석에 둘 해서 모두 네 명이 타고 있었다. 뒷자리의 두 명은 익숙한 몸짓으로 톰슨 기관총의 총구를 차창 밖으로 내민 채 난폭하게 커브를 그리는 차체에서 떨어지지 않으려고 몸을 버티고 있었다.

그러한 정경을 뇌리에 새기면서 보란은 연속으로 방아쇠를 당기기 시작했다. 결과는 한 장의 스틸 사진을 보는 것처럼 눈앞에 전개되었다.

그르렁 소리를 내며 날아간 탄환의 포물선이 사라진 뒤에 솟구쳐 오르는 불꽃과 쓰러지는 살덩어리가 나타나고 핸들을 잡고 있던 운전사의 굳어신 얼굴에 이어 그 손이 갑자기 힘을 잃고 치지는 것을 보란은 놓치지 않고 보았다.

핸들은 거의 저항이 없는 위치로 역회전했다. 맹렬한 스피드의 여파로 차체는 계속 치달려 언덕에 부딪치고는 높다랗게 공중으로 솟아올라 시체와 바퀴를 사방으로 흩뿌리며 어두운 허공 속으로 가라앉아 버렸다.

지프가 벼랑 아래로 추락하는 모습은 보이지 않았다. 그러나 굴러 떨어지는 소리는 생생히 들려 왔다.

보란은 불붙은 지프가 산허리를 처박고 굴러 떨어져 내리는 광경을 뇌리에 선명하게 그리면서 콜트 45구경을 홀스터에 집어넣었다. 그리고는 빠른 걸음으로 상처 입은 사내에게로 돌아갔다. 그는 사내의 손목에서 로프를 잘라 내며 말했다.

「빨리 여기를 뜨는 게 좋아.」

「도저히 걸을 수가 없을 것 같아.」

사내는 신음 소리를 내며 간신히 대꾸했다.

「다리가 부러졌나?」

무뚝뚝하게 묻는 보란에게 사내는 고개를 흔들어 보였다.

「아니, 부러지진 않았지만 힘이 없어. 빌어먹을! 전혀 힘이 들어가질 않는단 말이야.」

「무리해서라도 걷겠나, 아니면 차라리 죽어 버리겠나!」

보란은 툭 쏘아붙이고는 현금 케이스를 양손에 들고 지프가 사라져간 벼랑 쪽으로 한 걸음 내디뎠다.

「안심하게. 여기서부터는 쭉 내리막길이니까.」

보란은 덧붙여 말하고는 사내가 따라오고 있나를 확인하기 위해 뒤돌아보았다. 틀림없이 사내는 따라 내려오고 있었다. 그러나 그것은 보기에도 불안한 걸음이었다. 이제 겨우 걷기 시작한 어린애의 걸음걸이와 흡사했다.

보란은 얼굴을 찌푸렸다. 그는 케이스 한 개를 벼랑 아래로 집어 던지고 한 손으로 사내의 몸을 부축하여 안았다.

「내 목에 팔을 두르게. 자, 정신을 차리라구. 기운을 내는 거야.」

부상을 당한 사내는 억지로 미소를 지어 보이며 말했다.

「오래간만이구먼. 이렇게 함께 도망치는 것도.」

사내는 보란에게 몸을 맡겨 왔다. 그리고 다시 헐떡이면서 말했다.

「내가 누군지 못 알아보는 모양이지?」

「흙덩이야.」

험한 비탈길을 앞으로 쓰러질 듯하면서 내려가기 시작했을 때 사내는 힘없이 되물었다.

「뭐라구?」

「당신도 나도 흙덩이가 되어 버릴 뿐이라고 말했어. 몇 초 안에 이곳을 벗어나지 않는다면 말야. 그러니 헛소릴랑 그만두고 젖먹던 시절의 힘이라도 내는 편이 좋을 거야.」

「그렇다고 흙덩이일 수야 있나?」

사내는 가냘픈 목소리로 말을 이었다.

「라이온스야. 내 이름은 칼 라이온스란 말이야, 보란.」

순간 검은 전투복의 맥 보란은 놀라움을 금치 못했다. 그는 짤막하게 신음을 내뱉으며 단 한 개 남은 현금 케이스까지도 내동댕이치고는 축 늘어진 사내를 잽싸게 어깨에 둘러메었다.

아무래도 하늘에 계시는 어떤 분이 납이 든 가짜 주사위를 흔들어 그의 앞길에 초를 치려는 모양이었다.

원래 이 황량한 언덕에 오게 된 것은 거의 바닥이 난 그의 전쟁 비용을 보충하기 위한 목적 때문이었다. 기습 작전은 예정과 1초도 어긋나지 않고 진행되었으며 완벽한 성공을 거두었다. 그런데 엉뚱한 개입자 때문에 자신의 전쟁 비용으로 확보한 마피아 놈들의 자금이 허공에 붕뜨건 말건 아무래도 좋게 되어 버린 것이었다.

그 대신 보란은 목숨이 간신히 붙어 있는 경찰을 짊어지고 후퇴하려고 서두르고 있을 뿐이었다. 그러나 후회란 있을 수 없었다. 비록 가짜 주사위가 위태롭게 흔들렸다 하더라도 50초만의 한판 승리에는 아무런 변함이 없었으므로.

맥 보란은 민첩하게 이동하기 시작했다.

2
캘리포니아 회전 목마

지난 20년 동안 조 더 몬스터 스탄노는 누구도 손댈 수 없는 거칠고 사나운 사내라는 인상을 주위에 심어 놓는 데 성공했다.

무엇보다도 우선 그런 이미지에 어울리는 신체 조건을 갖추고 있다는 점이 큰 도움이 되었다. 짤막한 다리로 지탱하고 있는 거구는 고릴라를 연상케 했으며 늠름한 가슴과 떡 벌어진 어깨의 위용은 24시간 내내 이맛살을 찌푸리고 있는 면상에 의해 한층 더 무서운 효과를 빚어 냈다.

그뿐 아니라 잔학하고 병적일 정도의 살인 기호를 가지고 있다는 평판까지 얻어낸 그는 공갈과 폭력 위에 구축된 조직내에서도 높은 지위와 실권을 확보할 수 있었다.

젊은 시절의 스탄노는 곤봉이나 브래스너클(격투할 때 손가락 관절에 끼우는 금속 조각)과 같은 야비한 흉기를 사용하는 치사한 건달에 지나지 않았다.

당시는 주로 브루클린 주변의 고리 대금업자나 암상인(暗商人)에게 고용되어 못된 짓을 해왔으나 클리블랜드로 진출해서부터 살인 청부업자에게 보디가드로, 보디가드에서 보스로, 연신 출세의 계단을 뛰어올랐다.

그러다가 1960년대 초기, 오하이오에서 열린 한 재판정에서 그가 살인 16건과 살인 모의 23건 외에도 헤아릴 수 없을 정도의 강탈, 구타 사건과 관련되었다는 증거 자료가 제시되는 사태가 발생했다. 은밀한 압력에 의해 대배심원이 그에게 유죄 선고를 내리지는 않았지만, 그 직후 갑자기 스탄노는 종적을 감추어 버리고 말았다.

그런 얼마 뒤, 라스베이거스에 나타난 조 더 몬스터 스탄노의 명함에는 라스베이거스에서 가장 호화로운 새 호텔, 골드 더스터의 보안 주임이란 직책이 선명하게 박혀 있었다.

그의 행적에 관심을 가진 FBI가 수집한 정보에 의하면, 라스베이거스에서 그의 주된 임무는 가문 간의 조정자 역할을 하는 데 있는 것 같았으며 그 직책은 각 가문의 보스들로 이루어지는 전국적 평의기관 〈라 코미쇼네〉가 정식으로 인정한 것이었다.

각 가문은 라스베이거스를 개방 도시로 간주하고 있었다. 그것은 라스베이거스에서의 권익은 어떠한 특정한 가문에 의해 독점되지 않고 모든 가문에게 평등하게 개방되어 있다는 사실을 의미했다.

그러므로 스탄노의 지위야말로 중요한 것이라 할 수 있었다. 적대 관계에 있는 가문끼리의 이익 추구가 호혜 정신에 입각하여 평화적으로 행해지도록 조정하는 것이 바로 그의 임무였기 때문이었다.

한마디로 말하자면 스탄노는 라 코미쇼네의 현지 대표자이며 네바다 주 전체에 있어서의 각 가문들의 활동 감사역(監査役)이었다.

조 더 몬스터 스탄노가 그 지위에 적합치 않다고 불평을 터뜨리는 조직원은 아마 없을 것이다. 실제로 어떤 가문의 집회에서도 그가 얼굴을 내미는 것만으로 분쟁은 충분히 해결되었다. 본능적으로 일어나는 투쟁욕마저 스탄노 앞에선 봄날에 내린 눈처럼 순식간에 녹아 버리곤 했다.

근래에 와서는 어디에선가 집안끼리의 분쟁이 시작되면 중개자는 반드시 〈기어이 우겨 보겠다면 조 더 몬스터 스탄노를 데려올 수밖에! 그래도 괜찮겠나?〉 하고 농담을 섞어 가며 공갈을 치는 것이 관례로 되어 버렸을 정도였다.

그것은 근거 없는 소리가 아니었다. 각 가문에서 상당히 높은 지위에 있는 간부조차도 스탄노가 한 번만 노려보면 그만 아랫도리에 맥이 빠져서 비실거리는 경우가 왕왕 있었기 때문이었다.

그러나 지금 조 스탄노는 참극의 현장에 서서 무참한 살육이 감행된 바위터를 멍하니 바라보고 있을 수밖에 없었다. 그런 그의 눈동자에선 암연한 실망의 기색과 차가운 증오가 교차되며 번득였다.

그와 함께 산꼭대기의 요새에서 달려온 몇 명 안 되는 경비원은 쇼트건과 톰슨 기관총을 손에 들고 바쁘게 주위를 수색하고 있었다.

그들은 참극의 상황을 해명해줄 단서를 찾기 위해 시체의 수를 헤아리기도 하고 신원을 확인하기도 했다. 아직 연기가 솟아

오르는 새까맣게 그을린 자동차를 조사하고 있던 경비원 조장이
소리쳤다.

「역시 돈을 목적으로 저지른 짓입니다, 조. 케이스가 하나도
없다니까요. 불연소성 케이스였는데 송두리째 사라져 버렸으니
…….」

「그 짧은 시간 동안에 어디로 써셨다는 거야?」

스탄노는 고함을 질렀다.

「그거야 저로서도 알 수 없는 노릇입니다. 여하튼 대단한 공격
을 가해 왔다는 건 확실합니다. 이렇게 지독하게 당한 꼴은 처음
봅니다.」

「좌우간 전원 점호를 해봐! 한 사람도 빠짐없이 자기 행동을
해명하도록! 손톱만큼이라도 미심쩍은 구석이 있으면 안돼. 철
저히 하란 말야!」

스탄노의 얼굴은 그 어느 때보다도 험악했다.

「그렇다면 우리들 가운데 누가 의심스럽다고 생각하시는 겁니
까?」

「시끄러워! 내가 뭣을 어떻게 생각하고 있건 자넨 알 바 아니
야! 도대체 조지 파라초와 그 부하는 어딜 간 거야. 이런 중대
사건이 발생한 판국에 녀석들이 연기처럼 증발해 버렸다는 게
아무래도 이상하단 말이야. 혹시……?」

「찾았습니다.」

스탄노의 등 뒤쪽 어둠 속에서 누군가가 소리를 질렀다.

「조지의 지프가 묵사발이 되어 있습니다.」

스탄노는 소리가 나는 방향으로 손가락질하며 조장에게 명령
했다.

「조사를 해봐!」

조장은 세 명의 부하를 골라 함께 벼랑 아래로 사라졌다. 이어 다른 사내가 달려와서 스탄노에게 보고했다.

「애석합니다만…… 스탄노 씨, 지금 막 티케츠가 숨을 거두었습니다.」

「그래서 아무 것도 듣지 못했단 말인가?」

스탄노가 거칠게 묻자 사내는 고개를 끄덕였다.

「녀석은 아무 말도 하지 않았습니다. 단지 손에 이게…….」

금속으로 된 작은 물체를 스탄노에게 건네 주고 나서 사내는 공손히 한 걸음 뒤로 물러섰다.

창백한 달빛 아래서 스탄노는 손바닥에 얹힌 물체를 관찰하려고 눈을 가늘게 떴다.

「뭐야, 이건?」

「그건…… 저격수 메달인가 뭔가 하는 것입니다. 습격을 한 놈은 보란임에 틀림없습니다.」

「뭐, 보란?」

스탄노는 분노로 몸을 떨면서 소리 질렀다.

그러자 충실한 보고자는 어리둥절하여 침을 꿀꺽 삼키며 다시 한 걸음 뒤로 물러섰다.

자기에게 불똥이 튈까 두려워하며 사내는 더듬더듬 설명을 늘어놓았다.

「그렇게밖에 생각할 수 없습니다. 녀석은 언제나 이 메달을 명함 대신 두고 갑니다. 항상 그랬습니다. 저…… 언젠가 마이애미에 있었을 때도…….」

「그만, 됐어!」

스탄노는 상처난 짐승처럼 사납게 으르렁거렸다. 그러더니 분을 이기지 못해서 느닷없이 앞에 서 있던 부하를 확 밀어뜨리면서 격분한 걸음으로 수라장이 된 현장으로 뛰어들어 직접 시찰을 개시했다.

현금 호송차의 잔해 사이를 미친 듯이 왔다갔다 하는 스탄노를 다른 부하들은 멀찍이 서서 지켜보았다.

「조심해. 조는 화가 머리끝까지 치밀었어.」

누군가가 작은 목소리로 주의를 주었다.

그러는 동안에 벼랑 아래를 조사하고 있던 조장이 두 명의 부하를 거느리고 나타났다. 그는 심상치 않다는 듯이 무뚝뚝한 표정으로 길을 가로질러 불길한 결과를 보스에게 보고하러 갔다.

거대한 어깨를 초조하게 흔들면서 보고를 듣던 스탄노는 정글의 원숭이처럼 갑자기 고개를 번쩍 들더니 큰 소리로 부하들에게 명령을 내렸다.

「좋아, 철수다! 전원 본부로 돌아가도록!」

스탄노 자신도 달아나다시피 참극의 현장에서 발길을 돌려 잰걸음으로 도로에 주차해둔 자동차로 향했다.

「이 부근에서 어정거리지 말고 곧 철수해! 빨리 자동차의 잔해를 정리하고 시체를 본부까지 운반하는 거야.」

스탄노는 차 안으로 몸을 디밀다가 말고 다시 돌아보았다. 그의 손가락은 조장을 향하고 있었다.

「무선 연락을 해서 헬리콥터를 다시 불러. 벌써 사라져 버렸는지도 모르지만 아직 놈이 부근에 숨어서 재차 기습할 기회를 노리고 있을지도 모른다. 여하간 전원 본부로 후퇴하는 것이 상책이다. 정신을 차려서 시작해!」

정신을 차려서 시작한다는 말은 최고의 방비 태세를 가다듬기 위해 철수한다는 것을 의미했다.

조 더 몬스터 스탄노는 멧돼지처럼 앞뒤 분별 없이 돌진만 하면서 이 세계에서 20년간이나 살아 남은 것은 아니었다. 때로는 무기를 거두고 참호 속에 틀어박히는 방법도 조 더 몬스터 스탄노는 터득하고 있었다.

그날밤 그 참혹한 현장에서 스탄노의 부하들은 잠깐 동안이나마 보스의 떡 벌어진 어깨 위에 얹혀 있는 얼굴에 일찍이 볼 수 없었던 표정이 떠오른 걸 볼 수 있었다. 그것은 공포와 불안에 떠는, 가장 나약한 인간의 표정이었다. 어쩌면 조 스탄노 역시 불가해한 사물 일반에게는 본능적으로 경의를 갖는 일개 리얼리스트에 지나지 않는지도 몰랐다.

그러나 어쨌든 간에 확실한 것이 하나 있었다. 그것은 아무리 조 스탄노와 같은 저돌적인 사내라 할지라도 〈바보 맥〉과는 섣부르게 대항하지 않는다는 점이었다.

라 코미쇼네에서의 직속 상관, 텔리페론 형제도 맥 보란에 관한 특별 경계 경보를 전국에 지시하고 있는 형편이었다. 보란과 접촉을 가진 조직원은 어떤 일이 있어도 먼저 텔리페론 형제에게 통보하게끔 되어 있었다. 스탄노도 그 명령에 복종해야 할 처지에 있었다. 괴물 비슷하게 생겨 먹은 스탄노에게도 그 조치는 극히 합당한 것처럼 생각되었다.

칼 라이온스가 맨 처음 보란과 만나게 된 것은 보란이 로스앤젤레스에 본거지를 둔 줄리앙 디조르쥬 가문을 공격할 때였다.

당시 칼 라이온스 형사는 보란을 체포하기 위해 특별히 편성

된, 〈불치의 죄인〉이라는 암호명을 가진 특수 수사대에 배속되어 있었다. 두 사람은 보란이 시작한 공격이 가장 치열하게 진행되는 도중에 딱 마주쳤다. 그때 그들은 언제든지 발사할 수 있도록 장전된 무기를 들이대면서 뚫어지게 서로의 얼굴을 노려보았다.

그 대결이 있기 몇 시간 전, 로스앤젤레스의 고가 도로를 무대로 벌어진 전속력의 추격전에서 라이온스는 보기좋게 보란의 술책에 걸려든 바 있었다. 그래서 라이온스는 어떻게 해서든지 그 삼엄한 포위망을 민첩하게 빠져 나가는 검은 옷의 사내와 다시 한 번 대결하고 싶었다. 라이온스는 설욕의 결의에 불타고 있었던 것이다.

그런데 막상 소원했던 대결의 기회가 찾아온 순간, 앞길이 유망한 민완 형사는 얼어붙은 듯 우두커니 서 있을 수밖에 없었다.

「당신하고는 싸우고 싶지 않아.」

대담 무쌍한 공격의 명수답게 태연히 얘기하고는 등을 돌려 조용히 사라져 가는 모습을 라이온스는 그저 멍청하게 지켜보아야만 했다.

라이온스 형사에게는 두고두고 이를 갈 일이었다. 로스앤젤레스의 모든 경찰이 혈안이 되어 찾고 있는 사내가 자신의 눈앞에서 태연히 사라지는 것을 하릴없이 바라보고만 있었다는 사실에 거듭 가슴을 쳤다.

그날 이후로 라이온스는, 본의는 아니었지만, 미국 전역을 뒤엎어 놓은 맥 보란과 기묘한 인연을 맺게 되었다. 미묘한 우정의 덕분도 있어 보란은 남캘리포니아의 마피아 소탕전에서 위대한 승리를 거둘 수가 있었다. 보란이 그 치열했던 싸움터에서 살아 남을 수 있었던 것도 라이온스의 원조가 있었기 때문이었다.

보통의 사람이라도 그런 종류의 은혜를 무시해 버릴 수 없을 것이었다. 하물며 맥 보란과 같은 사내가 어찌 그 신세를 잊을 수 있겠는가.

보란은 라이온스를 전투용 왜건이라고 부를 만한 포드 이코노라인 밴의 뒷공간에 마련한 임시 침대에 내려놓았다. 그 왜건은 시카고 전투에 즈음해서 구입한 것에 보란 자신의 독자적인 장비를 부설한 것으로서 국도를 벗어난 지점의 좁은 계곡에다 주차시켜 놓았었다.

침대에 늘어져 있던 라이온스는 의식이 돌아오는지 맥없이 허우적거리기 시작했다.

「얌전히 누워 있어요, 형사 나으리!」

「여긴…… 어딘가?」

라이온스는 보란이 시키는 대로 얌전히 드러누웠다. 그리고는 확인하려는 듯 사방을 두리번거리며 물었다.

「당신은, 보란이지?」

자동차 안은 캄캄해서 아무 것도 보이지 않았다. 보란은 대답 대신 라이온스의 상처를 손으로 더듬어 찾으면서 나지막하게 물었다.

「어딜 당했나?」

「머리카락 끝에서 발톱끝까지.」

라이온스의 목소리는 모기 소리만 했다. 그는 쥐어짜서 간신히 꺼져 가는 음성으로 덧붙여 말했다.

「하루 종일 들볶였어.」

「상처를 살펴봐선 그 친구들, 상당히 조심스럽게 다룬 것 같은

데……. 만져 보아선 아무 데도 상처가 없어.」

「으음…… 내장이 어떻게 된 것 같아. 만일 내가 지탱하지 못하면, 보란…….」

「기다려, 칼. 몹시 괴로운가?」

보란은 가슴속이 답답해지는 것 같았다.

「이아, 보란.」

라이온스는 다시 신음 소리를 냈다.

그러나 보란이 본 바로는 라이온스의 상처는 기껏 머리에 입은 피부 파열 정도였다.

「형사 나으리, 당신이 뒤집어쓰고 있는 것은 마피아 녀석들의 피가 아닌가? 이 정도 상처로 그렇게 거창하게 출혈할 리가 없단 말이야.」

라이온스는 좀더 크게 신음을 토해 냈다.

「그런 것 같군. 사방 팔방에서 피를 뒤집어썼으니 말야. 빌어먹을! 그런데 대체 어찌된 공격이었나?」

그는 또다시 앓는 소리를 내며 고통스럽다는 듯 온몸을 비틀었다.

「들어 보게, 보란.」

라이온스는 안간힘을 썼다.

「난 오트리라는 가명으로 조직에 스며들었어. 제임스 오트리야. 지금은 네바다 경찰 당국의 지시로 움직이고 있지. 어떤 일이 있어도 절대 내 정체는 폭로하지 말게. 알겠지. 보란? 절대로 …….」

「걱정하지 말라니까.」

보란은 그의 애원을 가볍게 대꾸하고 이어 말했다.

「그렇게 간단히 죽지는 않아, 칼. 무기를 쥘 정도의 기력은 낼
수 있겠나?」

「그 정도는 할 수 있어. 그보다 여긴 어디쯤이지?」

「놈들의 요새에서 1마일도 안 떨어진 곳이야. 빨리 철수하지
않으면 안돼. 녀석들이 헬리콥터를 날려 보내지만 않는다면 무
사히 탈출할 수 있어.」

「부탁이야…… 만약 위험한 지경에 이르게 된다면 카슨 시의
피트 오브라이언에게 연락해 주게. 난 아직 입을 열지 않았으니
까 내 선에서 잠입 계획이 폭로될 걱정은 없다고……. 부탁하네,
보란.」

「알았네. 꼭 그렇게 전해 주지.」

보란은 굳게 약속했다.

「혹시 내장 출혈이 있는 건 아닐까?」

보란은 걱정스럽게 덧붙여 물었다. 라이온스는 힘없이 고개를
끄덕였다.

「그런 느낌이야……. 보란…… 피트에게 〈캘리포니아 회전 목
마〉의 비밀을 포착했다고 말해 주게. 잊어선 안 돼. 〈캘리포니아
회전 목마〉야.」

「좋아. 카슨 시의 피트 오브라이언에게 〈캘리포니아 회전 목
마〉라고 전달한다. 걱정 마, 칼.」

보란은 물통의 마개를 비틀고 형사를 안아 일으킨 다음 물통
의 주둥이를 입술에 갖다 대었다.

「머금기만 해. 입 안을 헹구고 도로 뱉어 내라구.」

라이온스는 어린애처럼 시키는 대로 따랐다. 얼마쯤 있다가
그는 다시 입을 열었다.

「조금…… 기분이 나아진 것 같아.」

보란은 새 클립을 장전한 콜트 45구경을 라이온스의 손에 쥐어 주었다.

「언제든지 쏠 수 있어.」

주의를 준 다음 보란은 다시 말했다.

「그럼 난 잎자리로 돌아가겠네. 어쩌면 또 사격전이 벌어질지도 몰라. 그러나 〈양키 두들〉을 휘파람으로 부는 녀석에게 총알을 퍼부으면 곤란해. 그건 바로 나니까.」

라이온스는 힘없이 웃었다.

「당신은 언제나 앞일을 생각하고 있군.」

「당연하지. 저 세상으로 갈 때까지는 말야.」

보란은 급히 앞좌석으로 돌아가 자동차를 출발시켰다. 저 바위산에 널브러져 있는 쓸모없는 시체를 전부 합친다 해도 이 용감한 형사의 손가락 하나만도 못하리라.

보란의 가슴속에서 신뢰와 우정, 그리고 안타까움이 어우러져 피어올랐다.

보란은 애당초 샌프란시스코를 향해 가고 있던 중이었다. 그가 부패한 저 도박 도시에 들르게 된 것은 카지노의 불법 수탈 행위에 얼마 정도라도 타격을 가한 다음 거의 바닥이 난 전쟁 비용을 보충하려는 의도에서였다.

그러나 막상 부딪치고 보니 아무래도 라스베이거스의 휘황한 네온의 그늘에서는 단순히 카지노의 이익금을 슬쩍 가로채는 것 이상의 흉악한 범죄가 자라고 있는 것 같았다.

보란은 칼 라이온스를 신뢰할 수 있는 사람의 손에 맡기는 대로 라스베이거스를 가리고 있는 현란한 커튼을 걷어 젖히고 그

배후를 들여다보리라고 작정했다.

그렇다. 주사위는 이미 손을 떠났다. 그것도 상당히 높은 곳에서……

보란은 본능의 지시를 무시하는 그런 병사는 아니었다. 전투에 익숙해진 그의 마음 깊숙한 곳에서는 벌써 도박 도시에서의 전투가 시작되고 있었다.

자동차는 라스베이거스로 시시각각 다가가고 있었다.

3
보란 경보

10분 남짓 헤드라이트를 끈 채 달렸다. 혼잡한 비포장 도로와 험한 산길을 누비며 내리막길에 이르는 동안 헤드라이트를 끄고 육감에만 의지해서 달려야 했다. 도중 몇 번이나 정차해서 주위의 지형을 머릿속에 새겨 넣었음은 물론이었다.

보란은 고지를 다 내려와서 국도에 접어든 다음, 비로소 추적 당할 위험이 없음을 확인하고 한숨을 돌렸다. 그는 잠시 주위를 둘러보고 나서 라스베이거스를 향해 진로를 잡고 우연찮게 합승한 손님에게 말을 걸었다.

「이만하면 무사히 탈출한 것 같은데?」

밴의 뒷자리에서 알았다는 뜻의 가느다란 목소리가 들려 왔다.

「괜찮은가, 칼?」

보란이 걱정스럽게 물었다.

「어떻게 지탱할 수 있을 것 같아. 그리고…… 보란…….」

「말해 보게.」

「고맙네.」

보란은 싱긋 웃었다.

「천만에.」

보란에게는 감사하다는 인사를 들을 만한 이유가 없었다. 가령 라이온스가 전혀 모르는 남이었다 할지라도, 혹 마피아 중의 한 녀석이었더라도, 부상당한 사람을 죽게 내버려둘 수는 없었을 것이므로 응당 그 참극의 마당에서 구출해 냈을 것이었다. 적어도 보란은 그러했다. 라이온스도 그것을 알고 있을 것이라고 보란은 생각했다.

보란은 그러한 자신의 일면을 논리적으로 설명하기가 어려웠다. 대개의 내성적인 사람이 그렇듯이 자기의 생존 본능에 내재하는 이 명백한 모순에 대해 몇 번인가 생각한 적은 있었다. 그러나 그가 알 수 있는 것은 단 하나, 간혹 그의 내부에선──설령 격렬한 총격전이 벌어지는 가운데서일지라도──어느 특정한 인간의 목숨을 빼앗는 대신 다른 목숨을 지켜야 한다는 소리가 들려 오곤 한다는 점이었다.

자신의 본능에 대한 신뢰는 오래 전부터 흔들리지 않는 것이 되어 있었으므로 그는 〈내부의 소리〉의 명령에 대개는 복종해 왔다. 조금 전 바위터에서의 전투도 바로 그런 경우에 해당됐다. 불타고 있는 자동차에서 굴러나온 사내를 보고 같은 패거리로부터 돌림매를 맞은 마피아의 전투원일지도 모른다는 생각이 들었음에도 불구하고 또 목숨을 건 탈출의 성공 여부가 촌각에 걸려 있었음에도 불구하고 그는 그 내부의 명령에 따랐던 것이었다.

결과적으로 본다면 이번에도 그 결단은 옳았다는 사실이 증명되었다.

그러나 앞으로도 항상 그러리라고 단언할 수 있을까? 〈내부의 소리〉란 것도 사실은 의지가 약해진 증거인 것은 아닐까? 끝내는 육체의 파멸과 직결되는, 투쟁 의욕의 결여와 다름없는 것은 아닐까? 이것이야말로 과서 수넌산의 생활을 지배해온 유혈이라든지 하는 것에 대한, 영혼의 깊은 곳에서 꿈틀거리고 있는 강한 혐오의 증좌가 아니라고 어떻게 잘라 말할 수 있겠는가? 〈내부의 소리〉는 결국 자기 자신의 숙명에 대한 후퇴가 아닌지? 안락, 자비, 사면을 바라고 구하는 비겁한 애원은 아닌지?

보란은 그런 생각을 떨쳐 버리기 위해 세차게 고개를 흔들었다.

때로는 자기 관조를 통해 마음 깊은 곳에 숨어 있는 동기를 찾는 것도 좋다. 그러나 그것도 도가 넘치면 도리어 마음의 평정을 잃게 한다. 어쩌면 그것이 자신의 안전을 크게 위협하는 사태를 불러오게 될지도 모른다. 닥쳐올 운명에 대해선 이 무모한 전쟁을 개시했을 때부터 이미 각오하지 않았던가! 더욱이 어제 오늘 갑자기 이런 종류의 싸움과 친해지기 시작한 풋내기는 아니다. 이런 전쟁과 교제를 계속하는 한 인생을 의의 있는 것으로 만드는 세상의 모든 쾌락이나 기쁜 일들과는 인연을 끊지 않으면 안 됨을 처음부터 절실하게 깨닫고 있었지 않았는가 말이다.

물론 이처럼 오래 살아 남았다는 것은 예상 밖이었다. 그것은 적을 과대 평가하고 자신의 생에 대한 집착을 최소로 줄여온 덕분이었다.

그러나 이제 남아 있는 길은 또 얼마나 길고 음산한 피의 진창

길일는지……. 더욱이 이렇게 고독한 모습으로 인생에 윤택함을 주는 여러 즐거움을 완전히 단념하고 살아가지 않으면 안 된다.

그렇다, 가장 감당하기 힘든 것은 바로 그 고독이라는 것이다. 그 동안 피투성이가 되어 언제 어느 때 죽음을 당할지 모른다는 끊임없는 불안에 시달리면서도 그래도 그 가운데서 생존하는 방법을 터득했었다. 그러나 이 이상 생명의 연장이 허락된다면 완전한 소외자의 운명을 감수하는 방법까지도 배워야만 한다. 과연 그렇게 될 것인가?

되지 않으리라는 것은 너무나 자명하다. 된다고 기대할 수 있는 권리조차도 없다. 이것은 감수해야 할 희생의 일부이며 인내력이 계속되는 한 추구하지 않으면 안 될 삶이다.

비틀거리는 다리에 채찍질을 해서라도 밟고 지나지 않으면 안 되는, 피로 물든 도정인 것이다.

인생이라고? 적에게 행하는 모든 공격 그 자체가 곧 하나의 완결된 인생이 아니었던가? 그럴 것이다. 아니, 그것은 틀림없는 사실이다. 확실히 한 번 이상의 인생을 살아왔으니까. 동시에 몇 번의 죽음까지도 체험해 왔다.

맨 처음의 무덤은 피츠필드였다. 보란은 그곳에서 아버지와 어머니, 그리고 신디와 함께 최초로 죽은 것이다.

아울러 그 찬란히 빛나는 로스앤젤레스 〈죽음의 특공대〉의 얼굴들——차퍼, 플라워 차일드, 지트카, 블러드 브라더, 붐붐 하파워, 건스모크, 데드 아이스 워싱턴과도 함께 죽었다.

그뿐 아니라 팜 빌리지에서는 짐 브랜튼과 함께, 마이애미에서는 작은 병사와 함께, 뉴욕에서는 마피아에게 처참하게 살해된 그 귀여운 여자와도 함께 죽었다.

죽음……. 그렇다, 몇 사람인가의 사랑하는 산 인간들에게 느닷없이 찾아오는 무서운 현실인 죽음. 그것은 곧 맥 보란의 영혼의 죽음과 다름없었다.

도대체 인간의 혼이란 몇 개의 죽음에 견뎌낼 수 있단 말인가?

상징으로 겪었던 죽음은 무엇을 기저디 주는 것일까? 재액에 말려들지 않으려고 두 번 다시 접촉하지 않겠다고 맹세한 몇몇 살아 있는 인간들과의 결별은? 조니, 발렌티나, 생사를 건 피투성이 전투중에 만나고 헤어진 모든 귀중한 친구들……. 다면적인 인생의 주름에 영원히 남게 될, 생애에 단 한 번밖에 만나지 못한 친구들.

보란은 한숨을 내쉬며 담배에 불을 붙였다.

「담배 한 대 줄까?」

보란은 뒤를 돌아보며 말을 건넸다.

그러나 라이온스는 꺼져 가는 소리로 대꾸해 왔다.

「지금은 금연중이라서 말야……. 담배는 건강에 해롭습니다, 라고 담뱃갑에도 적혀 있지 않던가?」

보란은 나직이 웃었다. 그도 이젠 어느 정도 본래의 라이온스를 되찾고 있는 것 같았다. 그 정도의 고통으로는 칼 라이온스와 같은 강인한 형사를 굴복시킬 수는 없다.

보란은 깊숙이 담배 연기를 빨아들였다가 뒷좌석에다 대고 훅 내뿜었다.

「건강에 해로운 것은 담배 이외에도 여러 가지가 있지.」

그렇고말고. 그것은 한이 없다. 예를 들자면 전쟁이란 것도 그렇다. 죽음을 향한 마지막 도정에서 너무나도 많은 인생을 알려고 시도하는 것 역시 그 범주에 들어갈 것이다.

적이 흘리는 피 같은 건 보란에게는 안중에도 없었다. 어차피 그는 그것을 보기 위해 싸우고 있으며 그것 이외의 다른 목적은 없으니까. 녀석들의 피라면 기꺼이 핥아 주고 싶을 따름이었다. 지적인 논의는 별도로 치고 마피아를 철저히 두들겨 주는 방법은 단 하나밖에 없다.

녀석들과의 싸움에서는 그들이 즐겨 쓰는 전법으로 대응하는 것이 최선이다. 그렇지만 거기에도 예외는 있다. 조금 아까의 싸움에서와 같이 피비린내 나는 난전중에 본래의 전투 계획을 단념하고 다 죽어 가는 인간을 구출해 내는 경우에 한해서는 그 전법이 변경되기도 한다. 그도 일개 인간에 지나지 않는다. 하지만 대체 언제까지 인간의 영역에 머물러 녀석들의 전법으로 싸울 수 있을까? 부식되어 가는 그의 영혼은 앞으로 몇 번이나 더 죽음을 견딜 수 있을까? 물론 언젠가는…… 그래, 최후의 순간에는 자신의 피로 속죄하는 죽음이 찾아오게 되겠지.

그러나 그때에 이르기까지 영혼만 먼저 죽는 일은 없을까? 밀려들었다가는 밀려나가는 죽음의 홍수 속에서 영혼은 지상을 떠나고 반인 반수의 미친 육신만 남겨져 끝없는 마피아와의 전쟁 속에서 무차별로 피를 빨아먹는 사태가 발생하는 일은 없을 것인가?

보란은 자문을 거듭하면서 갈팡질팡 생각하고 있었다. 이 전쟁을 치러 나가는 동안에 그 희생만큼은 어떻게든지 사양하고 싶었다. 하나의 악을 멸망시키는 데 어째서 또 하나의 악이 필요하겠는가? 그렇게 되는 것이라면 차라리 지금, 오늘밤, 모든 결말을 짓는 편이 나으리라. 육체와 영혼을 동시에 다 살라 버리는 편이…….

보란의 마음속에서 이는 갈등을 눈치 챘는지 칼 라이온스가 말을 걸어 왔다.

「처음 만났을 때와 비교하면 당신은 한층 더 커진 것 같아, 보란. 아무리 얼굴을 바꾸고 있어도 난 한눈에 당신이라는 것을 알아보았네. 한눈으로라기보다 최초의 일격으로라는 편이 정확하겠지. 그런데 어떻게 그렇게 끊임없이 공격을 계속할 수 있나?」

「이젠 그게 내 생활 자체가 되어 버린 모양이야.」

보란은 쓸쓰레한 기분이 들었다. 결국 그런 것이다. 쓸데없는 일은 생각지 말고 그저 이 기나긴 전쟁에 한결같이 몸을 던지면 되는 것이다. 오로지 내가 먼저 죽이고 먼저 적을 달아난다. 그밖에는 생각할 필요도 여유도 없다.

보란은 쓴 미소를 떠올리며 라이온스에게 질문을 던졌다.

「무슨 뜻인가, 커졌다는 말은?」

라이온스가 어느새 조수석으로 기어 들어와 있었다.

「어떻게 표현하는 것이 좋을까, 관록이 붙었다고나 할까? 당신은 이제 로스앤젤레스에서 만났던 무분별한 전투광은 아니다, 이 말이야. 말하자면 어른이 되었다는 뜻이지.」

보란은 피식 웃었다.

「여하튼 말야, 우리는 누구든지 경험을 통해서 성장해 나가는 것이 아닐까? 그보다 칼, 좀 괜찮은가? 앉을 수 있겠나?」

라이온스는 얼굴을 찡그리며 엉덩이를 들썩여 좀더 편한 자세로 고쳐 앉으며 말했다.

「괴롭긴 하지만……, 당신이 날 내려놓기 전에 말해 주고 싶은 게 있어서 말야.」

보란은 고개를 끄덕였다.

「공평한 거래군.」

「〈불치의 죄인〉 작전 때 워싱턴 책임자였던 사람을 기억하고 있나?」

「해럴드 브로뇰라 말이지?」

담담한 목소리였다.

「그래. 당신은 마이애미에서 그와 대화한 적이 있다던데? 내가 현재 참가하고 있는 작전도 워싱턴에서는 관심을 표명하더군. 이번에도 브로뇰라란 말야. 요전에 그와 이야기를 나누던 중에 잠깐 당신 얘기가 나왔지. 뉴욕에서 당신은 조금 도가 지나쳤다는 내용이었어. 다음이 시카고잖아. 그게 아마 결정적으로 마이너스가 된 것 같아. 현재도 일리노이 주 출신의 어느 하원 의원이 법무성에 압력을 가하고 있다네. 그 세도를 믿고 덩달아 입방아를 찧는 치들도 생겨났지. FBI가 문제를 미지근하게 처리하고 있다는 주장을 펴면서 말야. 진짜로 마음이 있었다면 벌써 수개월 전에 당신을 체포했을 거라는 등……」

「그건 어제 오늘에 새삼스럽게 시작된 일이 아니잖아? 그런 얘기라면 고생해서 할 필요가 없어. 뒤에 가서 누워 있게.」

보란은 조용한 말투로 그의 말을 잘랐다.

「끝까지 들어 보라니까.」

라이온스는 완강히 고집했다.

「주먹에 침을 바르고 당신을 기다리고 있다는 점에서는 마피아도 FBI와 마찬가지란 말야. 녀석들은 〈보란 경보〉를 전미국에 발령했어. 아니지, 차라리 전세계에 발령했다고 하는 편이 더 정확할 거야. 그들은 당신이 나타나길 학수 고대하고 있어. 거기에다 아까의 기습 공격. 이대로라면 날이 새기가 무섭게 라스베이거스의 거리에는 현상금을 벌려는 놈들이 트럭으로 몰려들 거야. 내기를 해도 좋아.」

「나는 벌써 걸었네.」

「그렇다면 거는 돈을 배로 올리자구. 보란, 당신의 목을 노리는 사냥꾼 죽숙을 인솔하고 있는 작자는 탤리페론 형제란 말이야.」

「녀석들이라면 한번 대결해본 적이 있지.」

「경험에서 배우는 사람은 비단 자네뿐이 아니야. 녀석들은 옛 상처를 핥고핥아 자네가 이제까지 휩쓸어온 지역은 죄 뒤집어 보고 있어. 지금쯤은 아마 그들이 본인인 자네 자신보다 자네에 대해 더 상세하게 알고 있을 걸? 그게 모두 자네의 피를 마시고 싶어하는 까닭에서라구.」

「그렇다면 일렬 종대로 줄을 서서 순번을 기다려야 하겠군.」

보란이 인상을 쓰며 대답했다.

「그 형제는 순번이나 기다리고 있을 놈들이 아니야.」

라이온스는 그래도 열심히 충고하려 들었다.

「이봐, 보란. 카포조차도 탤리페론 형제의 주위를 걸을 때는 발소리를 조심한단 말야.」

보란의 찡그린 얼굴에 희미한 웃음이 떠올랐다.

「알았어. 나도 발소리를 죽이고 걸어다니기로 하지. 말하고 싶은 것은 그뿐인가?」

「아냐, 아직 남았어. 그 전에 있었던 제의는 잊어 달라고 브로놀라가 말했어.」

「그거라면 벌써 옛날에 잊어버렸어.」

「중요한 것은 이렇게 되었으니 브로놀라 측에서도 당신을 위해 기도를 올려줄 여유가 없다는 점이야. 사태는 절박하게 됐어. 누구라 할 것 없이 모두 혈안이 되어 당신을 찾고 있어. 죽을 각오로 보란에게 덤벼라, 하고 브로놀라도 말하고 있단 말야. 개인적인 감정이나 과거의 은의는 잊고 보란을 체포하라는 명령이 떨어졌다구.」

「라스베이거스에서의 당신 임무라는 게 그거였나?」

맥 보란은 조용히 물었다.

「아냐. 내가 지금 씨름하고 있는 것은 전혀 다른 문제야. 그러나 브로놀라의 이야기에 의하면…….」

「그래, 뭔가?」

라이온스는 기침을 한 번 하고는 배를 움켜쥐며 말했다.

「FBI는 텔리페론 형제에게 기러기를 붙여 두고 있어.」

「무슨 뜻이지?」

「FBI에선 당신의 동태를 포착하는 능력은 마피아 쪽이 한수 위라고 생각하는 모양이야. 그 중에서도 텔리페론 형제의 정보망이 가장 뛰어나다고 판단해서 전화 도청, 정보원 등 그 밖의 모든 수단을 강구해서 두 사람의 움직임을 감시하고 있어. 간단해. 당신이 그 형제와 격돌한다면 FBI는 기다렸다는 듯이 시체를 좌우로 헤치고 당신에게 몰려들겠다는 계산이지.」

보란은 어깨를 움츠리며 무의식적으로 새 담배에 손을 뻗었다. 그리고는 무뚝뚝하게 내뱉었다.

「훈장이 받고 싶어서 싸우는 것이 아니란 말야, 나는.」

「하여간 조심하게. 마피아의 보스들이 나타나면 그 뒤를 이어 FBI가 출동할 것이라고 생각하면 틀림없어. 아니, 처음부터 보스

들 틈에 숨어 있을지도 몰라. 그것을 꼭 알리고 싶었어. 그리고
또 하나……」

보란은 담배에 불을 붙이고는 창문 밖으로 연기를 뿜어 냈다.

「또 뭔가?」

「이것도 브로놀라가 한 말인데, 약간 장난기가 섞인 말투였어.
만일 당신을 만나게 된다면 우선 여태까지 받은 은혜에 감사한
다고 말하라는 거야. 그런 다음에 가차 없이 권총의 방아쇠를 당
기라고 하더군.」

보란의 시선이 라이온스의 옆얼굴에 머물렀다. 그는 차갑게
말했다.

「당신은 무기를 가지고 있잖아?」

「어디에 무기가 있지?」

라이온스는 두 손바닥을 펼쳐 보였다. 그때 콜트 아미 권총이
보란의 시트 밑으로 미끄러져 떨어졌다.

「우리가 당신을 위해 할 수 있는 유일한 일은 그것뿐이라고 브
로놀라가 말했지. 당신은 죽은 것과 다름없는 처지며 지금은 단
지 마지막 누울 자리를 찾아다니고 있는 것에 지나지 않으니까
라는 게 그 이유였어. 물론 나는 그런 엉터리 같은 말은 믿지 않
네.」

「고맙네.」

「당신만큼 생의 의욕에 불타고 있는 사람은 보질 못했어. 그걸
알아 주었으면 싶었던 거야. 당신이 내 목숨을 구해 주었기 때문
에 하는 말이 아니야. 맥 보란에게 살아 나갈 장소를 마련해 주
지 못하는 세상에 동의할 수 없기 때문이야. 내 심정을 이해할
수 있겠나?」

보란의 대답은 굳게 다문 입술 사이에서 신음이 되어 새어 나왔다.

「아아, 미안해, 라이온스. 그런데…….」

「아무래도 좋아, 인사 같은 건.」

라이온스는 진지한 얼굴로 말했다. 하긴 감사를 주고받을 필요는 없었다. 그것은 라이온스도 잘 알고 있었으며 보란도 알고 있었다.

보란의 가슴속에 서려 있던 긴박감은 어느 사이엔가 서서히 풀리기 시작했다. 그의 냉철한 정신은 아직은 평형을 유지하고 있었다. 인간적인 여지를 남겨 두고 있었던 것이었다.

「고맙네.」

보란은 새삼스럽게 덧붙였다.

「괜찮다니까.」

보란은 웃으면서 다리 사이로 떨어진 콜트 권총을 집어 칼 라이온스 형사에게 건넸다.

「FBI 친구들 말인데…… 그들도 역시 내 피를 핥고 싶어할까?」

라이온스는 한숨을 쉬었다.

「비공식이긴 하지만 당신을 발견하는 즉시 사살하라는 명령이 하달되어 있을 걸세.」

「미친 개처럼 취급하라는 말이겠지?」

보란은 이맛살을 잔뜩 찌푸리며 담뱃불을 껐다.

「그렇게 됐네.」

라이온스는 재빠르게 덧붙여 말했다.

「마피아보다 앞질러 당신을 사살하는 것이 결국 당신에게 공덕을 베푸는 일이 되리라고들 생각하고 있는 거야. 만일 당신이 탤리페론 형제에게 생포된다면 죽음보다 더 무시무시한 고문이 기다리고 있으리라는 것은 확실하니까 말야. 어때, 이 정도면 충분하지 않나?」

그의 말대로였다. 맥 보란이 겪어온 갖가지 인생의 그림자는 그 이상의 설명을 필요로 하지 않았다. 피의 맹세로 맺이진 마피아 녀석들에게 사로잡힐 경우 어떤 운명이 닥치게 되는지는 누구보다도 그 자신이 제일 잘 알고 있었다.

그들이 대화를 나누는 동안 〈일확 천금의 거리〉는 바로 눈앞에 임박해 있었다. 현재 보란 앞에 펼쳐진 운명과 대결하는 데 이처럼 어울리는 장소는 다시 없을 것이었다.

살아야 할 때가 다시 찾아왔다. 죽음의 계곡을 용맹스럽게 누벼야 할 때가. 샌프란시스코는 다음 기회로 양보하면 된다. 만일 살아 남게 된다면······.

이제 라스베이거스가 만반의 준비를 끝내고 그의 방문을 기다리고 있었다.

그래 좋다. 모든 영혼에게 내 혼을 내어 주마. 맥 보란의 뜨거운 영혼을.

맥 보란은 어금니를 꽉 깨물었다.

4
빨간 융단

「그렇게 해주겠나, 조?」

장거리 전화의 목소리가 활발하게 지시를 내렸다.

「우선 첫째로 우리의 VIP가 자네의 도시에서 체재하는 동안 마음껏 즐길 수 있도록 만반의 준비를 해주게. 자네가 직접 일선에 서서 처리해 주기 바라네. 항공기, 버스, 열차, 자가용, 렌터카, 전세 비행기, 택시 등등 그가 이용하고자 하는 교통 기관은 무엇이든 제1급의 서비스를 받을 수 있도록 대기시켜 놓는 거야. 숙박 시설도 마찬가지. 라스베이거스 50마일 사방에 있는 숙박 시설 가운데 그가 묵을 만한 곳에는 한 집도 남김 없이 사전에 통보해 주었으면 하네. 호텔은 말할 것도 없고 모텔, 카지노, 클럽, 바, 카페, 주유소…… 하여튼 모든 시설에 말야. 그의 접대에 도움이 될 것 같다면, 가령 잔돌 하나라도 뒤집어볼 것! 게으리해서는 안 된다, 이 말이야. 알겠나?」

「네, 알겠습니다. 그리고 그 과실에 대해서는 정말 면목 없는 짓을 저질러 반성하고 있다고 평의원분들에게 전해 주셨으면 합니다. 정성을 다해 대접하려고 빈틈없이 준비를 하고 있으면 정작 장본인인 손님은 전혀 엉뚱한 곳에 모습을 나타내는 일이 종종 있어서 말입니다. 우리로서는 환영회 준비도 제대로 할 틈이 없었을 정도였습니다.」

조 스탄노가 격에 어울리지 않게 공손히 대꾸했다.

「지나간 일은 잊어버리는 거야, 조. 시작은 이제부터야. 이번에야말로 공식 대표단이 그곳에 도착할 때까지 우리의 빈객이 한가로이 쉴 수 있도록 만반의 준비를 해두게. 자잘한 공작이나 수속까지 전부 자네가 직접 나서야 하네.」

전화선 저쪽에서 흘러나오는 음성은 관대하면서도 단호했다.

「잘 알겠습니다. 빠짐없이 직접 수배하도록 하겠습니다.」

「좋았어. 그리고 또 하나, 어떤 일이 있어도 그와 직접 접촉해서는 안 돼. 같은 실수를 두 번 다시 반복하지 않도록 유의하게. 우리가 도착할 때까지 그가 하는 대로 내버려 두라구. 절대로 손을 대서는 안 돼!」

「걱정하지 마십시오. 마음대로 하게 내버려 두겠습니다.」

「좋아. 그리고 라스베이거스에서 나오는 고속도로에는 꽉 메이도록 환영진을 배치하게. 여기서도 원군을 보낼 작정이야. 그가 시내에서 어느 방향으로 자동차를 타고 가더라도 역시 따뜻한 마중을 받게 될 거야. 그러니까 그쪽에서도 시내 안의 일만 생각하고 있으면 돼. 나머지는 우리가 맡겠어. 준비에 필요한 인원은 확보되어 있겠지?」

「네, 만일에 대비해서 프리랜서들에게까지 연락해 두었으니

안심하십시오. 이 라스베이거스에서 그를 친절히 영접하지 않는 장소는 아무 데도 없을 겁니다.」

「좋았어, 조.」

상대방은 만족한 웃음을 흘려 보내면서 말을 이었다.

「우리가 도착할 때까지 만사를 잘 처리해 주게. 그런데 말야, 평의원 중 한 사람이 자네를 방문중인 회계 감사원 일행의 동정이 걱정스럽다고 말하더군. 예의 그 계획은 잘 보류되어 있는지의 여부를 알고 싶다는 거야.」

「현재로 봐선 문제 없습니다.」

스탄노는 목소리를 낮추며 말을 계속했다.

「배당 쪽은 보기좋게 VIP에게 탈취당하고 말았습니다. 정말 면목없습니다.」

「아아, 그렇게 황송해 할 필요는 없어. 앞으로 더 실수가 없도록 주의만 해. 배당 쪽은 VIP를 설득시키면 변제할 수 있을거야. 그게 안 된다면 우리로서는 치욕이니까 말야. 좀전에 언급한 평의원은 완전히 장해물은 제거되었다고 말하고 있어. 이 마당에 이르러 일보 후퇴하지 않으려다 그야말로 창피를 당하게 될 것 같으니 어쩔 수 없겠지.」

「어느 쪽을 우선하는 것이 좋겠습니까? 배당 쪽입니까? 그렇지 않으면 그 새끼, 아니 VIP쪽입니까?」

「어느 쪽이 우선이다,라고 잘라 말할 수 있는 문제가 아니잖아, 조? VIP를 잘 대접하면 자연히 배당금도 돌아온다. 틀리나? 그를 잃게 되면 배당도 잃게 된다. 그렇지 않은가?」

「네, 옳은 말씀입니다. 감사원 일행에게서 눈을 떼지 않도록 하겠습니다. 상시 대기 태세를 취하게 해두겠습니다. 모든 것을

이쪽 의도대로 말려들게 한다면 이번 실수가 일어나기 이전의
상태에서 또 시작할 수 있다. 이 말씀 아닙니까?」

「바로 그거야, 조.」

탤리페론은 만족스럽게 말했다. 그는 다시 한 번 주의를 주었
다.

「그렇게 해주지 않으면 곤란하게 된다고 평의원도 말하고 있
어. 25만 달러는 결코 적은 돈이 아니니 그러는 것도 무리가 아
니라고 생각해.」

「염려하지 마십시오. 그 점은 이쪽도 동감이니까요.」

스탄노도 동의했다.

「그래, 이곳에는 언제쯤 도착하실 예정입니까?」

「지금 비행기를 준비시키고 있는 중이니까 적어도 네 시간 정
도 지나면 도착하겠지.」

「알겠습니다. 도착하실 무렵에는 모든 문제가 해결되어 있도
록 철저히 수배해 두겠습니다.」

「무슨 말을 하나, 조? 내가 도착할 때까지 전부 처리해 놓으라
고 명령한 기억은 없는데? 내가 언제 그렇게 말하던가?」

「아, 아닙니다.」

스탄노는 얼른 대답했다.

「난 VIP가 편히 체재할 수 있도록 수배하라고만 말했을 뿐이
야. 그 이상의 짓은 안 해도 좋아. 그와 직접 접촉하는 짓은 절대
로 금한다. 알겠지?」

「네, 탤리페론. 잘 알아듣겠습니다.」

「탈취당한 배당에 관해서는 너무 시끄럽게 떠들어 대지 못하
게 해. 중요한 것은 어디까지나 VIP야. 알았으면 알았다고 대답

해, 조.」

「네, 알겠습니다.」

스탄노는 솔직하게 대답했다.

수화기 너머에서 찰칵 하는 소리가 나더니 전화는 끊어졌다. 스탄노는 조용히 전화기를 내려놓고 노기를 띤 얼굴로 부하들을 둘러보았다.

「큰 창피를 당했어.」

스탄노의 음성은 부들부들 떨리고 있었다.

「태어나서 이런 모욕은 처음이야. 개새끼! 다시는 그런 창피를 당하지 않겠어.」

「어느 쪽이었어요? 패트였어요? 마이크였어요?」

조장 한 사람이 조심스럽게 물었다.

「그걸 누가 알아?」

스탄노는 버럭 고함쳤다.

「그들 중의 한 사람을 만났다면 두 사람을 다 만난 것과 마찬가지야. 한 사람과 이야길 했다면 둘과 대화를 나눈 셈이라구. 확실한 것은 내가 큰 창피를 당했다는 사실이야. 그 친구들은 6시경에 이곳에 도착할 거라고 하더군.」

「그렇다면 그 형제가 직접 출동한다는 겁니까?」

다른 조장이 연신 담배를 뻐끔뻐끔 피우면서 물었다.

「한 번 말한 것은 되묻지 마!」

라스베이거스를 장악하고 있는 보스는 언성을 높였다. 그는 씩씩거리며 말을 이었다.

「게다가 우리는 사방 팔방에서 침략을 받고 있어. 우릴 몰아내고 우리의 이권을 가로채려는 녀석들이 도처에서 모여들어 득실

거리고 있는 판국이란 말야.」

「그럼 이쪽에서는 어떻게 대처하는 것이 좋을까요?」

또 한 조장이 조용히 물었다.

「어떻게 하면 좋으냐구?」

스탄노는 이지러진 웃음을 띠었다.

「그 형세의 명령에 따르기만 하면 돼. 그 친구들은 시내를 봉쇄하라고 말하고 있어. 철통같이 말야. 고맙게도 그 점은 이쪽이 타관놈보다 한 걸음 앞서 있어. 링거는 통화를 끝냈는가?」

「아직 계속하고 있는 중입니다. 한 번 가보고 올까요?」

「그렇게 해주게.」

빠른 걸음으로 방을 나가는 조장의 뒷모습을 물끄러미 바라보다 스탄노는 창가로 다가섰다. 두툼한 커튼의 틈새로 밖을 내다보면서 그는 암담하게 말을 꺼냈다.

「시내는 그렇다 치고 저 넓은 사막은 어떻게 봉쇄할 작정인가? 녀석은 지금도 저기 있을걸? 조준경으로 이쪽을 들여다보고 있을 것임에 틀림없어. 제길, 25만 달러씩이나 안고 있으니 온몸이 뜨끈뜨끈하고 근질거리기도 할 거야. 한탕 잘 해치웠다고 기고만장일 테지. 어째서 그 녀석에게만 그런 행운이 따라다니는 거야?」

「운이 좋다는 것만으로 그렇게 오래 살 수 있는 건 아니지 않을까요?」

남아 있던 조장 중의 하나가 과감하게 반론을 폈다.

「거기엔 시체가 자그만치 열네 구나 뒹굴고 있었습니다. 그건 도저히 혼자서 할 수 있는 일이 아니라고 생각됩니다. 녀석은 혹시 1개 연대를 인솔하고 있는 것이 아닌지 모르겠습니다. 어쩌면 지금쯤 우리 쪽을 향해 진군해 오고 있는 것은 아닌지…….」

「너무 깊이 생각하는 것도 건강에 좋지 않아.」

스탄노는 나직이 말했다.

「하지만 로스앤젤레스 때는 분명히 1개 부대를 인솔하고 있었습니다.」

「그건 그렇지만…….」

그가 말을 계속하려 할 때 방을 나갔던 조장이 되돌아왔다.

「통화가 거의 끝나간다고 링거가 그러던데요?」

조장은 고개를 갸웃거리면서 턱을 쓰윽 문지르고 나서 조심스럽게 덧붙여 물었다.

「바위터에서 헤아렸을 때 모두 몇 명이었습니까?」

「한 사람도 남김 없이 죄다야!」

스탄노는 거친 목소리로 대답했다.

「링거는 지금 아포스틴니 씨와 이야기하고 있습니다. 그런데 아포스틴니 씨 말로는…… 저어, 아까 내가 헤아렸을 때는 시체가 열 구였다고 생각되는데…… 틀렸습니까?」

스탄노는 부하의 얼굴을 흘끗 바라보았다.

「그러니까, 자동차 한 대에 호위가 네 명, 계리사 한 명이야. 두 대니까 열 명이 된다. 그 녀석들은 모두 내 직속인데, 자네 쪽은 몇이나 죽었나?」

「그게 아니라 아포스틴니 씨 말로는 현금 케이스 이외에도 다른 짐이 하나 실려 있었다는 얘깁니다. 잠입한 스파이를 한 사람 묶어 보냈다고…… 이쪽에서 처치해 달라고 말입니다. 그렇다면 총 열한 명이 되지 않으면 계산이 틀립…….」

「바보 같은 소리 작작해!」

조 스탄노는 수화기를 거칠게 움켜쥐고 버튼을 누른 뒤 부하가 주고받는 대화에 불쑥 끼여 들었다.

「실례하네. 나 조 스탄노인데, 아포스틴니, 당신은 다른 짐이 실려 있었다고 말했다는데, 그게 대체 무슨 뜻인가?」

그러자 부드러우면서도 당황한 기색이 역력한 목소리가 머뭇머뭇 대답했다.

「사실 그대로야, 조. 규칙에 위반된다는 사실은 잘 알고 있었지만 말야. 어쨌든 여러 가지 문제로 힘이 미치지 않았어. 더욱이 밤에는 경찰의 눈이 더 날카롭게 번뜩이고 말야. 링거에게 이야기한 그 짐은 어떻게 해서든지 여기서 반출할 필요가 있었던 거야. 그런데 링거의 말로는 일행이 VIP에게 모조리 당했다면서? 솔직한 얘기로 나도 어떻게 수습해야 좋을지 난처하단 말야.」

「또다시 FBI 녀석들이 개입했나?」

스탄노는 속이 부글부글 끓어오르는 것 같았다. 녀석들에게 이쪽도 항상 도청당하고 있었다. 생각지도 못한 전자 스파이 장치가 작동하고 있는 거나 아닌가 하고 늘 조심하지 않으면 안 되었다. 덕분에 통화중에는 반드시 은어를 사용하지 않으면 안 되는 처지였다. 어떻게든지 분노가 겉으로 튀어나오지 않게 자신을 억제하면서 스탄노는 말을 이었다.

「아포스틴니, 당신이 무슨 말을 하고 싶은지 이쪽에서는 전혀 그 뜻을 이해할 수 없네. 그리고 난 지금 아주 바빠. 번거로운 이야기를 하고 있을 여유가 없단 말이야. 노골적으로 탁 터놓고 말해 주게. 도대체 어떤 일이 일어났다는 건가?」

상대방은 한숨을 섞어 가며 대답했다.

「좋아, 그러기로 하지. 요컨대 시치미를 떼고 잠입한 스파이를 잡아낸 거야. 자백을 시키려고 할 수 있는 짓은 다 해봤지만 워낙 고래 힘줄 같은 녀석이 돼놔서 입을 열지 않더군. 그래, 자네에게 부탁하고 싶어서 보냈어. 어젯밤에는 북쪽에서 온 친구들이 내내 돌아다니고 있어서 말야. 공공연한 수사 활동에까지는 나서지 않았지만 이것 저것 성가시게 굴고 있었어. 내 입장으로는 그 짐을 실어 보낼 수밖에 없었다네. 막상 일이 이렇게 되고 나서 생각해 보니 검은 옷의 VIP가 진짜로 노리고 있었던 것이 어느 쪽의 짐이었는지 아주 걱정이 된단 말야. 그러니까……」

「과연 그렇군.」

스탄노는 짤막하게 대꾸했다.

「내가 걱정하고 있는 것은 그런 짐보다 이쪽 스파이 씨의 행방이라구. 가령 그 녀석이 도망을 쳤거나 할 경우……」

아포스틴니는 길게 한숨을 내쉬었다.

「그렇다면 그 녀석은 도망친 게 분명해. 시체는 모두 아는 얼굴들뿐이었어. 토막난 시체, 목만 달랑 뒹구는 시체도 있었는데 그걸 모두 연결시켜 보았더니 우리측 호위병 열 명이 되더군. 그 외에 모르는 얼굴이나 남는 시체는 하나도 없었어. 게다가 지원 부대도 네 명이나 당했다네.」

「그렇다더군. 링거한테서 들었어.」

아포스틴니는 간단히 대꾸하고 나서 더 한층 목소리를 낮추어 말했다.

「이번 사건의 재정적 손실에 동쪽 친구들도 적잖이 당황했을 걸? 그러나 더 큰 걱정은…… 우리는 여기서 미스터 스파이를 지나치게 환대해 주었다는 거야. 그 녀석이 만일 FBI라고 한다면

……. 맙소사! 조, 이 세상에는 돈으로도 살 수 없는 것이 있을 게 아닌가?」

「틀림없어.」

스탄노의 말투도 무거웠다. 그는 옆에 있는 부하들을 둘러보면서 말을 계속했다.

「하지만 이렇게 생각하면 이떨까? 우리는 일단 VIP부터 접대하지 않으면 안 된다. 현재로서는 그것이 최우선일 수밖에 없으며 다른 문제는 당분간 뒤로 미뤄 두더라도 하는 수 없다. 어떤가, 아포스틴니?」

「그 방면이라면 자네가 전문이니 무엇이든 시키는 대로 따르겠네.」

「좋아. 그럼, 링거의 지시에 맞춰 주게.」

스탄노는 말을 마치자마자 거칠게 수화기를 내려놓았다.

「모두들 나사가 풀려 있어!」

그는 조장들을 노려보며 갑자기 소리 질렀다.

조장들이 고개를 떨구었다. 스탄노는 침을 퉁겨 가며 명령했다.

「두 대의 자동차에 분승하도록! 빨리!」

「어디로 가는 겁니까?」

「어디라고 생각하나? 라스베이거스로 가는 것이 뻔하잖아? 그 빨간 융단에 못을 박으러 가는 거야, 이 멍청이들아!」

조 더 몬스터 스탄노에게는 빨간 융단이란 죽은 사람에게 입히는 하얀 수의나 다름없었다.

그는 이를 갈면서 그것으로 피투성이가 된 맥 보란의 시체를 싸기 전에는 결코 분이 풀리지 않을 것이라고 생각했다.

5
웃음을 잃은 코미디언

라스베이거스의 대로는 특히 밤중에 방문하게 되면 마치 사하라 사막을 방황하고 있다가 문득 오아시스를 만난 것 같은 기분이 들게 마련이었다. 시내의 남쪽에서부터 시작되는 장장 4마일의 대로에는 호텔, 카지노, 바, 모텔 등이 빈틈없이 들어차 있으며 그 네온의 휘황 찬란함이야말로 일대 파노라마라 부를 수 있었다.

처음으로 방문하는 사람이라면 누구나 그 장관에 압도되면서 동시에 전신을 엄습해 오는 짜릿한 동물적인 유혹을 체험하게 될 수밖에 없었다. 매혹과 흥분과 관능을 마구 뿌리는 네온의 오아시스는 남네바다 주의 불모의 황야에 끝없이 이어지는 것처럼 보였다.

그러나 라스베이거스는 모든 것이 지금보다 훨씬 순수했던 옛날의 모습도 군데군데 간직하고 있었다.

맥 보란이 태어나던 해만 해도 라스베이거스는 인구가 8000 남짓한 사막의 작은 마을에 지나지 않았다. 북쪽에 있는 자매 도시 레노의 명성과 매력에 비하면 그야말로 보잘것없었다. 그 후 라스베이거스는 30년간의 폭발적인 성장을 거쳐 이제는 정주 인구만도 20만을 넘어서는 대도시로 변모했다. 라스베이거스를 오늘의 번영으로 이끌고 와서 지금껏 그 번영을 지탱하게 하고 있는 것은 바로 도박 산업이었다.

그것은 정말 산업이라고 부를 만했다. 직접 도박 시설에 의존하여 생계를 유지하고 있는 사람들만도 라스베이거스 주민의 40퍼센트를 넘어서는 것으로 추정되기 때문이다.

전체 카지노의 1년간 수입을 합치면 네바다 주 1년도 예산의 두 배 이상이 되었으며 거기서 얻는 세입은 주 전체 세수입(稅收入)의 거의 3분의 1을 차지했다.

주 전체 규모에서 보더라도 최대 고용 인구를 안고 있는 것은 바로 도박 및 관광 산업이었으며 연간 2000만 명으로 추산되는 관광객들이 떨어뜨리고 가는 금액은 8억 달러를 초과한다고 했다. 그 대부분을 흡수하는 곳이 라스베이거스였다. 말하자면 라스베이거스는 15개나 되는 대(大) 리조트 호텔과 약 300개의 중소 호텔, 모텔 등의 거대한 입으로 하룻밤의 환락을 찾아 모여드는 관광객들을 밤낮 가리지 않고 넙죽넙죽 삼키고 있는 셈이었다.

보란은 이런 도시에서 자신의 존재를 뽐내려는 생각 같은 것은 전혀 가지고 있지 않았다. 또한 이 도시의 마피아가 자기를 그 안에 잘 가두어 넣을 만한 능력을 가지고 있다고도 생각하지 않았다. 물론 나중에 놈들의 증원 부대가 밀어닥친다면 그때에는 크게 조심해야겠지만 그러나 지금은 라이온스로부터 부탁받은 비교적 안전하며 눈에 잘 띄지 않는 일을 완수하기만 하면 되었다.

방은 이틀 전 시내의 북쪽 끝에 있는 검소한 호텔로 정해 두었었다. 쓰고 버리는 자동차도 이미 확보되어 있었다. 그것은 구식 폰티액 컨버터블이었다. 원래 보란은 그 호텔을 기점으로 해서 마피아의 동태를 정찰하고 유용한 정보를 수집했었다.

그런 다음 기습 작전을 감행했던 것인데 결국 노렸던 25만 달러 대신 칼 라이온스를 노획했던 것이었다.

지금 보란은 컨버터블을 타고 대로를 한가롭게 달리고 있었다. 선글라스——야간에라도 이 부근에서는 없어서는 안 될 필수 장비였다——와 가짜 구레나룻 덕분으로 그는 전혀 딴사람처럼 보였다. 입고 있는 옷은 신축성이 있는 더블니트로 된 밝은 청색이었다. 물론 코트 안에는 그가 애용하는 무기로 프랑스 체재중에 입수한 9구경 소형 고성능 권총 베레타가 감추어져 있었다. 그것은 홀스터에 꽂혀 있었으나 필요한 경우에는 순간적으로 뽑을 수 있었다.

새벽 2시. 여전히 거리는 들끓었다. 숲처럼 밀집한 네온군을 흘겨보기라도 하듯 더 한층 높은 위치에서 화려한 색채와 빛의 향연을 과시하고 있는 것은 세계적으로 유명한 카지노 호텔의 네온사인이었다.

보란의 목표는 바로 그 건물이었다. 좀더 자세히 말하자면 〈라스베이거스 최고의 쇼〉라는 문구가 새겨진 3피트 크기의 간판 위에 〈미국에서 가장 화끈한 코미디언 토미 앤더스〉라고 덧붙여 씌어 있는 인물을 만나는 것이 진짜 목적이었다.

그는 컨버터블을 주차장 접수계에 맡기고 안으로 들어갔다. 수백만 달러를 투자해서 건립한 호텔 치고는 검소한 로비였다. 언뜻 눈에 띄지 않을 것 같은 구석진 자리에 작은 프런트 데스크가 있었다.

이런 시간에는 비교적 한산한 모양으로 날카로운 눈매를 한 종업원 두 사람이 지키고 있을 뿐이있다. 그 앞에서 통로가 세 방향으로 갈라지고 있었다. 하나는 300개가 넘는 객실과 수영장을 중심으로 50개의 방갈로가 있는 안뜰로 통하고, 다른 하나는 슬롯머신이 죽 늘어서 있는 위층 복도를 향해 직각으로 꺾여 있었다. 거기서는 한 잔에 10달러나 하는 위스키를 홀짝거리며 10센트나 5센트로 빙고를 즐길 수도 있었다. 그리고 가장 폭이 넓은 마지막 통로는 카지노와 극장 식당으로 연결되어 있었다.

문에서 가까운 작은 프런트 데스크 앞에는 클라크 군(郡) 보안관 제복을 입은 세 사람이 진을 치고 있었다. 모두 비번인 경관들로서 보안 요원으로 카지노에 고용되어 있는 친구들이었다. 똑바로 데스크로 걸어간 보란은 베레타와 플라스틱 카드를 제시하며 태연하게 물었다.

「상황은 어떤가?」

「평온합니다. 아주 조용한 편이지요.」

옆에 섰던 젊은 경관은 보란이 내민 카드를 조사해 보고는 흘끗 보란의 얼굴을 살폈다.

「좋습니다. 매번 수고가 많으십니다.」

보란은 카드와 베레타를 제자리에 집어넣었다.

「그 밖에 누가 와 있는가?」

「30분쯤 전에 동료되시는 분 두 사람이 보였습니다. 무슨 사건이라도 생겼습니까?」

「아, 아니. 그저 의례적인 정찰이지. 일주일에 한 번씩 으레 있는 체큰지 뭔지…….」

보란은 다른 경관에게 눈인사를 해보이고는 성큼성큼 카지노로 걸어 들어갔다.

도박을 즐기고 있는 사람들은 비교적 적었다. 극장 식당에서 쇼가 진행중인 시각에는 언제나 그랬다. 마음의 여유를 갖고 도박에 열중하는 손님이 없는 카지노는 어쩐지 숨이 답답하고 맥이 풀렸다.

굳이 열을 올리고 있는 사람들을 꼽으라면 승부를 도외시한 낭비가나 잃은 돈을 되찾으려고 초초해 있는 사내들, 아니면 습관성 도박증에 걸려 있는 사내들 정도였다.

주임 감독관이라고 불리는 피트보스들이 담당 구역을 돌아다니면서 손님이 없는 테이블 옆에 우두커니 서 있는 딜러들과 농담을 지껄이기도 하고 손님을 끌기 위한 미끼로 세워둔 조무래기들의 엉덩이를 두드리기도 하며 심심풀이를 하고 있었다.

보란은 그 사이를 빠져 나와 극장 식당 입구에 카드를 제시했다.

장내는 거의 꽉차 있었다. 테이블을 메운 손님들은 온몸에 스포트라이트를 받고 있는 〈미국에서 가장 화끈한 코미디언〉의 재치 있는 화술에 도취되어 있었다.

검은 넥타이를 맨 천박하게 생긴 급사장이 그의 카드를 보자 달갑잖은 표정을 지었다.

「이런 시간에 오시면 어떻게 할 도리가 없습니다. 스테이지에서 제일 멀리 떨어진 테이블까지 꽉차 있으니까요.」

「테이블 따윈 차 있건 말건 상관 없어.」

보란은 붐비고 있는 만찬객들 사이로 섞여 들었다.

무대 중앙으로부터 조금 튀어나온 통로에는 핸드마이크를 쥔 앤더스가 빨간 스포트라이트가 비치는 반경 안을 천천히 걸어다니고 있었다. 그 얼굴에 붙어 있는 반창고와 왼쪽 눈밑에 시퍼렇게 부어 오른 명은 보린이 서 있는 위치에서도 똑똑히 볼 수 있었다.

앤더스의 뒤로는 이런 종류의 스테이지엔 늘 있게 마련인 장식물——라스베이거스의 관능미를 대표하는 미끈한 각선미의 미녀들——이 펼쳐진 카드처럼 부채꼴로 늘어서서 원색의 조명을 전신에 받으면서 마네킹처럼 꼼짝도 하지 않고 있었다.

보란은 벽에 바짝 붙어 안으로 걸어 들어가 분장실로 통하는 문을 살며시 열었다. 거기에는 커다란 극장의 무대 뒤에서 흔히 엿볼 수 있는 활기에 넘치는 특유의 광경이 벌어지고 있었다.

다음 차례를 기다리는 록 그룹이 커튼 뒤에 정렬하고 있는가 하면 도구 담당들이 분주하게 소품들을 들고 다니는 사이로 반나체의 아가씨들이 뛰어다니고 있었다.

그들의 머리 위 스피커에서는 관객의 반응을 자유 자재로 유도하는 토미 앤더스의 브루클린 사투리가 증폭되어 흘러나오고 있었다.

앤더스는 상당한 연예 경력을 지닌 코미디언으로 줄곧 정상의 자리를 유지해 오고 있었다. 그는 시시한 영화에 두어 번 출연하기도 했으며 최근에는 각종 텔레비전 쇼에서도 가끔씩 얼굴을 볼 수 있었다.

그러나 어느 연예부 기자의 말을 빌리면 이 라스베이거스의 흥행이야말로 토미 앤더스에게는 전혀 새로운 시대의 개막을 예고하는 기념비적인 무대가 되었다는 것이었다.

〈나는 민족주의자는 아닙니다. 하지만……〉이라는 문구는 그가 즐겨 사용하는 또 하나의 문구인 〈나는 인종 차별주의자는 아닙니다. 그렇지만……〉과 함께 모르는 사람이 거의 없는 앤더스의 트레이드 마크였다.

폴란드계 피가 절반은 섞여 있는 보란도 앤더스의 많은 명문구를 듣고 웃음을 떠뜨리는 사람 중의 하나였다. 보란은 지금 알몸에 가까운 쇼걸들의 탄력 있는 몸매를 바라보며 낯설지 않은 목소리에 귀를 기울이고 있었다.

「미리 양해를 구하지만, 난 인종 차별주의자는 아닙니다. 그렇지만 소문을 듣자 하니 할리우드에서는 새로운 갱 박멸 영화를 만들고 있다고 합니다. 엘리엇 네스와 언터처블의 이야기라면 모두 알고 있죠. 하지만 지금의 할리우드에서는 네스 따위는 밀려나고 있는 실정이지요. 정말입니다. 제작중인 영화요? 글쎄 그게 이렇다는 겁니다. 갱 영화에 등장하는 갱들의 이름은 영화 제작자의 목숨을 보호하기 위해 죄다 바꾸어 놓았답니다. 그뿐만 아니라구요. 여러분은 농담으로 생각하고 있군요. 여러분 얼굴에 그렇게 씌어 있어요. 그렇지만 천만의 말씀! 정확한 소식통에 의할 것 같으면 〈대부〉의 제작 회사인 파라마운트가 제목 변경에 동의를 했다 이겁니다. 어떻게 바꾸었느냐구요? 〈계부(繼父)〉로 하겠다 이겁니다. 전투적 무신론자의 집단이 오락 영화에 종교적 선전 운동을 들먹이는 것은 반대라고 불평해온 것이 중요한 원인이라고 하더군요. 이것은 진짜입니다. 그렇잖아요? 난 인종 차별주의자는 아니거든요.」

장내는 조용했다.

「파라마운트에선 마피아라는 말을 대사에서 삭제시켰을 뿐만 아니라 모든 등장 인물에 앵글로색슨계의 이름을 붙였다고 하니 차라리 황송할 지경이지 뭡니까? 다음은 저자의 이름을 바꿀 차례라나요? 마리오 부조를 마리온 부시로 해줄 순 없겠느냐고 교섭중이랍니다. 웃으십시오, 마음껏 웃는 것은 건강에 좋습니다. 하지만 이것은 어디까지나 에누리 없는 진지한 얘기란 말입니다. 우리의 미국, 오, 우리의 모국은 현재 그런 꼴이라구요.」

그는 진심이라는 듯 길게 한숨을 쉬었다.

「조금 전에 레너드 스라이와 얘기를 주고받았는데 그의 말이 폭력 박멸 위원회의 위원장으로부터 혼이 났다는 겁니다. 왜냐고 물었더니 말〔馬〕 때문이라더군오. 그가 자랑하는 〈경이의 말〉에 관해서는 여러분도 잘 알고 계시겠지요? 위원장은 그 말의 이름을 갈지 않으면 안 된다고 강력하게 항의했답니다. 그 말 이름인 트리거(방아쇠)는 폭력적인 것으로 아이들에게 위험 사상을 고취시키기 때문에 곤란하다고 말했다는 겁니다. 물론 레너드 자신도 몇 년 전에 자신의 이름을 바꾸었지요. 루이 로저스라고 말입니다. 아니, 웃지 말아요. 도대체 오늘날의 미국에서 이미지처럼 중요시되는 것은 없지 않을까요? 왜냐하면 여기엔 자유와 공민권과 흥행 수입의 문제가 엉켜 있기 때문입니다. 이웃 극장 간판에 〈레너드 스라이의 경이의 말 트리거〉라고 씌어 있는 모양을 여러분들은 상상할 수 있겠습니까? 물론 할 수야 있겠죠. 그러나 내일부터는 이런 간판이 나붙게 될지도 모릅니다. 〈루이 로저스와 비폭력적인 말 레너드〉」

어느 누구도 토미 앤더스의 멘트에 웃지 않았다. 그의 음성은 차츰 신랄해지고 있었다.

「그래서 뭐 어떻다는 것은 아닙니다. 그건 인종 차별과는 아무런 연관이 없으니까요. 여러분은 마리온 마이클 모리슨을 알고 계시는지요? 어떤 개뼈다귀냐구요? 듀크라고 말한다면 기억이 날는지요? 아니 그럼, 존 웨인이라고 하면 아시겠어요? 이것은 소수 민족파에 한한 것이 아닙니다. 사실 이 나라에선 이미지만큼 중요시되는 것은 없어요. 이론으로 증명해 봅시다. 조제프 레비치는 제리 루이스로 개명했죠. 당연한 일입니다. 〈마틴과 레비치쇼〉래서야 대체 어느 누가 돈을 내고 보러 가겠어요? 그렇잖습니까, 신사 양반?」

앤더스는 허공에다 대고 질문을 던졌다. 대답을 바라고 하는 질문이 아니었다.

「어느 대표시라구요? BDBHC. 과연 그렇군요. 개명하기 전의 이름은? 하하, 〈부모가 이혼한 자녀에게 보내는 따뜻한 손길〉이라고 말씀하셨어. 그래, 〈계부〉라는 새 타이틀은 참을 수 없다는 말씀이시구먼요.」

딱 질색이다, 하는 표정을 지으며 제자리로 되돌아가는 앤더스의 모습을 지켜보는 관객들 사이에 갑자기 웃음소리가 터져 나왔다.

「사태는 악화 일로를 걷고 있을 뿐입니다. 사실 이미지 조성에는 미칠 지경이라구요. 너나 할 것 없이 지나치게 신경 과민인 것 같아요. 숙녀를 위해 문을 열어 주면 당장 우먼리브에게서 항의가 날아오고……. 하느님 맙소사, 해방을 부르짖는 신여성들은 이젠 성씨까지 평등히 대우해 달라고 요구하고 있습니다. 여성의 다리 사이에서 태어난 아이들이니 어머니의 성을 붙여라,

하는 식이죠. 그리 이치에 어긋나는 주장은 아닙니다. 하지만 그렇게 된다면 내셔널 리그의 홈런왕은 어머니의 성을 따라 제럴딘 메이즈라는 새 이름을 갖게 되겠죠. 하긴 이런 움직임이 지금에사 갑자기 시작된 것은 아닙니다. 수년 전이던가요? 흑인 공민권 운동을 전개하던 단체에서 백인이 얼굴을 검게 칠하고 흑인의 역을 연출하는 짓을 중지하라고 요구한 적이 있었지요. 아마 여러분도 기억하실 겁니다. 결국 그 요구가 관철되었지요. 영화사 관계자들은 흑인 역에 흑인 배우를 고용하기 시작했습니다. 거기까진 좋았다 이겁니다. 그런데 이번에는 흑인들을 모욕하는 역은 폐지하라는 요구를 내건 단체가 몇몇 나타났어요. 정원사도 안 된다. 자가용 운전사도 곤란하다. 하우스보이라니 그게 웬말이냐? 하여튼 그런 류의 역할은 무조건 안 된다 이거지요. 아니나 다를까, 할리우드는 아예 정원사나 하인 역을 빼버렸고 결국 손해는 흑인 배우들이 보고 말았죠. 이런 얘기를 꺼냈다고 해서 날 인종 차별주의자로 오해하진 마십시오.」

토미 앤더스는 관객의 반응 따위는 안중에도 없다는 듯 떠오르는 대로 주워 섬기기 시작했다. 그의 음성은 점차 고조되어 갔다.

「신사 숙녀 여러분, 우리의 미국은 도대체 어떤 방향으로 나아가고 있는 것일까요? 누구 할 것 없이 모두 작은 민족적 전투 집단으로 분단되어서 서로를 적대시하고 마음껏 웃을 수도 없게 되어 버린다면 도대체 이 나라는 어쩌자는 것일까요? 그런 사태에까지 도달하게 되면 제일 먼저 역사책부터 다시 고쳐 써야 하겠지요. 노예도 없으며 식민지도 없고 질이 나쁜 이탈리아인도 물론 없으며 교활한 개척자도, 싸움을 좋아하는 에이레인도 없

으며 이탈리아인 살인 청부업자도, 얼간이 같은 폴란드인도, 퉁
명스러운 영국인과 게으름뱅이 멕시코인도 없었던 것이 될 것입
니다. 신사 숙녀 여러분께 묻겠습니다. 우리의 미국은 도대체 어
떤 방향으로 나아가고 있는 것입니까?」

앤더스는 이미 자신의 역할을 잊어버리고 있는 것 같았다. 코
미디언으로서의 유머와 과장된 몸짓은 접어 두고 그는 자기의
생각 그대로를 관객들에게 속사포처럼 쏘아 대고 있었다. 웃는
사람은 아무도 없었다. 넓은 극장 식당은 찬물을 끼얹은 듯이 조
용해져 있었다. 그는 다시 말을 이었다.

「오늘에 와서는 우리 모두가 남의 이미지를 손상시키지 않으
려고 급급해 하지 않을 수 없습니다. 그것이 가장 중요한 일이
되어 버렸어요. 알 카포네라는 말은 사용 금지가 될 것입니다.
왜냐하면 그 이름은 이탈리아계 미국인을 불쾌하게 만드니까요.
새로운 역사책에는 알프레드 케이핀웰인지 뭔지 그런 이름으로
바뀌어서 경찰의 폭력에 희생된 부잣집의 장난꾸러기였었다, 하
는 식으로 기록되겠지요. 아, 말이 잘못 튀어나왔군요. 경찰은
경찰이지만 미국 경찰이 아닌 것으로 하지 않으면 〈선량한 경관
의 이미지를 고취시키는 모임〉에 불려가 뭇매를 맞고 말겠죠. 나
빴던 것은 음험한 캐나다인이었다, 그렇게 해둡시다. 어쨌든 그
친구들은 요새 매사에 우리와 충돌하게 되었으니까요. 그렇지,
가엾은 알피를 혼내준 것은 진저리 나는 캐나다의 산골 촌노이
었던 겁니다. 이렇게 하면 문제가 없죠, 뭐.」

객석에서 쿡쿡 웃는 소리가 났다.

「신사 숙녀 여러분, 이번 기회에 나는 말씀 드리기로 작정했습
니다. 여러분은 저를 토미 앤더스라고 생각하고 계시겠죠? 유감

천만이올시다. 왜냐하면 나도 시대에 뒤지고 싶지 않아 개명을 했기 때문입니다. 들으시고 놀라지 마십시오. 주제페 안도로세피 토네라가 제 이름입니다. 멋있는 이탈리아식 이름이지만 무슨 연유에선지 간판에 써놓으면 도무지 돋보이질 않았어요. 그렇지만 이 정도 훌륭한 이름을 가지고 있으니 틀림없이 어느 특성한 십난에서는 잔뜩 어깨에 힘을 줄 수 있지 않은가 생각하시는 분이 있겠죠, 그렇죠? 그러나 천만의 말씀. 저는 지금으로부터 불과 몇 시간 전에 바로 이 홀 밖에서 두 명의 무뢰한에게 신나게 얻어 터졌습니다. 그 녀석들은 2인조의 훌륭한 이탈리아 놈이었습니다. 아니, 내가 지금 무슨 말을 하고 있는 거야? 아닙니다. 이 반창고 아래의 상처는 어쩌면 꿈속에서 생긴 것인지도 모르겠네요. 눈 밑의 멍도 꿈속에서 괴한에게 얻어맞은 것일 겁니다.」

사람들의 안색이 조금씩 변해 가고 있었다. 홀 안은 긴장과 흥미의 시선으로 가득했다.

「그래요, 아마…… 모든 것이 내 멋대로 상상한 것인지도 모르죠. 꿈속에서 나를 괴롭힌 훌륭한 이탈리아인 2인조는 신화적인 존재인 마피아에도 속해 있지 않았다 이겁니다. 이것은 정신 나간 소리가 아니에요. 거짓말이라고 생각하시는 분은 아메리카 합중국의 검찰 총장 나리께 문의해 보십시오. 어째서냐 하면 그는 마피아라든가 코사 노스트라 따위의 말은 보고서를 작성할 때 사용해서는 안 된다고 FBI에게 못박고 있을 정도이니까요. 포드 자동차 회사에 문의해도 좋겠습니다. 거기서는 앞으로 두 번 다시 그런 금구(禁句)를 사용하는 프로엔 스폰서가 되지 않겠다고 약속했으니까요. 이것은 역사의 개편엔 들어가지 않을 겁니다. 그렇다면 나를 괴롭힌 사실은 신화임에 틀림없어요. 신화는 어둠 속에서 나를 기다렸다가 느닷없이 달려들어 나를 두들겨팼습니다. 내가 이탈리아인의 이미지를 손상시킨 것이 괘씸하다고 말입니다. 이 스테이지에 서서 농담이나 지껄이며 각박한 세상에 조그만 웃음을 선사하려고 애쓰고 있는 내가 그치들의 이미지를 손상시키고 있다 이겁니다. 그 두 사람은 브래스너클을 손가락에 끼고 서성거리거나 곤봉으로 사람의 머리를 마사지하는 것이 전문이었다구요. 그것으로 이미지를 지키겠다니 제가 무슨 말을 하겠습니까?」

객석 어느 구석에선가 웃음이 터져 나왔다. 토미 앤더스는 소리나는 쪽으로 시선을 가져갔다가 도로 거두어들이면서 말했다.

「이건 웃을 일이 아닙니다. 실재하지도 않는 집단의 이름을 들먹인 탓으로 실재하지 않는 깡패들에게 꿈속에서 얻어맞았다고 웃어젖힐 수는 없지요. 이런 엉터리 같은 이야기를 고백하는 것은 제가 처음이라고 생각하는데 어떻습니까? 이쯤에서 말이지만, 여러분에게 별로 유쾌하지 못한 이야기를 하고 싶어지는군요. 이미지, 이미지라 하지만 이 세상에는 나쁜 이미지보다 더욱 질이 나쁜 것이 있습니다. 즉, 나쁜 인간이라는 것 말입니다. 그 작자들은 여러분에게 무엇이라 불리든, 여러분이 어떤 이미지를 갖고 있건, 변함없이 이 세상에 존재합니다. 역사책을 불태워 없앴다 해서 역사 그 자체를 말살시킬 수는 없으며 나쁜 인간이란 없다고 생각해 보았댔자 이 세상에 나쁜 인간이 없어지는 건 아니란 말입니다.」

앤더스는 얼굴의 멍을 조심스럽게 쓰다듬었다.

「우리가 마지막으로 한 가지 차분히 생각해 두어야 할 일이 있

지요. 아까 저는 여러분에게 우리의 미국이 어디로 향하고 있는
가 하는 질문을 던졌었는데 여기서 그 해답을 말씀 드리겠습니
다. 미국은 본바탕을 잃어 가고 있습니다. 영락한 할리우드같이
되어 가고 있다 이겁니다. 누구나가 이미지에만 집착한 나머지
보다 근본적인 과제를 잊어버린 거지요. 벌써 몇 년 전부터 나는
인종적인 편견 따위는 갖고 있지 않다고 공인해 왔어요. 지금이
니까 말이지만 그건 새빨간 거짓말이었어요. 결국 저처럼 인종
을 의식하는 녀석은 없을 거라고 생각합니다. 그래서 나는 이탈
리아인이라는 사실을 조금도 부끄럽게 여기지 않습니다. 그렇다
고 뭐 자랑으로 삼고 있지도 않지만……. 하여튼 절대 부끄럽지
않아요. 수치스러운 것은 오히려 자신이 이탈리아인이라는 것을
두려워하거나 감추려 드는 겁쟁이가 얼마든지 있다는 사실이죠.
멕시칸이건 흑인이건 폴란드인이건 두려워할 것이 뭐가 있겠어
요? 그렇잖습니까, 여러분? 미국이라는 나라의 건국 이념은 모
든 국민이 인종의 여하를 불문하고 정정 당당하게 자기 자신으
로 존립할 자유가 있다는 것입니다. 그래도 이미지 메이커에게
몸을 팔고 싶다면 당신네들, 특히 앵글로색슨계의 프로테스탄트
백인 제씨께 충고하고 싶습니다. 당신네들도 슬슬 자신의 이미
지에 대해 걱정하는 편이 좋을 거라고 말입니다. 너무 늦어지기
전에, 수렁에 빠져서 머리만 내놓기 전에 단결을 생각하십시오.
당신네들이 태평스럽게 앉아서 농담이나 지껄이는 동안 과연 어
떤 일이 일어나고 있다고 생각하십니까? 흑인은 점점 아름다워
지고 이탈리아인은 갈수록 거만하게 굴며 폴란드인은 더욱더 세
련되어 가고 여호와의 선민(유태인)들은 미국의 두뇌로서의 지
위를 공고히 할 거란 말입니다. 그렇다면 여기 앉아 계신 와스프

(WASP)들도 몽롱한 꿈의 세계에서 벗어나 치열한 이미지 전쟁에 참전하지 않고서는 시대에 뒤떨어질 수밖에 없습니다. 그렇게 되면 세상의 이미지 메이커들의 비웃음만 사게 될 뿐이라구요.」

여기저기서 웃음이 새어 나왔다. 앤더스는 가볍게 목례를 하고는 다시 연설을 계속했다.

「자, 여러분. 본인 주제페 안도로세피 토네라도 이제 슬슬 물러날 때가 되었군요. 안녕히 주무십시오. 아울러 신의 축복을! 부디 성 마태에게 조심하시기를……. 성 마태란 마피아에게 주어진 새로운 이름입니다. 물론 조반니 파티스타 몬티니가 항의한다면 이야기는 달라지겠지만. 뭐라구요? 조반니 파티스타 몬티니란 녀석을 모르신다구요? 그렇다면 믿어 주실지…… 그 이름은 로마 교황 바오로 6세의 본명이라는 사실을.」

만장의 관중에게서 일제히 기립 박수가 터져 나왔다. 몸집이 작은 앤더스는 무대 뒤로 들어갔다.

무대 감독이 답례를 시키려고 했으나 토미 앤더스는 그 손을 뿌리치고 보란 앞을 빠른 걸음으로 지나쳐 갱의실을 향해 걸어갔다. 보란도 사람들 사이를 누비고 그를 뒤따라 몇 걸음 늦게 복도로 나왔다.

험상궂은 사내 두 명이 갱의실 부근의 벽에 기대어 있었다. 그것을 눈치 챈 앤더스는 깜짝 놀라며 멈춰 섰다. 그는 뒤를 돌아다보았으나 보란이 다가오는 것을 보고는 체념의 한숨을 쉬며 그대로 걸음을 계속했다.

갱의실 입구에 이르렀을 때 보란은 앤더스의 뒤에 바짝 다가섰다. 두 명의 무뢰한도 코미디언의 뒤를 따라가려 했으나 보란이 조금 빨랐다. 보란은 두 사람 중 하나를 벽으로 밀어붙이고 나머지 녀석의 얼굴을 사납게 쏘아보면서 나직하게 소리 질렀다.

「꺼져!」

앤더스는 어리둥절하여 복도에서 대치하고 있는 세 사내의 얼굴을 번갈아 쳐다봤다. 보란에게 거칠게 떼밀려 나간 사내가 가죽으로 감싼 곤봉을 끼내 들었다. 다른 한 명은 말없이 보란을 노려보고 있었다.

코미디언은 이상하다는 듯이 조소를 띤 얼굴로 물었다.

「어떻게 된 건가? 이번엔 나를 두고 서로 다투는 집안 싸움인가?」

곤봉을 든 사내가 한 걸음 앞으로 바싹 다가서며 말했다.

「비키는 게 좋을 걸, 형씨. 여긴 자네 같은 애송이가 나설 자리가 아냐.」

보란은 조용히 재킷을 들췄다. 베레타가 살짝 얼굴을 내밀었다.

「재밌군. 어디 비켜나게 해보시지?」

어딘지 수상하다는 눈초리로 보란을 노려보던 녀석이 베레타를 보는 순간 기겁을 했다. 그것으로 그만두었으면 좋았으련만 녀석은 엉겁결에 치명적인 실수를 저지르고 말았다. 순간적으로 권총을 뽑으려는 동작을 취했던 것이다. 그러나 보란의 베레타가 먼저 상대의 면전에 겨누어졌다. 동시에 총구에서 한 줄기의 섬광이 일었다. 지극히 가까운 거리에서 발사된 끝이 패인 파라베람탄이 푸석 하는 기분 나쁜 소리와 함께 사내의 눈으로 빨려들어갔다. 순간 사내는 머리를 홱 젖히며 비틀거리다가 동시에 복도 한가운데에 뻗어 버렸다.

보란은 베레타의 총구를 나머지 사내에게로 돌렸다. 사내는 턱을 달달 떨면서 벽에 튄 살점과 핏방울을 멍청하게 바라보고 있었다.

「데리고 가!」

보란은 시체를 밀었다.

「데, 데리고 가라니요? 어, 어디로……?」

그 좋던 기세는 다 어디로 가버렸는지 사내는 심하게 떨면서 더듬거렸다.

「어디 좋은 데가 없을까, 앤더스?」

문 뒤에 숨어 있던 코미디언은 급히 튀어나와 복도를 살폈다. 인기척은 없었다.

「저기 비어 있는 갱의실이 있어. 부탁이니, 제발 내 방엔 넣지 말게.」

「좋아, 거기까지 안내해 주겠나?」

앤더스가 앞장섰다. 시체를 짊어지고 뒤따라가는 사내를 보란은 뒤에서 감시했다. 그들이 복도의 제일 끝에 있는 방으로 들어 갔을 때 그 사내는 용기를 내어 물었다.

「도대체, 어쩌시려고……」

보란은 사내의 말은 들은 체도 않고 앤더스에게 물었다.

「당신을 신나게 두들긴 놈들이 바로 이 녀석들인가?」

「으음.」

코미디언은 신음을 뱉으며 고개를 끄덕였다.

그 순간 베레타에서는 예고도 없이 뜨거운 파라베람 탄환이 발사되었다. 그 사내도 앞서 떠나간 동료 곁에 사이좋게 쓰러져 버렸다.

「됐어, 가지.」

보란은 코미디언을 문 밖으로 밀어냈다. 두 사람은 갱의실로 되돌아왔다. 앤더스의 얼굴은 당장에라도 토할 것처럼 심하게 일그러져 있었다. 그는 곧 바로 화장대로 걸어가더니 화장대 위에 놓인 짐빔을 병째로 들이키기 시작했다. 한참 후에야 코미디언은 짐빔병을 내려놓고 나서 뒤로 돌아서더니 뚫어지게 보란을 쳐다보았다.

「무슨 짓이지? 왜 그러느냔 말이야?」

앤더스는 홍분으로 벌겋게 달아오른 얼굴을 치켜들고 말했다.

보란은 문을 꼭 닫고 난 뒤 나지막하게 말을 꺼냈다.

「나는 친구로서 여기 온 거야, 앤더스. 몇 마디 묻고 싶은 게 있어서 말야.」

「그렇다면 잠깐 기다려 주게.」

명 코미디언은 의자에 주저앉아 떨리는 손을 이마로 가져갔다.

「묻는 것은 좋은데 성미가 급한 것은 삼가해 주게.」

「오트리라는 사내를 알고 있겠지? 그에게서 당신 사정을 살펴봐 달라는 부탁을 받았더랬어. 그가 올 수 없게 되어서 말야. 아까의 그 2인조와 흡사한 꼴을 당했거든.」

앤더스는 얼굴을 얼른 쳐들고 새로운 호기심에 눈빛을 반짝거리기 시작했다.

「그럼 오트리의 신변에 무슨 좋지 않은 일이라도?」

「그를 엉망으로 두들겨준 녀석이 있어. 틀림없이 좀 전에 뻗어 버린 당신의 친구들이거나 아니면 그런 쪽의 하수인들이겠지.」

「내 친구?」

「적어도 내 친구는 아니니까.」

겁에 질린 코미디언은 수수께끼를 푸는 실마리라도 찾으려는 듯 보란의 눈동자를 응시했다.

「그렇다면…… 당신은 마피아의 일당이 아니었던가?」

앤더스는 고개를 갸웃거렸다.

보란의 얼굴에 웃음이 떠올랐다.

「마피아라니, 천만의 말씀이야.」

보란은 점잖게 선글라스를 벗어 보인 다음 다시 고쳐 썼다. 앤더스의 눈이 갑자기 생기를 띠며 밝게 빛났다.

「하, 이거 놀랐는 걸. 설마……?」

「프랜키라 불러 주게. 인사는 생략하기로 하고 우선 의논해야 할 문제가 있어.」

앤더스는 황홀한 표정으로 방문객의 얼굴을 구석구석 뜯어보면서 중얼거렸다.

「그렇다면 당신에 관한 소문이 결코 신화는 아니었군.」

「빨리 여기를 빠져 나가지 않는다면 그렇게 되어 버릴지도 모르지.」

「아, 보란. 아니지, 프랜키라 불러야지. 좋아, 프랜키. 오늘은 모두가 개명하는 날이니까. 저어, 내 방보다 더 좋은 곳이 있어. 아까 놈들에게 당하는 것을 〈레인저 걸스〉들이 보고 있다가 그녀들의 방갈로 열쇠를 빌려 줬거든. 내 목장에서라면 놈의 기습을 받기 딱 알맞으니까 말이야.」

보란은 싱긋 웃고는 코미디언의 뒤를 따라 방을 나섰다. 익살의 거장은 이제 겨우 쇼크에서 회복되어 가는 것 같았다. 명석한 두뇌는 놀라운 회전력을 발휘하여 앞으로의 대책을 강구하고 있

을 것이었다. 두 사람은 무대 뒤를 가로질러 극장 식당을 빠져
나와 호텔 맞은편에 있는 방갈로로 향했다.

걸어가면서도 앤더스는 속사포처럼 빠른 말투로 현대 미국 사
회에서의 폭력과 그 신화적 실재성에 관해 연신 지껄여 댔다. 그
러나 보란의 머릿속은 세계 제일의 코미디언이 쏟아 놓는 이야
기보디도 더욱 절박한 행동 스케줄로 꽉차 있었다.

싫건 좋건 이제 새로운 전쟁이 그를 기다리고 있었다. 역사상
가장 정당한 전쟁 중의 하나가 임박한 것이었다.

보란은 이 거대한 도박의 성곽을 발칵 뒤집어 놓기 위한 게임
을 연출하려고 뛰어들었다는 사실 자체가 또 하나의 도박일지도
모른다는 느낌을 가졌다.

그 결과는 삶이냐, 죽음이냐 중 하나일 뿐, 그 중간이란 있을
수 없었다.

6
레인저 걸스

　방갈로의 전면은 수영장을 내려다볼 수 있도록 유리로 되어 있었다. 나머지 벽면은 석회와 벽돌로 꾸며져 있었으며 침실은 두 칸이었다.

　실내 장식은 세련된 라스베이거스식으로 통일감을 주었다. 거실 한구석에는 부엌 겸용의 바와 벽에 밀어넣게 되어 있는 조립식 침대가 자리잡고 있었다. 침대를 펼쳐 놓는다면 방 안의 대부분을 차지할 것 같았다.

　보란은 재빨리 실내 구석구석을 돌아다녔다. 어디를 보아도 여성용 의류나 잡동사니가 어지럽게 흩어져 있었다. 침실에는 속옷이 비어져 나와 있는 슈트케이스가 내동댕이쳐져 있기도 했다.

　욕실에는 젖은 브래지어와 팬티가 사방으로 쳐진 줄에 널려 있어서 멋모르고 뛰어들었다가는 브래지어와 팬티에 목을 매달

지경이었다.

두 개의 벽장은 각양각색의 드레스와 플라스틱 여행용 가방, 장화, 구두, 샌들, 운동화 등으로 정신없이 어질러져 있었다.

보란이 실내 점검을 마치고 돌아섰을 때 앤더스는 바에서 두 개의 잔에 술을 따르던 참이었다.

코미디언이 물었다.

「어떤 술을 좋아하는가? 위스키? 아니면 위스키에 소다수를 탄 것?」

「어느 것이건 사양하겠어. 그런데 여기 묵고 있는 여성 레인저는 모두 몇 명인가?」

코미디언은 킥킥 웃고 나서 보란의 말을 정정했다.

「여성 레인저가 아냐. 〈레인저 걸스〉지. 레인저의 R, 걸스의 G, 양쪽 모두 대문자란 말야. 기막힌 그룹이지. 그렇게 멋있는 친구들은 그리 흔치 않을 걸? 인원은 네 명, 네 사람이 같이 노래하고 춤추고 조크를 날리면서 보는 이의 정신을 빼놓거든.」

보란은 이 익살꾼이 마음의 동요를 진정시키려고 과장되게 이야기를 늘어놓는 것이 아닌가 하고 생각했다.

「네 사람이 다룰 수 있는 악기만도 15종이나 된다는 거야. 이곳에 미리 도착한 것은 다른 호텔에 출연하고 있는 라이벌 쇼단을 정찰하기 위해서라나? 쇼 비즈니스에서는 통례로 되어 있는 일이지. 어디서나 비슷한 연기를 보인대서야 손님들에게 환영받을 턱이 없지 않겠어? 쇼라는 것은 어디서든 거의 같은 시각에 시작되거든. 그러니 자기들의 쇼가 시작되기 전에 도착하거나 끝난 뒤에 체재하지 않는 한 좀처럼 다른 쇼단을 접할 기회가 없다구. 정말 마음씨 고운 애들이야. 여태까지 난 그애들과 마이애

미 해변, 타호, 샌 주안 등 도처에서 같이 공연해 왔어. 그렇기는
해도 나와는 단순한 친구 관계에 지나지 않아. 몇 시간 전 이 방
갈로 앞에서 내가 습격당하는 걸 우연히 그애들이 보았지. 그애
들이 없었다면 더 심하게 당했을지도 몰라. 고래고래 소릴 질러
놈들을 쫓아 버리고는 날 여기로 데려와 의사를 불러준 거야. 게
다가 열쇠까지 주면서 얼마든지 머물러도 좋다고 했어. 정말 고
마운 아가씨들이지. 아마 넷이 함께 새버 클럽으로 나갔을 거
야.」

코미디언은 의기 양양하게 덧붙였다.

「예술가끼리의 우정이란 이런 거야. 그 밖에 또 무엇이 알고
싶나?」

「왜 마피아 녀석들이 당신을 그렇게 못살게 굴지? 당신의 스
테이지가 맘에 들지 않아서인가? 아니면…….」

「아냐. 내 스테이지가 문제가 아니야. 아무튼 당신 덕분에 하
룻밤에 두 번씩 두들겨맞지 않아도 되어서 다행이야.」

「얼버무리지 말라니까.」

앤더스는 한숨을 푹 내쉬고는 천천히 잔을 기울였다.

「아, 나쁜 놈들! 마피아는 실체가 없는 신화에 불과하다구?
그런가, 보란? 아니, 프랜키. 당신이 오트리의 심부름으로 찾아
온 게 확실하다면 내가 협박당하고 있는 이유도 벌써 알고 있으
리라고 생각되네만…….」

「그와는 이야기의 핵심까지 나눌 틈이 없었지. 단지 나는 현재
당신이 귀찮은 일에 말려들어 있으며 경찰의 손도 빌릴 수 없는
골치 아픈 처지라고 들었을 뿐이야.」

「여보게, 나는 현재의 명성을 얻기까지 15년이나 걸렸다구. 길

고 고달픈 세월이었지만 대체로 순조로운 오르막길이었지. 그런
데 녀석들이 계속 못살게 구는 거야. 난 해줄 만큼 해주었지. 그
래서 이젠 그런 녀석들과 죽이니 살리니 하는 일은 없을 것이라
고 생각하고 있었어. 하지만 천만의 말씀인 거야. 녀석들을 뿌리
친다는 것은 도저히 불가능한 일이었어. 보란, 그 녀석들은 풀밭
에서 도시락을 펴고 있을 때 기어 올라오는 개미 떼와 같은 놈들
이야.」

「녀석들이라면 마피아 말인가?」

「그래, 신화 속에 나오는 악한들이지. 그놈들은 나의 매니저들
까지 마음대로 조종해 버린다구. 1962년 이래 나는 ASA의 신세
를 져왔지. 그들은 언제나 나의 편의를 봐주었어. 그런데…….」

「ASA?」

「전미 흥행 협회의 약칭이야. 탤런트의 매니저나 흥행을 알선
하는 프로덕션으로서는 양심적이라고 정평이 나 있지. 그런데
최근에 그 ASA가 마피아에 팔려 버린 모양이야. 경영진의 한 사
람이 팔아넘긴 것 같아. 지금은 아마 일정한 수수료를 받고 그
친구들의 첩자 노릇이나 하는 것이 고작인 것 같아.」

「뭘 그렇게 걱정하는가, 앤더스? 톱클래스의 스테이지에 나올
수 있는 한 누가 당신의 흥행을 알선하든지 상관할 바가 아니지
않은가?」

「그게 당신의 본심이 아니라는 걸 알고 있네. 좀더 솔직히 털
어놓으라고 말하고 싶은 거겠지? 좋아, 기왕 여기까지 왔으니
죄 털어놓겠네. 어떻게 된 거냐 하면…… 녀석들에게 조금이라
도 밉게 보였다간 눈 깜짝할 사이에 엉덩이털까지 뽑히고 만다
는 얘기야. 더러운 양말을 뒤집듯이 안쪽에서부터 침해당하고

마는 거라구.」

「구체적인 예를 들어서 말한다면?」

「구체적이라니? 좋아, 이런 건 어떨까? 요 근래 5년 동안 난 겨울이면 언제나 마이애미 해변에 있는 폰테인스 호텔 윈터쇼의 톱타자로 출연하는 것이 관례로 되어 있었지. 지배인과도 허물 없이 지내는 사이라 마이애미에 들르게 되면 반드시 거기서 묵 곤 했었어. 호텔 측에서도 극진히 대우를 해주었지. 5년 동안 그 런 관계가 계속되어 온 거야.」

「계속해 보게.」

보란이 재촉했다.

「그런데 금년에 와서는 그 당연한 전통이 갑자기 진흙투성이 로 변하고 말았다네. 폰테인스 호텔에서는 이번 윈터쇼에 토미 앤더스를 출연시키지 않겠다는 거야. 그래서 난 ASA에 문의해 보았지. 호텔 측에서는 새로운 인물을 내보내고 싶다고 통보해 왔다는 거야. 난 그런가 보다, 그렇게 되었다면 할 수 없지, 생각 하고 서글픈 대로 참았어. 대신 샌 주안으로 가서 2개월 가량 그 일대를 순회 공연하고 다녔지. 지난달에 그곳 스케줄도 끝나고 해서 돌아가는 길에 마이애미에 내렸어. 언제나처럼 폰테인스 호텔에 투숙했지. 극진한 대우를 상상하면서 말야. 그런데 지독 한 냉대를 받은 거야. 그래서 난 지배인실로 찾아가 제이크를 만 났어. 거기에서 겨우 진상을 알게 되었지. 더 얘기할까?」

보란은 말없이 고개만 끄덕였다.

「제이크는 비참할 정도로 겁을 먹고 있더군. 나더러 지옥에나 가라고 하면서 자신은 거기에 동반할 생각이 없다고 말하는 거 야. 더 이상 마피아 녀석들이 호텔에 간섭하는 것을 용서하지 않을 뿐더러 ASA의 흥행 알선도 받지 않겠다고 말야. 인기 탤런트 대부분을 ASA가 관리하므로 ASA와 손을 끊는다면 그쪽도 상당한 타격을 입게 되어 있지. 그래서 나는 아연 실색했어. 간신히 제이크를 달래 입을 열게 했더니 아나나 다를까, 더러운 이면이 있었던 거야. 마피아 녀석들의 상투적인 수법이었어. 놈들은 제이크를 위협한 거야. 이번 시즌의 톱을 토니 앤너스로 장식하는 것까지 상관 않겠다. 그러나 이번부터는 새로운 조건도 만족시켜 줘야겠다, 라고 말야. 현재 호텔과 거래하고 있는 업자 가운데는 ASA와 뜻이 맞지 않는 친구들이 있다네. 호텔과 각종 상품을 거래하는 소매업자, 특히 알코올류의 도매업자도 마음에 들지 않으며 크리닝 업자도 싫다고 말하더라는 거야. 그리고는 다른 도매업자의 명단이 빽빽이 적혀 있는 리스트를 제이크에게 건네 주면서 앞으로도 ASA 산하의 탤런트를 쓰고 싶다면 이 리스트에 올라 있는 업자와 우선적으로 거래를 트라고 하더라나? 흥! 제이크는 한마디로 놈들의 제의를 거절했던 거야. 자연히 나의 출연도 정지되었고. 너무 놀라 말이 안 나오더군. 그래서 나는 내 나름의 조사를 시작했지. 그랬더니 확실히 이번 시즌엔 여러 가지 묘한 점들이 발견되더군. 그때까지 난 모르고 있었는데 내 예정표에 들어 있는 공연 클럽은 전혀 새로운 곳뿐이었어. 내게는 전혀 안면이 없는 곳이란 말이야. 그래도 얼른 제이크의 말이 믿기지 않아서 여러 곳으로 수소문해 보았어. 마이애미 경찰에도 갔었지. 그곳에는 〈데이드군 공공 보안과〉라는 부서가 있어. 거기 조직 범죄국에서 전문가라는 사내의 말을 들었는데 정말 입이 딱 벌어질 지경이더군. 그가 터놓고 해준 이야기를 그대로 지껄여 보아도 일반 시민들은 도저히 믿어 주지 않을거야.

여하간 그건 그렇다 치고, 난 내가 어떤 위험에 직면해 있는지 알아차렸어. 녀석들은 이젠 나의 숨통까지 꽉 쥐고 흔들더란 말이야. 비단 나뿐이 아니더군. ASA 산하의 톱 탤런트들이 이번 시즌에 들어서 출연한 업소는 전부 마피아계였어. 마피아 소유라고까진 말할 수 없어도 마피아에게 조종당하고 있는 클럽들뿐이었단 말이야. 놈들은 이제 쇼 비즈니스 세계에도 커다란 대제국을 구축하려고 드는 중이라구. 이건 맹세해도 좋아. ASA가 이미 침투당했다면 다른 프로덕션은 물어 보나마나지. 녀석들은 술, 계집, 음식, 자동 판매기, 각종 서비스, 게다가 노조까지 포함한 일대 제국을 건설하고 있다는 거야. 마이애미에서 만난 한 수사관의 이야기에 따르면 ASA의 고객 리스트에 올라 있는 기업은 예외 없이 마피아의 수중에서 놀아나고 있다는 거였어. 무슨 얘긴지 알겠지. 보란? ASA는 나처럼 좀 모자라는 탤런트를 도구로 사용하고 있다구. 그뿐 아냐. 내게는 개인적인 이해 관계까지 개입되어 있단 말야.」

「녀석들이 당신을 말려 죽이기라도 한단 말인가?」

「그래, 바로 맞췄어. 물론 그렇게 된다면 그 친구들은 내 몫의 커미션을 받을 수 없게 되겠지만 그런 돈 따위는 놈들에겐 푼돈에 지나지 않아. 목적에 맞기만 한다면 녀석들은 기꺼이 날 말려 죽일 거야. 하지만 그런 것보다 더 무서운 것이 있어, 보란. 토미 앤더스의 개인적 이해보다 더욱 중대한 사태가 뒤엉켜 있다구. 가르쳐 줄까?」

앤더스는 뜸을 들였다.

「그래, 가르쳐 주게.」

보란은 쓴웃음을 지었다.

「쇼 비즈니스의 전분야에 걸쳐 이름깨나 날린다 하는 탤런트는 모두 ASA와 관계하고 있어. 브로드웨이, TV, 영화…… 하여튼 쇼 비즈니스를 이야기하는 데 있어 ASA를 빼고선 얘기할 수 없을 정도라구. 그것이 어떤 사태를 의미하는 건지 상상할 수 있겠어? 신화적 존재에 지나지 않는다고 여기고 있던 제2의 미국 정부는 이제 오릭 산입까지 집어삼키려고 눈이 빌개져 있던 말이야.」

보란은 말없이 담배에 불을 붙이고 잔뜩 찌푸린 채 구불구불한 곡선을 그리며 천장으로 올라가는 연기를 쳐다보았다.

잠시 침묵이 흐른 뒤 코미디언은 다시 입을 열었다.

「어떤가, 설마 하고 생각하겠지?」

「아냐, 충분히 있을 수 있는 일이야.」

「별로 대수롭지 않은 문제라고 생각하는 사람들도 있을지 모르지……. 하긴 쇼 비즈니스 같은 것은 미국 사회의 극히 부분적인 일에 지나지 않으니 말야. 그렇지만 울화통이 치밀어서 못 견디겠다구. 언젠가는 이 세계가 녀석들의 손아귀에 떨어지는 날이 오는 게 아닌가 해서 말이야.」

「당신과 ASA와의 관계는 지금 어떻게 되어 있는 거야?」

보란이 느닷없이 일어서며 물었다.

「오트리의 등장으로 새로운 국면에 접어들었지.」

앤더스의 대답이었다. 그는 좀더 상세하게 설명을 덧붙였다.

「나는 길드에 정식으로 항의서를 제출했어. 그러자 오트리가 사정을 깨닫고 정세를 파악하기 위해 파견되어 온 거야. 마피아의 개입 운운은 정식으로 조사할 때까지 시끄럽게 떠들지 않는 것이 좋을 것이라는 길드의 지시도 있었지.」

아마 FBI는 특별 수사반을 편성하여 그다지 알려지지 않은 지방 경관을 잠입역으로 밀어넣었을 것이고 라이온스가 말한 〈캘리포니아 회전 목마〉라는 암호는 그 작전의 명칭임에 틀림없다고 보란은 짐작했다.

그는 앤더스에게 다시 질문했다.

「이 호텔에는 ASA의 알선으로 왔는가?」

「천만의 말씀!」

코미디언은 펄쩍 뛰며 잘라 말했다.

「이젠 더 이상 자네들의 신세는 지지 않겠네, 하고 녀석들에게 선언했지. 길드가 재판소의 명령을 받아 주었거든. ASA와의 계약 파기 소송이 마무리지어질 때까지 자유로운 탤런트로서 마음대로 행동해도 좋다, 라는 명령을 말야.」

「그래서 녀석들로부터 괴로움을 당하고 있다는 건가?」

앤더스는 한참 동안 대답이 없었다. 그런 다음 멋쩍은 듯이 말문을 열었다.

「솔직히 말해서 나 정도의 인기인이라면 녀석들도 노골적으로 간섭해 오지 않을 것이라고 생각했었다네. 한심한 생각이었지. 거만한 착각이었어. 도대체 녀석들에게는 손대지 못할 거물이란 존재하지 않는 모양이더군.」

「그렇게 말하면서도 당신은 여전히 녀석들의 코앞에서 붉은 케이프를 흔들었잖아.」

「바로 그거야. 지금에 와서는 그보다 더 나은 자위 수단이 없으니까 말야. 그렇잖은가, 보란? 이쪽에서 공공연하게 녀석들을 야유하면 할수록 녀석들은 깨끗이 나를 제거해 버리는 방법을 취할 수 없게 되어 버리거든. 당연한 이치가 아니겠나, 보란?」

보란은 길게 한숨을 쉬고 말했다.

「자, 이제 최선의 방법은 오트리와 밀접한 연락을 취하는 것이라고 생각되는데……. 아, 참, 오트리 얘기가 나왔으니 말인데 무대 뒤에 두고 온 두 명의 시체는 곧 발견될 거야. 당신은 틀림없이 용의자나 증인으로 출두해야 될 거고. 그렇게 되면 사실 그대로 진술하는 게 유리할 기야.」

「내가 어떻게 그런……?」

「괜찮아. 사실대로 이야기하는 편이 나아. 내 이름을 밝혀도 상관없어. 어차피 난 대량 살인자로 쫓기는 몸이니까. 뭐, 한두 건 살인 용의가 더해져도 달라질 건 없어. 참, 그보다 당신이 자진해서 경찰에 출두하는 건 어떨까, 앤더스? 그게 더…….」

갑자기 등 뒤에서 인기척이 났다. 보란은 하던 말을 삼키고 재빨리 베레타를 뽑으면서 뒤를 돌아보았다.

뜻밖에도 네 사람의 아름다운 침입자가 보란의 행동에 놀라서 얼어붙은 듯이 꼼짝도 않고 서 있었다. 네 명의 미녀에게 권총을 들이댄 것은 처음 있는 일이었다. 그녀들은 보란의 손아귀에 쥐여 있는 위험스러운 물건을 어이없이 바라보고 있었다.

앤더스가 급히 손짓을 했다.

「걱정할 것 없어. 어서 문부터 닫아요.」

눈을 커다랗게 뜨고 맨 뒤에 서 있던 블론드 아가씨가 동료를 안으로 밀어넣으며 조용히 문을 닫았다.

잘 세공된 다이아몬드처럼 빛나는 네 명의 여인을 앞에 둔 사내라면 자신이 남성임을 강하게 의식하지 않을 수 없을 것이다. 물론 보란이라고 해서 예외는 아니었다.

보란은 베레타의 총구를 거두고 자신도 모르는 사이에 드러난

은밀한 욕망의 시선을 그녀들에게로 향했다.

네 아가씨들은 제각기 다른 머리 색깔을 하고 있었다. 그러나 복장은 같아서 네 명 모두가 허벅지에 꼭 끼는 핫팬츠에 가슴팍이 훤히 들여다보이는 블라우스를 걸치고 있었다. 대리석 기둥 같이 곧게 뻗은 다리와 허리에서 둔부로 이어지는 매혹적인 곡선이 보는 사람의 머릿속을 어지럽게 했다.

보란은 내심, 저런 꼴을 하고 거리를 쏘다니면 경찰의 단속을 받지 않을까 하고 생각했다.

보란은 그녀들에게서 돌아서서 굵직한 음성으로 앤더스에게 말을 건넸다.

「밖으로 나가는 게 좋겠네.」

그때 블론드의 아가씨가 그 늘씬한 다리로 성큼성큼 몇 발자국 떼어 놓더니 보란의 등 뒤에 바짝 붙어 섰다. 보란은 고약한 장난기를 의식했다.

「바깥보다 여기가 더 좋지 않겠어요?」

그녀는 달콤한 목소리로 속삭이며 그의 목에 팔을 둘렀다.

「게다가 로비를 지나면서 보니까 굉장한 소동이 일어난 것 같았어요.」

블론드의 음성엔 약간 근심스러운 듯한 빛이 어려 있었다.

「그럴 테지.」

보란은 충분히 상상할 수 있었다.

「걱정할 필요가 없다네, 보…… 아니, 프랜키.」

앤더스가 보란과 레인저 걸들을 번갈아 쳐다보며 말했다.

「이 아가씨들까지 말려들게 할 필요는 없어.」

「어머! 무슨 말씀이세요? 이미 말려들었다구요.」

다른 한 아가씨가 호들갑을 떨며 하늘거리는 걸음으로 보란에게 다가왔다. 탄력 있는 그녀의 엉덩이가 보란의 그것에 부딪쳤다. 그는 어쩔 수 없이 꿈틀거리는 욕망에 내심 당황하지 않을 수 없었다. 그녀는 생긋 웃으며 앤더스에게 말했다.

「제 충고를 들어줘서 기뻐요, 토미. 드디어 보디가드를 고용했군요.」

「대단한 보디가드로군요.」

보란의 콧잔등에서 선글라스를 벗겨내던 블론드가 거들었다.

「로비에서 경찰들이 들끓고 있던데. 어때요, 좀더 자세하게 상황을 설명해 드릴까요?」

보란은 선글라스를 나꿔채 호주머니에 쑤셔 넣었다.

「그래, 들려주겠소?」

「그보다 먼저 성함을 알고 싶은데요?」

블론디는 웃음 띤 얼굴로 물었다.

「권총을 쥔 그리스 신화의 신은 누구죠, 앤더스?」

앤더스는 난처한 듯 보란을 쳐다보았다.

「벌써 알고 있다는 표정들이야.」

보란은 짐짓 화를 내었다.

블론드는 얼굴 가득 웃음을 머금은 채 계속 재잘거렸다.

「네, 알고 있구말구요. 나폴레온 매드 씨죠? 그렇잖으면 마이크로 해머 씨인가요? 하긴 이름 따윈 아무려면 어떻겠어요? 그보다 당신은 사형 집행 장소를 잘못 선택했더군요. 토미의 갱의 실 앞 복도에는 피가 흥건하고 조금 떨어진 곳에는 두 깡패의 시체가 널려 있었어요. 경찰은 어쩔 줄을 모르고 우왕좌왕하고 있었단 말예요.」

그녀는 새끼손가락으로 보란의 목덜미를 간질이면서 말을 이었다.

「그들이 찾고 있는 사내의 인상 착의를 가르쳐 드릴까요? 카지노 보안 요원의 패스포드를 제시하고 입장했다는 엷은 청색 상의의 키 큰 사내. 그들은 그렇게 떠들더군요.」

「거짓말은 아니겠지?」

「거짓말이라니요? 어머나, 어떻게 된 일이죠? 옷이 피투성이잖아요? 이러구서 발뺌을 해봤자 무슨 소용이겠어요, 제임스 본드?」

앤더스는 곤란하다는 듯이 웃었다.

「이제 그만둬요, 토비. 이 사람은 내 생명의 은인이야. 자, 맥, 토비 레인저를 소개하지. 토비야말로 지혜의 여신이야. 토비를 속이려는 생각은 하지 않는 게 좋아. 불가능하니까 말야.」

보란은 약간 표정을 누그러뜨리며 손을 내밀었다.

「이젠 휴전인가?」

「아담과 이브 이래 가장 짧았던 전쟁이네요.」

토비가 나머지 맴버들을 소개했다. 보란의 그것에 엉덩이를 밀착시키고 있는 아가씨는 조제트 세브류로 프랑스계 캐나다인이었다. 장난기 어린 눈빛의 플레이걸로서 보란은 단지 그녀와 몸을 맞대고 있다는 사실만으로도 충분히 행복한 느낌이었다.

다갈색 머리칼의 아가씨는 비교적 예의 바른 타입이었다. 장미 꽃잎을 연상케 하는 살결과 수심에 젖은 눈이 퍽 인상적이었다. 스마리 더블린이라고 소개되는 동안 그녀는 말이 없었으며 그저 보일듯 말듯 눈살을 찌푸린 채 보란을 응시할 뿐이었다.

마지막으로 소개된 아가씨는 순진하고 귀여운 눈동자의 새리

파머였다. 지방 소도시 출신의 여성에게 자주 볼 수 있는 밝고
악의 없는 인상이었다. 네 사람이 모두 늘씬하게 키가 컸으며 한
자리에 용케 모아 놓았다 싶을 정도의 미인들이었다.

스테이지를 보지 않아도 틀림없이 솜씨 있는 연예인들일 것이
라는 짐작이 갔다. 걸음걸이에서부터 사소한 동작에까지 연예인
특유의 화려함이 넘쳐 흐르고 있었고 갖은 고생을 겪은 뒤 마침
내 연예계의 정상에 도달한 프로만이 발산할 수 있는 신비한 분
위기가 짙게 풍기고 있었다.

「언제나 이런 꼴로 시내를 돌아다니는 건 아니에요.」

새리 파머가 자신의 옷차림을 내려다보며 말했다. 미리 양해
를 구해야겠다는 조심스러움과 예의를 의식한 말투였다.

「우린 라스베이거스에 처음 진출해 왔기 때문에, 뭐랄까, 약간
주위의 이목을 끌 필요가 있거든요.」

그녀는 기어 들어가는 목소리로 변명했다.

「좋은데요, 뭘.」

보란은 부드럽게 대꾸해 주었다. 그리고는 앤더스를 향해 말
했다.

「다른 친구들의 이름도 가르쳐 주게. 그것만 들으면 실례하겠
네.」

「누구의 이름?」

앤더스가 입을 열기도 전에 토비 레인저가 끼어 들었다.

「당신은 잠자코 있어요.」

보란은 돌아보지도 않고 이렇게 말했으나 속으로는 차라리 여
기 있는 여자들과 흉금을 털어놓고 교제하는 편이 얼마나 쉽고
즐거운 일일까, 생각하고 있었다.

「이름을 말해 주게, 앤더스.」

보란은 단호하게 말했다.

「보니와 크라이드 이래 가장 짧은 휴전이군요.」

토비는 빙글빙글 웃었다.

「가르쳐 주지 말아요, 토미.」

조제트 세브류가 익살스럽게 말렸다.

코미디언은 주머니에서 접은 종이를 꺼내 보란에게 건넸다.

「필요한 것은 모두 거기 적혀 있어. 이 토미 앤더스의 유서 겸 모놀로그지. 내겐 따로 복사한 것이 있다네.」

보란은 얼른 종이를 펴보았다. 대충 훑어내리고는 원래대로 접어 호주머니에 쑤셔 넣었다.

「그럼 이제 전화를 걸게.」

「무슨 전화요?」

토비 레인저는 호기심이 많은 여자 같았다.

「날더러 경찰에 신고하라는 거야.」

앤더스가 대신 설명했다.

「조금 늦은 게 아닐까요? 지금에 와서…….」

「그래도 신고하지 않는 것보다야 낫겠지.」

보란은 무뚝뚝하게 대꾸했다. 그는 잠시 고개를 떨구고 생각에 잠기는 눈치더니 지시를 변경했다.

「아냐, 전화를 하는 것보다 직접 로비에 나가서 경찰을 붙잡는 편이 좋겠어. 겁에 질려 벌벌 떠는 시늉을 하면서 말야. 괴한이 권총을 들이대는 바람에 소리치지도 못하고 주차장까지 끌려갔다고 말해. 여러 가지 질문을 당한 다음 풀려났다고 하는 거야. 알고 있는 건 그뿐이라고 말하면 돼.」

「알겠어. 내가 알고 있는 것은 그것뿐이야.」

앤더스는 자신에게 다짐하듯 중얼거렸다. 그가 심호흡을 한 번 한 뒤 문으로 향하려 하자 토비가 그를 막아섰다.

「잠깐 기다려요. 당신은 그것으로 끝나겠지만 여기 남아 있는 보디가드는 어떻게 되죠? 설마 당신도 투명 인간이 되겠다는 것은 아니겠죠?」

「그렇게 될 거요.」

보란은 웃음을 띠고 있었지만 스스로 느끼기에도 자신이 무척 긴장하는 것을 알 수 있었다.

「우쭐하지 말아요. 그렇게 될 거라니요? 당신은 남의 말을 진지하게 듣는 법부터 배워야겠어요. 온 호텔 안이 경찰들로 시끌벅적하다구요. 출입구는 완전히 봉쇄되어 있어요. 게다가 잠시 뒤에는 모든 방을 다 수색할 거라고 했어요. 물론 범인의 인상착의도 완전히 파악하고 있단 말예요.」

보란은 상황의 불리함을 하나하나 새겨 보았다. 그리고는 어쩔 수 없다는 듯 토비를 쳐다보며 어깨를 으쓱했다.

「그렇다면 아가씨 생각에 나는 어찌하면 좋겠소?」

토비는 상대방의 승복을 받은 레슬링 선수처럼 의기 양양하게 웃고 나서 동료들을 향해 경쾌하게 말했다.

「자, 서둘러. 옷을 갈아 입는 거야. 아니지, 벗는 거야. 비키니도 벗어 던져. 빨리빨리 해.」

그녀는 보란을 흘끗 쳐다보며 덧붙였다.

「뭘해요? 당신도 어서 벗어요.」

「벗는다고 투명해지는 것은 아닐 텐데?」

「하지만 새빨갛게는 되죠. 얼굴이 말예요. 저런, 벌써 달아올랐군요. 안심하세요, 헤엄치러 가는 것뿐이니까요.」

눈부시게 아름다운 여자 넷이 생글생글 웃으면서 홀연히 나타
나자 사람들의 시선은 일제히 그녀들에게로 집중되었다. 그도
그럴 것이 그녀들은 한결같이 실오라기 하나 걸치지 않은 맨몸
이었기 때문이었다.

풀 주변에는 밤늦게까지 노닥거리는 투숙객들이 여기저기 흩
어져 있었다. 그들은 대개 홀가분한 복장을 하고 술잔을 기울이
며 잡담을 나누고 있었다.

발가벗은 여자들이 한발 한발 다가오는 것을 보며 그들은 의
자를 삐걱이거나 몸을 지나치리만큼 비틀어 한밤의 스트리킹을
놓치지 않으려고 기를 썼다. 개중에는 더욱 자세히 보려고 일부
러 일어서는 중년 남자도 있었다.

이윽고 주목의 대상이 된 전라의 미녀들 중 둘은 다이빙대에
올라가 불빛을 온몸에 받으면서 경쾌하게 춤을 추기 시작했으며
나머지 둘은 바로 그 아래 주변에서 허리를 비비 꼬며 준비 체조
를 시작했다.

잠시 후에 제복의 보안관보가 맞은편에서 나타나 팔짱을 낀
채 다이빙대를 올려다보았다.

그리고 또 한 사람, 방갈로의 어둠 속에서 나타난 팬츠 차림의
사내가 있었다. 그러나 아무도 그를 알아보는 사람은 없었다. 그
사내는 아주 가볍게 몸을 날려 풀에 뛰어들었다. 네 명의 미녀를
제외하고는 누구 하나 눈치챈 사람이 없었다.

그녀들도 일제히 환성을 올리며 풀에 뛰어들어 그의 주위로
모여들었다.

그때쯤 또 한 사내가 방갈로에서 뛰어나와 숨을 헐떡이며 유괴와 살인의 체험담을 신고하기 위해 로비로 달려갔다.

보란은 전에도 한 번 추적해 오는 경찰을 따돌리려고 곁눈질을 하면서 헤엄쳐 도망친 적이 있었다. 물결이 사나운 마이애미 해변에서의 일이었다. 그러나 지금은 라스베이거스 최고의 호화로운 호텔 수영장인 데디기 더욱이 주위에는 인생의 감미로움을 만끽게 하는 네 명의 인어가 따라붙고 있었다. 과연 이런 상황에서도 먼저와 같이 멋지게 추격자들을 따돌릴 수 있을지 의문스러웠다.

문득 누군가가 가만히 매끄러운 하체를 밀착시켜 왔다. 이어서 강한 프랑스 사투리가 섞인 속삭임이 귀를 간질였다.

「당신은 굉장히 매력적이에요, 살인업자 치고는.」

그 순간 엉뚱하게도 보란의 머릿속에선 칼 라이온스의 얼굴이 떠올랐다간 지워지고 아까 라스베이거스 시내를 향해 달리던 자동차 안에서 그가 한 이야기들이 되살아났다.

이번에는 풍만한 유방을 출렁이면서 보란의 어깨를 붙잡고 있던 토비가 장난스럽게 그의 머리칼을 쥐어뜯으며 약을 올렸다.

「대단한 살인자군요, 당신은. 권총도 갖고 있지 않은데 말이에요.」

그러자 프랑스 사투리가 섞인 억양으로 조제트가 대뜸 응수했다.

「어머, 꼭 그렇진 않아요. 지금도 이 사람은 아주 멋진 총을 차고 있다구요.」

이어 조제트의 손이 슬쩍 그의 은밀한 부위를 건드리고 지니갔다.

「그건, 뭐…….」

보란은 더듬더듬 중얼거렸다.

「사내라면 누구나 다 갖고 있는 거 아니겠소?」

7
황금의 마음을 가진 사나이

뷰트 아포스틴니는 교활하기 이를 데 없는 마피아였다. 하기야 그렇지 않다면 경계심, 외교 수완, 신중성, 냉혹함 등을 적당히 엮어 가면서 조직의 일을 처리해야 하는 직분에 있는 그는 벌써 오래 전에 저 세상에 가 있을지도 몰랐다.

일반적으로 카지노의 지배인이라는 직책은 그다지 수명이 긴 자리가 아니었다. 마피아가 조종하는 카지노의 경우에는 더욱 그런 현상이 두드러졌다.

골드 더스터는 라스베이거스 중심가에 줄지어 서 있는 마피아계 도박장 가운데서도 가장 역사가 오래 되고 규모가 큰 카지노였다.

신용 대출 및 그 밖의 귀중한 특권을 고객에게 베풀 때처럼 극히 다루기 곤란한 문제가 발생했을 경우, 카지노의 지배인은 항상 상대방의 본성이나 정체를 정확히 파악하고 있지 않으면 안 되었다. 상대방이 카지노의 비공식 감사원일지도 모르며 또 감사원의 친구나 동료인지도 전혀 예측할 수 없기 때문이었다. 그뿐 아니라 권모 술수가 소용돌이치고 내부의 암투가 심한 암흑가에서는 언제 어느 때 버림받은 사람, 페르소너 논그라타(문둥병 환자, 즉 미운 놈)로 전락해 버릴지 알 수 없는 노릇이었다.

현재의 지위에 오른 뒤 16년 동안 아포스틴니는 한 번도 그런 사태에 직면해본 일이 없을 뿐더러 약삭 빠른 부하에게 바보 취급을 당한 적도 없었다.

그러나 그러한 실적은 카지노의 지배인으로서 성공하기 위한 필수 조건이기는 했지만 반드시 충분한 조건은 아니었다.

마피아계 카지노의 일류 지배인으로서 대성하기 위해서는 그 외에 몇 가지 더 부여된 역할까지도 실수없이 잘 해내지 않으면 안 되었다. 예를 들면 고객들로부터 돈을 빨아내는 흡입률 같은 것이었다. 지배인으로서의 자리를 군히려면 그 흡입률은 항상 일정한 수준 이상으로 유지해야 했다. 흡입률이 떨어지거나 손실이 계속되면 당장 지배인으로서의 능력을 의심받게 되는 것이었다.

또한 술을 많이 마셔도 곤란하며 분에 넘치는 화려한 생활을 해서도 안 되었다. 그리고 자기 자신이 맡고 있는 게임대에서조차 호기롭게 게임을 즐기는 것도 금물이었다.

비자금의 탈취율에도 항상 조심하고 주에서 파견된 도박계 관리나 언제나 감시의 눈을 번득이고 있는 세무계원을 속여 일정한 레이크 오프(빼돌림)를 달성하도록 마음쓰지 않으면 안 되었다.

그 중에서도 가장 중요한 것은 비자금에 대한 책무였다.

하루의 수익에서 따돌리는 비자금의 대부분은 전과자에겐 카지노 영업을 금하는 편협한 주법(州法) 때문에 표면상으로 활동을 못하고 있는 그늘의 주주(株主) 몫으로 충당되었다. 골드 더스터에는 그런 음성적인 파트너가 열 명 남짓 붙어 있었는데 그들 각자에게 매주 수지 내역과 함께 비자금이 지불되는 것이었다.

물론 그들도 다른 주주와 마찬가지로 결산시에 대리인을 통해서 정규 배당금을 받게 되어 있었다. 그러나 암흑가의 거물들이란 항상 블랙머니의 유입을 노리는 법이었다. 손쉽게 자금을 조달하기 위해서는 늘 거액의 현금이 움직이고 있는 카지노만큼 적절한 장소는 없었다. 거기에서 끌어낸 현금은 지하의 금융 시장에 투자되어 다시 막대한 이윤을 남겼다.

이러한 자금은 또 마피아의 지시를 받아 미국 각계에 중요한 영향력을 행사하고 있는 저명 인사들의 사례금으로서도 사용되었다.

부정 도박에서 얻은 수익금은 다른 루트를 통해서도 유출되었다. 파나마나 스위스 무기명 은행 구좌에는 언제든지 외국 대리인의 이름을 걸어 미국내 유망한 합법적 기업에 투자할 수 있도록 많은 금액의 비자금이 불입되어 있기도 했다.

뷰트 아포스틴니는 비자금을 몰래 빼돌리는 명수였다. 그는 아라비아 마술사도 부러워할 만한 탐지 불가능의 시스템을 고안해 내었다.

그의 시스템은 얄팍한 손재주와는 달랐다. 그것은 딜러, 피트 보스, 회계사 3자간에 교환되는 교묘한 암호에 바탕을 두고 있으며, 카지노 안에 놓인 게임대마다 집계되는 필과 드로의 기록을 끊임없이 속이는 것으로 성립되는 시스템이었다.

필이란 특정한 영업 시간 내에 각 게임대에 모이는 칩과 코인의 총액을 뜻하는 것이었다. 드로는 각 게임대에서 유출되는 판돈의 총액을 말한다.

각 게임대에서는 지폐도 딜러에게로 흘러 들어갔다. 고객이 딜러로부터 칩을 사면 딜러는 곧 그 지폐를 테이블 밑에 비치해 둔 금고의 투입구에 밀어넣게 되어 있었다.

아포스틴니가 고안한 시스템은 그 순간의 포착에 바탕을 두고 있었다. 극히 교묘한 암호 전달에 의해 각 금고에 투입된 금액이 정확하게 계산되어 그 결과가 공식 집계로 넘어가는 과정에서 조작이 이루어지는 것이었다.

라스베이거스의 카지노에 종사하는 사람들에게 하루 중 가장 긴장할 때가 언제냐고 묻는다면 아마 그것은 하루에 세 번 있는 근무 교대 시간이라고 응답할 것이다. 근무 교대 전에 일제히 매상금을 집계하도록 규정되어 있기 때문이었다. 네바다 주 법률은, 모든 게임대의 수지 결산은 각 담당의 마감 시간에 산출해야 한다고 못박고 있었다.

도박 행위가 일체 중지되는 동안에 코인과 칩이 계산되고 필과 드로가 집계되었다. 각 금고에 모인 지폐는 자물쇠가 채워진 사무실로 운반되어 엄중한 감시 아래 집계가 이루어졌다. 그것은 아포스틴니에게 있어서도 하루 일과 중 가장 긴장되는 시간이었다. 그는 대개 오전 4시의 집계가 끝나면 자기 방으로 물러가 오전 11시까지 취침했다. 기상하면 식사, 샤워, 면도, 마사지를 순서대로 마치고 정오의 집계에 대비하여 근무처로 돌아갔다.

오후는 대체로 한가해서 옛친구을 방문하거나 새 친구를 사귀기도 하고 정치가나 중요 인물이 투숙중이면 그들을 접대하는 일에서부터 편의 제공을 약속해 주는 등 사교적인 일로 소일했다. 때로는 자신의 이미지를 향상시키는 데 도움이 되는 여러 종류의 집회에 얼굴을 내밀기도 하면서 시간을 때우곤 했다.

5시부터 7시끼지는 서류 처리 시간이었다. 각 담당이 올린 수지, 게임대의 평균 매상액, 횡재를 한 고객이나 크게 손해를 본 손님에 관한 보고서를 검토했다.

7시가 되면 아포스틴니는 그날의 두 번째이자 마지막인 식사를 했다. 메뉴는 24온스짜리 스테이크 롤빵에 드레싱하지 않은 레터스 반 포기일 때가 많았는데 대개는 별실에서 혼자 들었다. 요리는 지난 16년간, 오직 그 한 사람에게만 봉사해 온 충직한 요리사의 손으로 조리된 것이었다.

오후 8시가 되면 그는 하루의 최종 집계에 입회한 다음, 비로소 정식 근무에 들어갔다.

그는 카지노에 남아 오전 4시까지 장내를 돌아다니면서 감독의 일을 수행했다. 그처럼 정력적으로 일하는 지배인은 라스베이거스 어디에도 없었다. 그것은 모든 사람이 인정하는 바였다.

그는 48세의 독신으로 카지노 위층에 특별히 설계된 방에서 생활했다. 그 외에는 이렇다할 만한 주택이나 별장을 소유하지 않고 있었다. 그야말로 일에만 죽어라고 매달리는 사내로 라스베이거스를 방문중인 의원을 찾아가거나 18홀의 골프 코스를 빌리거나 할 경우처럼 반드시 필요할 때 이외에는 좀처럼 이웃 호텔에도 발을 들여 놓지 않았다.

부드러운 태도, 논리 정연한 말솜씨에서부터 일거수 일투족에 이르기까지 풍부한 교양의 소유자라는 것이 엿보였으며 종업원의 대부분에게 크게 존경을 받고 있었다.

그에게는 또 자기의 이미지 메이킹을 지향하는 본능적 욕구라고 할 만한 일면이 있어 시에서 주최하는 모든 행사에 모습을 나타내었다.

그런 모임에 참석할 경우에는 반드시 PR맨을 대동하여 적당하다 싶은 시간에 사진을 찍게 하거나 메모를 시키곤 했다. 그 지방의 교회나 각 공공 기관에는 항상 기부금을 잊지 않았으며 적어도 하루에 한 번은 골드 더스터에서 빈털터리가 된 운나쁜 고객과 〈우연히〉 만나 현금 100달러와 이미 지불된 비행기표를 공항의 탑승 게이트에서 받을 수 있도록 편의를 도모해 주었다. 탑승 게이트에는 카메라를 맨 그의 PR맨이 대기하고 있다가 싱글벙글 웃는 고객의 얼굴을 찰칵 촬영해 놓는다는 각본이었다.

그의 이런 계산은 딴 뜻에서가 아니었다. 그것은 돈 한푼 없는 손님이라도 절대로 그냥 돌려보내는 일이 없었다는 전설적인 미시시피의 도박사를 의식한 행동의 발로로서 그 인물과 자신을 나란히 놓고 견주려는 쇼맨십에 지나지 않았다. 그가 얻은 〈황금의 마음을 가진 사나이〉라는 이미지는 그런 유치하고 천박한 자선 행위를 최대한으로 이용해서 쌓아 올린 것이었다.

그러나 하루의 매상 금액에서 교묘히 돈을 빼돌리는 사기, 절도, 음모의 집계시에는 그의 자랑거리인 PR맨을 곁에 두지 않았다. 이렇게 많은 액수의 비자금을 따돌린 뒤에도 골드 더스터의 공식적 총수익은 2000만 달러에 달했다.

PR맨이 밖으로 내보내지고 촬영이 금지되는 경우는 이 밖에도 또 있었다. 좀처럼 드문 경우였지만 딜러가 개인적으로 취한 사기나 절도 행위가 발각되었을 때에도 그런 조치가 내려졌다. 적발된 딜러는 곧 밀실로 끌려 들어가 곤봉을 쥔 보안 요원에게 늘씬하게 두들겨맞았다. 양 손목이 못 쓰게 되는 것 정도는 약과였다. 때로는 손등에 새빨갛게 달군 인두로 ×의 낙인이 찍히기도 했다. 그러나 그런 장면이 PR 사진으로 촬영되는 일은 결코 없었다.

반대로 운좋게 큰돈을 끌어들인 고객이 있을 때에는 반드시라고 해도 좋을 정도로 카지노 전속의 PR맨이 따라붙었고 찍힌 사진은 곧 전미국의 신문사로 우송되었다.

그러면 라스베이거스의 거리는 뭇 단체의 기부금 예치 요원과 건달들로 들끓게 마련이었다. 거금을 딴 고객이 얼른 달아나지 않고 우물쭈물 남아 있으면 눈 깜짝하는 사이에 그는 더스터 최고급의 객실인 승리의 방으로 〈안전하게〉 모셔졌다.

승리의 방이란 각종 서비스를 제공받을 수 있는 방으로서 원하든 원하지 않든 계속 베드 파트너가 나타나 온갖 수완과 솜씨를 발휘하여 그로 하여금 다시 한 번 카지노에서 승부를 걸지 않고는 못 배길 정도로 만들어 버리는 것이었다.

사진 촬영은 거기서 끝나는 것이 아니었다. 오히려 시작이었다. 승리의 방에는 카메라의 눈이 감춰져 있어서 아무 것도 모르는 손님과 베드 파트너의 움직임을 일일이 기록했다. 그리하여 거리의 소동이 잠잠해진 뒤 숙박비를 지불할 차례가 되면 행운의 갑부는 그나마 라스베이거스에 올 때 가져왔던 여비조차 깡그리 털려 버린 몸으로 기어서 시내를 빠져 나가는 꼴이 되었다.

〈황금의 마음을 가진 사나이〉 뷰트 아포스틴니는 라스베이거스 유흥가에서 가장 근면한 지배인이었다. 그런 그에게 오늘처럼 차례로 시련이 닥쳐온 일은 아직껏 없었다.

처음에는 오트리라는 사내가 문제를 일으켰다. 호기로운 도박꾼으로 가장해서 침입해온 그놈은 골드 더스터의 오락 부문 내부를 탐지하고 다니면서 한편으로는 쇼걸들을 동요시켰다. 다음에는 카슨 시티에서 파견되어온 회계 감독원 일행이 그랬다. 그들은 4시의 집계가 진행되는 동안 눈을 시뻘겋게 뜨고 현장을 지켜보았다.

그것도 무사히 통과되어 한숨을 돌리고 있자니 이번에는 비자금이 고스란히 탈취당했다는 보고가 들어왔다. 더욱이 조 더 몬스터 스탄노의 말로는 보란의 짓 같다는 것이었다.

설상가상으로 오트리까지 사라져 버렸다는 연락이 왔다. 스탄노의 부하들이 허둥지둥 오트리를 찾아다니기 시작했지만 아직 소식이 없었다.

그리고 마지막으로 그러한 일련의 소동에 한술 더 떠서 탤리페론 형제가 살인자들을 1개 부대씩이나 인솔하고 들이닥친다는 것이었다.

이대로 간다면 이 도시가 보란과의 피비린내 나는 결전장이 되는 것은 피할 수 없는 일이 될 터였다. 이 개방 도시가 그런 재액을 당하는 것을 왜 〈동부의 신사〉들은 아무런 대책도 없이 보고만 있는 것인지 그로서는 아무래도 이해가 가지 않았다.

유혈 소동이 돈의 유입을 막아 버리는 것은 정해진 이치이므로 영업에 타격을 받게 되는 것은 두말 할 여지가 없었다. 마음 약한 손님은 총소리만 들어도 혼비 백산할 것이었다.

본래 이 라스베이거스를 개방한 목적은 그러한 유혈 사태를 미연에 방지하기 위해서가 아니었던가. 트러블의 요인을 제거하

고 라스베이거스의 이미지에 오점이 찍히는 것을 막아 달러의
오아시스가 되도록 보장하기 위함이 아니었던가.

아포스틴니에게는 납득이 가지 않는 것투성이였다. 만일 보란
이 얼마 필요하다면 깨끗이 주어 버리면 끝날 텐데 굳이 전면전
을 일으켜 더 많은 손실을 입을 필요가 어디 있단 말인가? 나중
의 손해에 비하면 보살것없는 푼돈이 아닌가.

라스베이거스는 무장이 필요 없는 도시였다. 무장이 필요하지
않았기 때문에 지금의 번영을 구가할 수 있었던 것이었다. 그런
데 탤리페론 형제는 이 도시의 이익을 지키기 위해 고용된 보안
요원을 동원해서 보란에게 복수전을 감행하겠다고 이곳으로 오
는 중이었다.

연간 5억에서 6억 달러 상당의 이익금을 올리는 이 도시의 중
요성을 인식한다면 좀더 신중을 기해야 할 것이 아닌가. 정말 무
슨 짓들을 벌이자는 속셈인지 알다가도 모를 노릇으로밖에 여겨
지지 않았다.

게다가 이제 와서 수습한다는 것은 때늦은 짓이었다. 행동의
무대는 이미 험준한 바위산에서 도박의 낙원으로 옮겨졌다. 낙
원은 이제 피맛을 본 이리 떼의 지옥으로 변하려 하고 있었다.
골치 아픈 것은 그 피가 다름아닌 아포스틴니 수하에 있던 요원
들이 흘리는 피라는 점이었다.

조 휴스와 해리 스타너스를 내보낸 것은 사격전을 예상했기
때문이 아니었다. 그들은 명실 상부한 보안 요원이었다. 경비원
따위와는 질적으로 달랐다. 그들은 카지노 경영자 연맹의 인가
를 받아 정식으로 채용된 요원이었다. 어떤 의미로든 합법적인
존재였으며 라스베이거스의 모든 카지노에 마음대로 출입할 수

있는 특권을 가진 사내들이었다.

그들을 딸려 보낸 것은 결코 총격전을 벌이기 위해서가 아니었다. 적어도 라스베이거스는 그런 거칠은 일을 벌일 장소가 아니었다. 그들을 내보낸 목적은 그 앤더스인가 하는 코미디언과 오트리 간의 관계를 규명하는 데 있었다. 오트리가 FBI의 스파이가 아닐까 하는 혐의가 생기고 있는 상황 아래서는 참으로 적절한 조처였다.

그런데 결과는 전혀 엉뚱한 방향으로 빗나가고 말았다. 수송차는 보란과 맞닥뜨려 참담하게 박살이 나버린 것이었다.

그러나 어쨌든 그런 실수를 들어 아포스틴니를 문책할 수 있는 사람은 아무도 없었다. 단지 더 이상 사태를 악화시키지 않고 모든 결말을 종결짓는 일만 남아 있었다.

보란으로 인해 타격을 입기 전에 어떻게 해서든지 그를 사로잡아 눈에 띄지 않는 곳, 이쪽의 신경을 건드리지 않는 곳으로 내쫓을 수만 있다면 더 이상 바랄 것이 없었다.

그러나 격전의 소용돌이가 칠 때까지 비즈니스는 비즈니스대로 가장 좋은 실적을 유지하도록 노력하지 않으면 안 되었다. 이제 또다시 하루의 하이라이트, 가장 규모가 크고 중요한 오전 4시의 집계 시간이 다가오고 있었다.

바보 보란의 어린애 같은 싸움 소동 따위는 개나 물어 가라지 하고 중얼거리면서 아포스틴니는 회계실에 들어섰다.

황금의 마음을 가진 사나이는 분류중인 상당한 양의 전표를 건성으로 조사하기 시작했다. 산더미같이 쌓여 있는 지폐를 열심히 세고 있는 여자 회계원들 옆에서는 코인 계산기가 슬롯머신에서 흘러나오는 코인의 홍수를 받아 탐욕스러운 금속음을 내고 있었다.

「오늘밤은 이 달 들어 최고의 매상을 기록할 것 같은데요, 아
포스틴니 씨.」

회계원 누군가가 장담했다.

「흠, 최종 집계가 나온 다음에 다시 그 말을 들을 수 있었으면
좋겠군.」

아포스틴니는 대수롭지 않다는 듯 대꾸했다.

「총액만 보고 기뻐하는 것은 아직 일러. 우리의 몫이 얼마쯤
되는가를 알기 전에는 말야.」

그러나 내심 그도 기뻐하고 있었다. 하루의 평균 매상액은 그
도 잘 알고 있었으며 비자금의 비율도 훤히 암기하고 있었다. 오
늘 수입이 많았다는 것은 회계원이 지적하지 않아도 그가 먼저
짐작했던 바였다.

「이젠 슬슬 자러 가야겠어.」

아포스틴니는 나른하다는 표정을 짓고 기지개를 켜면서 말했
다. 그는 문으로 걸어가 경비원이 개폐 장치를 조작하는 동안 참
을성 있게 기다렸다. 문을 나서기 전에 회계원들을 향해 한마디
덧붙였다.

「전표는 나중에 보겠네.」

짧은 복도를 걸어나오는 그는 완충 장치가 달린 문의 복잡한
개폐 조작이 끝날 때까지 한 번 더 기다려야 했다. 그 문을 나서
면 바로 카지노였다.

경호원인 맥스 키노가 시간을 보내기 위해 블랙잭 앞에서 게
임의 진행을 들여다보고 있다가 아포스틴니를 발견하고는 기다
리고 있었다는 듯 반가운 표정을 지으며 다가왔다.

아포스틴니는 안면이 있는 고객과 마주칠 때마다 붙임성 있게 웃어 보이면서 테이블 사이를 누비고 다녔다.

그의 몇 걸음 뒤에는 얌전한 얼굴로 맥스 키노가 따랐다. 그의 맞은편에서 바쁜 걸음으로 접근해 오는 조 더 몬스터 스탄노를 본 것은 그로부터 얼마 지나지 않아서였다.

갑자기 아포스틴니의 미소 띤 얼굴은 어디론가 사라지고 대신 긴장된 표정이 떠올랐다. 그는 우뚝 멈춰 서서 불화의 전조가 다가오는 것을 기다렸다.

거구의 보안 주임은 아포스틴니 옆에 서더니 입술을 씰룩거리면서 말을 붙였다.

「안녕하신가, 아포스틴니? 오늘 매상은 어때?」

「아주 좋았어. 자네 쪽은?」

「향기롭지 못해. 워낙 겁쟁이 경찰들만 모여 있으니……. 놓치고 말았어.」

「아까운데.」

아포스틴니는 체면상 적당히 거들었다.

「정말이지 어떻게 해서 자취를 감추었는지 지금까지도 이상하단 말야. 자동차도 그대로 있는데 감쪽같이 사라졌어. 제기랄! 하지만 그렇게 걱정할 건 없어. 단단히 감시하고 있으니까.」

「혹시 아직 호텔 안에 숨어 있는 건 아닐까? 대단한 호텔이니 말야. 객실 수만도 300이 넘잖아?」

「그렇지는 않을 거야. 객실이라면 하나씩 이 잡듯이 뒤졌지만 녀석은 없었어. 하지만 걱정없다구. 오늘밤엔 다시 나타나지 않을 테니까. 정 못 믿겠으면 내기를 해도 좋아.」

「자네가 그렇게 말한다면 안심이네. 난 어쩐지 피로한 것 같아서 자러 가는 참이었어. 그건 그렇고 자네의 보스들은 언제 도착한다고?」

「6시경이라고 했어. 회사 비행기로 온다는 거야. 이젠 마음 푹 놓아도 걱정 없게 되었어, 아포스틴니.」

「안심이군, 조. 고맙네.」

아포스틴니는 스단노와 헤어진 뒤 곧 바로 카지노를 빠져 나왔다. 충직한 경호원도 그의 뒤를 따라 밖으로 나왔다.

두 사람은 카지노 위층에 있는 방음이 잘된 그의 방으로 가기 위해 전용 계단을 이용했다.

계단 맨 위에는 의자가 놓여 있었다. 경호원은 그 의자에 털썩 걸터앉았다.

아포스틴니는 좀더 앞으로 나아가 정교하게 장식된 문 앞에 서서 인터폰의 버튼을 누르며 말했다.

「브루스, 나야, 뷰트. 시간은 4시 22분, 만사 순조로워.」

그 말은 암호의 역할도 겸했다.

문 안쪽에 대기하고 있던 경호원은 보스가 안전하다는 것을 알아챌 것이었다. 그것은 자신의 의사대로 돌아왔음을 의미했으므로……

만일 그가 지금 한 말에서 한 단어라도 틀리거나 목소리의 상태가 고르지 못할 경우에는 보스를 동반하고 있건 없건 침입자는 당장 지옥으로 떨어지게 되어 있었다.

문이 활짝 열렸다. 아포스틴니는 재빨리 안으로 들어선 뒤 문을 잠가 버렸다.

실내는 어두웠으나 칸막이 너머로 스탠드에서 한 줄기 가느다란 빛이 새어 들어와 그의 얼굴을 비췄다.

아포스틴니는 잠시 불빛을 마주 보고 섰다가 조급한 목소리로
말했다.

「브루스, 불을 끄게.」

「그건 불가능할 거야, 뷰트.」

등 뒤에서 차가운 목소리가 응답했다.

순간 카지노 지배인은 소름이 쫙 끼치는 것을 느꼈다. 목덜미
에 섬뜩한 금속 물질이 닿았다.

동시에 이빨을 지그시 깨문 채 흘려 보내는 듯한 저음이 그를
얼어붙게 만들었다.

「총을 가지고 있다면 얼른 쏘든지 버리든지 해!」

「난 그런 건 가지고 다니지 않아.」

아포스틴니는 당황했다. 입 안이 깔깔하게 말라 왔다. 빌어먹
을, 브루스 녀석은 뭘 하고 있는 거지?

「조용히 해.」

아포스틴니는 소리를 내지 않았다. 등 뒤의 사나이가 자신의
곁을 지나갔다. 발소리도 들리지 않았고 모습도 볼 수 없었으나
기척으로 알 수 있었다.

스탠드 불빛이 꺼지고 대신 벽에 달려 있는 간접 조명의 부드
러운 광선이 실내를 밝혔다. 아포스틴니는 그제서야 조직이 광
분하여 찾아 헤매고 있는 사내의 얼굴을 천천히 들여다볼 수 있
었다.

그렇다. 바로 이놈이다. 바보 보란임에 틀림없다. 큼직하군.
키는 6피트도 넘겠는데. 온몸을 감싸고 있는 저 검은색 스킨슈
트는 코만도(선발 특공대)의 전투복이 분명하군.

아포스틴니는 속으로 중얼거렸다.

보란의 허리에는 탄약띠가 매여 있었다. 오른쪽 옆구리에 늘어져 있는 프레프 타입의 홀스터에는 아미 45구경이 들어 있는 게 분명했다. 가슴에도 또 한 쌍의 벨트가 교차되어 있었는데 그것은 왼팔 밑에서 뚜껑이 없는 빈 홀스터를 받치고 있었다. 그 홀스터에 들어 있던, 소음기가 달린 기분 나쁜 권총은 지금 보란의 손에 쥐어져 있었다.

잘 달군 쇠를 단련시켜 다시 차갑게 식힌 강철처럼 빈틈없는 사내의 얼굴. 아포스틴니는 자신을 뚫어지게 노려보는 그 무표정한 두 눈을 바라보느니 차라리 비정한 권총의 총구를 바라보는 편이 훨씬 기분이 안정된다고 생각했다.

아포스틴니는 사내의 얼굴에서 눈을 돌려 무심코 벽 쪽으로 시선을 던졌다. 거기에는 브루스가, 아니 브루스의 시체가 널브러져 있었다.

처참하게 망가진 시체였다. 관자놀이는 으깨어졌고 한쪽 눈은 뻥 뚫려 있었으며 시체 주위는 피바다였다.

아포스틴니는 속이 메슥거리며 토하고 싶어졌다. 그는 엉겁결에 거기에서 시선을 거두었다.

「그, 그런 꼴을 하고 어떻게 여기까지 숨어 들어올 수 있었나?」

카지노의 지배인은 더듬거리면서 물었다.

「그것부터 듣고 나서 죽고 싶다, 이건가, 뷰트?」

보란의 대답은 한푼의 인간적 감정도 갖고 있지 않은 기계의 목소리처럼 냉랭하기 짝이 없었다. 아포스틴니는 자신의 몸이 저절로 움츠러드는 것을 느꼈다.

「아냐, 그런 건 아무래도 좋아. 그런데 자네가 원하는 게 뭔

가? 돈? 돈이라면 얼마든지 가져가게. 모두 주겠네. 몽땅 가져
가도 좋아.」

「돈 따윈 내게는 돌멩이나 마찬가지야.」

돈 같은 것은 돌멩이나 마찬가지라고 공언하는 사내는 도대체
어떤 유형의 인간이란 말인가? 〈황금의 마음을 가진 뷰트〉로서
는 전혀 이해할 수 없는 존재였다.

「이봐, 보란. 난 더러운 짓은 하지 않았어. 청결하고 검소한
생활을 하고 있는 선량한 시민이라구. 자기에게 주어진 일에 충
실한 그런 사람일 뿐이야. 더욱이 난 번 돈을 여러 사람에게 골
고루 나눠 주고 있어. 가난한 사람이나 곤란한 친구들에게 말야.
알겠지, 보란? 그런데 어째서 나를 위협하는 건가? 나 같은 것
에게는 불만이 없을 텐데…….」

냉정한 사내는 아포스틴니의 어깨를 우악스럽게 붙잡아 방 끝
으로 밀어붙였다. 뒷걸음질치다 소파에 발이 걸린 그는 그대로
바닥에 주저앉았다. 다리가 후들거려서 도무지 서 있을 수가 없
었다. 그는 보란에게 애원했다.

「알겠어. 솔직히 말하지. 난 그저 간판 지배인에 불과해. 급료
를 받고 일하는 일개 고용인에 지나지 않는다구. 피라미야, 난.
발언권도 없고 명령하는 대로 움직이는 꼭두각시일 뿐이야.」

「그렇다면 증거로 보여봐.」

보란의 말투는 여전히 얼음장같이 차가웠다.

「좋아, 자백하지. 분명히 나도 이익금을 분배받고 있어. 그러
나 보잘것없는 액수라구.」

보란은 말없이 그의 얼굴을 지켜보고만 있었다.

「좋아, 증명해 보이겠어. 내 금고를 열게 해줘. 확실히 보여줄

테니.」

아포스틴니가 힘겹게 일어서서 몸을 돌리자 그의 등에 또다시 날카로운 경고가 날아와 꽂혔다.

「조심해, 뷰트. 허튼 짓 하면 용서 않겠어.」

「그런 것쯤은 나도 알고 있어.」

아포스틴니는 느릿느릿한 동작으로 방을 가로질러 전자 경보 장치의 스위치를 끊어낸 다음 금고를 열었다.

등 뒤에서 다시 경고해 왔다.

「이상한 짓은 하지 마!」

골드 더스터 카지노의 지배인은 잔뜩 겁을 집어먹고는 우스꽝 스러울 정도로 더디게 움직였다. 그는 금고 안에서 가죽 표지가 씌워져 있는 장부 한 권을 꺼냈다. 그것은 세심한 주의를 기울여 보존된, 어떤 물건과도 바꿀 수 없는 귀중품이었다.

그러나 상관할 것 없어, 하고 아포스틴니는 자신에게 타일렀 다. 아무리 날고 뛴다고 해도 이 녀석은 여기서 살아 나갈 수 없 을 테니까. 그는 그저 조금 보여 주는 것으로 자신의 목숨을 보 장받을 수만 있다면 얼마든지 보여 줘도 좋다고 생각했다.

「읽어 보게. 이거면 경영 실태를 전부 파악할 수 있을 거야. 매주 단위로 누구에게 얼마 지불했는지 전부 적혀 있어. 이것이 야말로 진짜 원장(元帳)이지.」

보란은 장부를 받아 드문드문 펴보고는 벨트 사이에다 재빨리 쑤셔 넣었다.

「이것으론 아직 모자라는데, 뷰트. 좀더 오래 살고 싶다면 더 귀중한 정보를 털어놓아야 하지 않을까?」

아포스틴니는 발목에서부터 힘이 빠져 나가는 것을 느꼈다.

아무래도 사태는 자신의 힘으로 감당할 수 없는 방향으로 움직이는 것 같았다. 그는 비틀거리면서 의자로 걸어가 푹 주저앉으며 물었다.

「예를 들면 어떤?」

자신이 듣기에도 측은한 목소리였다.

「내게 물어 보면 무슨 소용인가? 여긴 자네 숙소잖아. 손님을 어떻게 대접해야 할 것인지는 자네가 결정할 문제지.」

「나는 그저…….」

아포스틴니는 입 안이 바짝바짝 타들어 가는 것을 느꼈다. 그는 기적이 일어나기를 기대하는 심정이 되었으나 그런 기미는 전혀 없었다.

그는 생각했다. 이 녀석이 탐내고 있는 것은 도대체 무엇일까? 돈은 필요없다고 했고 장부를 보여 줘도 그다지 감동하는 기색이 없다. 그렇다고 해서 당장 죽일 것 같지도 않다.

「확실히 당신 솜씨는 멋있었어, 보란. 지금까지는 말야. 그러나 여기는 결코 안전한 장소가 못 돼. 어서 빠져 나가는 게 좋을걸? 조 스탄노가 1개 연대를 동원해서 온 시내를 뒤지고 돌아다니는데다 보안관들까지 당신을 잡으려고 사방 팔방으로 눈에 불을 켜고 다닌다구.」

「그런 것은 벌써 알고 있는 사실이야.」

보란은 무표정하게 응수했다. 그는 미간을 약간 찌푸린 채 꼿꼿이 서서 아포스틴니를 노려보았다. 그의 오른손에 들린 검은 권총의 총구는 아포스틴니의 관자놀이를 겨눈 채 미동도 하지 않고 있었다.

「하지만 아직 당신도 잘 모르는 사실이 있어.」

아포스틴니는 필사적으로 목소리를 짜냈다.

「패트와 마이크 텔리페론 형제가 앞으로 한 시간만 있으면 라스베이거스에 도착하기로 되어 있어. 물론 그 친구들은 당신의 목을 노리고 오는 거라구. 자가용 비행기에 군대를 싣고 오는 중이야. 보통 병사가 아닌, 솜씨 있는 총잡이들뿐이야. 이 정보도 알고 있나?」

「아무려면 어때.」

보란은 여전히 무뚝뚝하게 대꾸했다.

「보란, 아래층 금고실에 가면 37만 5000달러의 현금이 잠자고 있어. 생각해 봐. 필요하다고 한마디만 하면 그건 모두 당신 것이 될 수 있어. 난 거짓말은 하지 않아. 37만 5000달러, 적은 돈은 아니잖아? 그걸 모두 양도하겠다니까, 보란.」

「그걸 다 무엇에 쓰란 말인가?」

「그거야 뭐…… 그렇지. 정부로부터 특사를 받아내는 데 사용할 수 있을 거야. 그 정도면 당신의 자유를 위해 움직여줄 만한 인간들을 수백 명도 더 찾아낼 수 있어. 아니지, 우선 나부터라도 당신을 돕겠네. 그 계통의 사람이라면 나도 많이 알고 있거든. 돈만 주면 연방 정부를 움직일 수 있는 인간은 얼마든지야. 그러니까…….」

「닥쳐!」

「부탁이야, 보란. 살려 주게. 어째서 나 같은 걸 죽이려 하나? 제발……!」

아포스틴니의 전신에는 식은땀이 축축하게 배여 있었다. 그는 기어 들어가는 음성으로 목숨을 구걸했다.

「난 졸개에 지나지 않아. 조직의 앞잡이로 이용되고 있을 뿐인

조무래기라구. 탄환 한 발조차 아까운 존재야. 그런 나를 왜 죽이지 않으면 안 되는 거지?」

「그럼 묻겠는데 왜 죽여서는 안 되는가, 뷰트?」

「죽이지는 않는 편이 훨씬 좋다는 이유를 얼마든지 들 수 있어.」

「그러면 어디 그 이유라는 걸 들어 보기로 하지.」

「그거야 뭐…… 좋아, 이런 건 어떨까? 나라면 당신이 여기를 무사히 빠져 나가도록 도울 수 있어. 지금 아래층은 조 스탄노가 경비하고 있어. 그 녀석 앞을 지나지 않고서는 나갈 구멍이 없어. 조가 어떤 녀석인가는 당신도 충분히 알고 있을 테지? 날 믿어봐. 난 당신이 무사히 통과하도록 도울 수 있단 말야.」

「난 혼자 힘으로 들어왔어. 돌아갈 때도 마찬가지로 혼자서 나갈 거야.」

보란은 방아쇠를 조금 앞으로 당기는 시늉을 해보였다. 아포스틴니는 기겁을 하고 손을 내저었다.

「기, 기다려 주게, 보란! 제발 부탁이야. 무엇이든지 시키는 대로 하겠네. 필요한 것이 있으면 말해봐? 정보? 조직의 사활이 달린 결정적인 정보가 필요한가?」

「이제 겨우 깨달은 모양이군.」

현재 자신의 주위에서 일어나고 있는 일이 도저히 사실로 받아들여지지 않는 듯 아포스틴니는 꿈을 꾸는 것 같은 몽롱한 시선으로 두리번거렸다.

애당초 이 건물의 옥상을 대형 금고처럼 위장시킨 것은 바로 눈앞에 서 있는 미치광이와 같은 침입자를 막기 위한 배려에서였다. 그런데 어떤가, 지금은 미치광이 중에서도 가장 잔인한 녀석이 거침없이 들어와 〈황금의 마음을 가진 사나이〉 뷰트 아포스틴니를 가두어 놓고 위협하고 있지 않은가.

지금은 아포스틴니의 취침 시간이었다. 그것은 누구든지 알고 있는 사실이었으므로 누군가가 올라와서 방을 들여다봐줄 것을 기대한다는 것은 어리석은 바람일 뿐이었다. 일부러 그를 깨우러 올라올 만한 사람은 아무도 없었다.

그렇다고는 하지만 죽여 주십사 하고 앉아서 당하는 것은 싫었다. 적어도 골드 더스터 카지노 지배인인 아포스틴니가 그런 꼴로 죽고 싶지는 않았다. 돈벌이보다 살인이 취미인 권총광과 한방에 있다니 말도 안 되는 소리였다. 어떻게 해서든지 녀석을 구워삶아 목숨을 부지하는 길을 찾을 수밖에 없었다.

그래, 우선 녀석의 마음을 끌 만한 미끼를 던져 주고 그 뒤에 찬스가 생기는 것을 기다리는 거다. 그러나 만일 찬스가 찾아오지 않는다면……? 그건 너무 불공평하다.

아포스틴니는 마음의 갈피를 잡을 수 없었다.

「결심했나, 뷰트?」

「확실한 최고 기밀을 원한다면…… 〈회전 목마〉는 어떤가? 그것도 벌써 당신 귀에 들어가 있나?」

순간 키 큰 사내의 눈동자가 먹이를 발견한 맹수처럼 번뜩였다. 아포스틴니는 모처럼의 반응에 힘을 얻어 말을 이었다.

「지금 진행중인 대사업이야. 암호명은 〈카리브해 회전 목마〉. 당신도 한두 가지 소문은 듣고 있었겠지?」

「몸을 바로해! 움직이지 말고 다시 말해봐.」

「말하라니, 무엇을?」

「어떤 종류의 회전 목마지?」

「흔히 있는 그런 거야.」

보란의 눈은 생각에 잠겼다.

「〈캘리포니아 회전 목마〉와 같은 것인가?」

「아냐, 그것은 로스앤젤레스 쪽의 사업으로 대단한 규모는 아니야. 지금은 카리브해에 더 비중을 두고 있어. 다음 중심지가 그쪽인 셈이지.」

「좋아, 그런 식으로 알고 있는 대로 모조리 털어놓는 거야.」

「용서하게, 보란. 미안하지만 내가 알고 있는 것은 그게 전부야. 나 같은 조무래기로선 상세한 내용을 알 수 없지. 단지 최근 1년 사이에 1600만 달러쯤 들여 보낸 것은 사실이지만 말야. 바로 내 손을 통해서.」

「1600만 달러?」

「그래. 당신이 탈취했던 돈도 사실은 거기로 보내지게 되어 있었던 거야.」

「카리브해로 말이지?」

키 큰 사나이는 확실히 마음의 동요를 일으키는 것 같았다. 아포스틴니는 더욱더 용기를 내었다.

「바로 그대로야. 처음에는 샌 주안으로 보내지지. 거기에서 분할된 다음 회전 목마에 실려 다른 섬들에 뿌려진다는 얘기였어.」

「무엇을 위해서?」

「그건 나도 몰라. 거짓말이 아냐.」

「만약 너의 사형 집행을 24시간 연기해 준다면 더욱 자세한 정보를 얻어낼 수 있다고 생각하나?」

「아, 물론 할 수 있고말고.」

「그러나 아깐 스스로 송사리라고 하지 않았나?」

「살기 위해서라면 곧 대어(大魚)도 될 수 있어.」

「좋아. 그렇다면 하루의 여유를 준다. 약속을 지킨다면 널 특별히 사면해 주기로 하지.」

아포스틴니는 자신의 귀를 의심했다. 설마 보란이 그런 바보라고는 생각되지 않았다.

「믿겨 보게, 보란. 닌 여대까지 약속이라고 이름 붙은 것은 딘 한 번도 어긴 일이 없는 사람이야.」

「좋아.」

보란은 선선히 대답했다. 그러나 총은 여전히 아포스틴니의 머리를 겨누고 있었다. 아포스틴니는 뜻밖의 상황에 더욱 불안을 느끼고는 마른 기침을 두어 번 해댔다.

「그렇게 하겠다는 건가? 좋아, 그럼 바깥까지 바래다 주겠어. 내일, 이 시간에 여기로 와주게. 그렇지 않으면 밖에서 만나는 편이 좋을까?」

「아니, 그냥 여기로 하세.」

보란은 꼼짝도 않고 서 있었다. 골드 더스터의 지배인은 손님을 배웅하기 위해 의자에서 몸을 일으켜 문 쪽으로 걸음을 옮겼다.

이 우둔한 촌놈은 과연 진짜로 나를 방면해줄 작정일까? 아포스틴니는 한 손을 조심스럽게 개폐 장치에 얹고는 당황해서는 안 된다고 필사적으로 자신을 타이르면서 말했다.

「자, 내가 먼저 나가서 당신이 나갈 수 있도록 길을 만들어 주는 것이 좋겠지?」

「그렇게 해주게.」

보란은 태연하게 고개를 끄덕였다.

아포스틴니는 문을 열고 잽싸게 복도로 뛰쳐나갔다. 동시에
문을 쾅 닫고 비상 스위치와 경보 장치의 버튼을 눌렀다.

별안간 카지노 안에 요란스러운 벨소리가 울려 퍼지기 시작했
다. 아포스틴니의 다급하고 날카로운 음성이 소란을 더했다.

「맥스! 바보 보란을 가두었어! 너는 대체 뭘 하는 거야?」

경호원은 의자에서 튀어 일어나자마자 권총을 뽑아 쥐고 달려
왔다. 그는 사태를 잘못 판단했는지 보스를 자신의 몸으로 막아
보호하려 했다.

「그게 아냐!」

아포스틴니는 고함치며 경호원을 밀어냈다.

「녀석을 가두었다니까! 이 멍청한 놈아!」

카지노의 지배인은 마치 보란을 두들겨패기라도 하듯이 인터
폰의 버튼을 누르며 의기 양양하게 외쳤다.

「꼴좋다, 보란! 기분이 어떤가? 거기는 금고와 마찬가지야.
바보 녀석 같으니라구!」

권총을 쥔 사내들이 우르르 계단을 뛰어 올라왔다. 맨 나중에
조 스탄노의 모습이 나타났다. 그는 모여든 부하들을 밀치고 앞
으로 나섰다.

「무슨 일인가, 아포스틴니?」

「그 얼간이 녀석을 가둬 놓았어. 보란을 말야. 바로 내 방에
다.」

아포스틴니는 뽐내듯이 말했다.

「그건 축하할 만한 일이지만 경보 장치는 어지간히 울렸으니
이제 끊는 게 어떤가?」

스탄노는 다소 심술궂게 말했다.

모여든 전투원들을 정렬시키는 데 꼬박 1분이 걸렸다. 문의 전자 자물쇠를 여는 데 다시 20초가 경과했다.

문이 왈칵 열림과 동시에 조 더 몬스터 스탄노의 정예 요원 6 명이 마구잡이로 권총을 난사하면서 뛰어들었다. 아포스틴니의 방을 벌집같이 만들어 버리기에는 3초도 채 걸리지 않았다. 총성이 멎기를 기다렸다기 스탄노가 조심스럽게 안을 기웃거리면서 들어섰다. 그는 부하들의 얼굴과 실내를 번갈아 둘러보고 나서 복도에다 대고 고함을 질렀다.

「아포스틴니, 여기에 누구를 가두었다고?」

「왜, 놓쳤나?」

아포스틴니가 되물었다.

「욕실에도 없습니다, 조.」

다른 사내의 목소리가 방 안쪽에서 전해졌다.

아포스틴니는 떨리는 발을 조심스럽게 옮겨 안으로 들어갔다. 그는 사방을 둘러보고는 놀라 외쳤다.

「확실히 가두었어. 빠져 나갔을 리가 없다니까!」

「브루스 세리나는 누가 쏜 거지, 아포스틴니?」

스탄노는 아포스틴니의 얼굴에서부터 부하 6명의 얼굴 하나하나를 차례로 노려보았다.

「브루스의 몸에 바람 구멍을 낸 건 너희들인가?」

「그렇지 않아!」

아포스틴니가 악을 썼다.

「보란의 짓이야. 녀석은 나까지 죽일 작정이었어. 겨우 속여서 녀석의 손에서 빠져 나온 거야. 잘 살펴봐. 샅샅이 뒤져! 이 방 어딘가에 틀림없이 숨어 있다니까!」

「그렇다면 카펫이라도 뒤집어볼까, 아포스틴니? 숨을 만한 장소라면 거기밖에 남아 있지 않은데 말야.」

「여기에 있다면 있는 줄 알아!」

〈황금의 마음을 가진 사나이〉가 얼굴을 잔뜩 찌푸리고 소리쳤다. 그는 발을 탕탕 구르며 발악이라도 하듯 덧붙였다.

「달리 빠져 나갈 구멍은 없어! 탈출했을 턱이 없다니까!」

「아포스틴니!」

조 더 몬스터 스탄노는 갑자기 착 가라앉은 목소리로 말을 건넸다. 그의 눈빛은 빈정거림을 담고 있었다.

「피로해 보이는데, 혹시 무리한 것 아닌가? 좀 자두게. 충분한 수면을 취하고 휴식하라구. 밑에 있는 친구들에게는 내가 잘 설명해 둘 테니.」

「녀석은 분명히 여기에 있어! 놈을 찾아내기 전에는 잠을 자지 않겠어!」

「우선 브루스의 시체를 끌어내.」

스탄노는 한숨을 쉬면서 부하들을 향해 명령했다. 그리고는 다시 아포스틴니에게 고개를 돌렸다.

「총을 이리 주게나, 아포스틴니. 내가 잘 처분해 주겠어.」

이어서 스탄노는 아포스틴니의 경호원 맥스 키노에게 흘끗 신호를 보낸 뒤 한껏 부드러운 목소리로 그를 달랬다.

「자, 성가시게 굴지 말아요, 아포스틴니. 우리의 실수가 밖으로 새어 나가기 전에 해결하는 것인 좋잖아?」

「기다려, 조. 나를 정신 병자 취급하는 모양인데……」

지배인은 겨우 침착성을 회복한 듯 냉정하게 말을 이었다.

「브루스를 쏜 것은 내가 아냐, 그것은 분명히……」

「이것 보십시오, 보스.」

아포스틴니의 말을 누르는 흥분된 외침이 들려 왔다.

「이런 것이 브루스의 무릎에 얹혀 있었습니다!」

사내는 급히 달려간 스탄노와 아포스틴니에게 발견한 물건을 내밀었다. 무엇인가 묵직한 것이 종이에 싸여 있었다. 종이를 벗기자 저격수의 메달이 나타났다.

스탄노는 갑자기 목구멍이 턱 막히는 것 같아 기침을 해댔다. 그리고는 똑바른 글씨로 종이에 씌어 있는 문구를 소리내어 읽었다. 간단한 문장이었다. 그것은 단 한 줄의, 〈24시간이야, 아포스틴니〉였다.

「보게. 내가 뭐라든가?」

아포스틴니는 기운을 잃은 목소리로 중얼거렸다.

「도대체 어떻게 해서 이런…….」

스탄노는 성난 짐승처럼 으르렁거렸다.

이때 또 무엇인가를 발견한 듯 사내들이 웅성거렸다.

「이 구멍은 뭘까?」

「헐거워져 있어.」

「무슨 일이야?」

스탄노는 목쉰 소리를 냈다.

「액세서리 샤프트야.」

아포스틴니는 힘없이 어깨를 늘어뜨리고 설명했다.

「뭐라구?」

「흔히 있는 거야.」

〈황금의 마음을 가진 사나이〉의 목소리는 점점 기어 들어갔다.

「에어컨이나 텔레비전 따위의 전선, 안테나선 같은 것이 함께 통과하는 구멍이야.」

「어디로 통하고 있지?」

조 더 몬스터 스탄노는 당장이라도 덤벼들 기세로 물었다.

「외부라고 생각해.」

「생각해?」

스탄노는 급히 부하 몇 명에게 손짓하여 밖을 조사하도록 명령했다.

아포스틴니의 안색이 창백해졌다. 그는 멍하니 밖으로 뛰어나가는 사내들을 바라보다가 갑자기 생각이라도 난 듯이 남아 있는 요원들에게 고함쳤다.

「너희들도 그 구멍으로 기어 들어가 봐! 멍청히 서 있지 말고!」

그러나 이미 늦어 버렸음을 아포스틴니도 깨닫고 있었다. 골드 더스터의 카지노 지배인은 보기 좋게 한 방 얻어맞은 격이 되었다. 그는 승부를 판가름하는 냉엄한 확률의 법칙이 지금 이 순간, 전혀 새로운 방식으로 전개되고 있다는 것을 두려움으로 위축된 자신의 존재와 함께 막연히 인정하지 않을 수가 없었다.

그 키 큰 사나이는 시원시원한 얼굴로 왔다가는 지극히 당연한 듯 극비의 장부를 들고 바람처럼 사라져 버렸다. 고생을 해서 간신히 행운을 잡는 녀석이 있는가 하면 행운이 스스로 따라다니는 녀석도 있는 모양이었다.

과연 아포스틴니 자신은 어느 쪽에 속해 있는지. 어쨌든 〈황금의 마음을 가진 사나이〉는 앞으로 두 번 다시 자신에 대한 확신을 가질 수 없을 것이었다.

8
정보 교환

세 번째 벨을 누르자 비로소 흰 가운을 입은 흑인 미녀가 문을 열었다. 그녀는 병원 안으로 성큼 들어서는 검정 옷의 사나이를 보고 잠깐 눈을 휘둥그렇게 떴으나 곧 생긋 웃으며 말했다.

「왜 그렇게 얇은 옷을 입고 계세요? 전 누군가 했어요.」

「환자의 상태는?」

「좋아지고 있어요.」

그녀는 목소리를 조금 낮추어 말을 계속했다.

「주인이 4시에 진찰했는데 별 문제는 없어 보였어요. 곧 회복 되리라 생각해요.」

「진정제를 놓았소?」

그녀는 고개를 가로저었다.

「아뇨. 그런 것은 놓지 않았는데도 푹 잠들었어요.」

「중요한 용건으로 그와 얘기를 좀 했으면 싶은데……」

여자는 입술을 새초롬하게 오므리고는 보란의 얼굴을 빤히 쳐다보았다. 그리고는 다시 생긋 웃었다.

「잠깐 기다리세요. 주인한테 물어 보고 오겠어요.」

안으로 사라지는 여자의 모습을 지켜보고 있는 동안에 그의 생각은 다시 라이온스의 결단으로 옮아갔다.

라이온스는 이 집의 의사와 개인적인 유대 관계를 가지고 있는 것 같았다. 부부가 함께 경영하는 이 진료소는 시내의 서쪽, 흑인 거주 지역에 위치했는데 라이온스는 자기를 이곳으로 안내해 달라고 우겼었다. 지금에 와서 생각해 보니, 이 근처라면 보란에게도 여러 가지로 유리한 점이 많았으며 라이온스도 안심하고 맡겨둘 수 있을 것 같았다.

그러나 그는 아무래도 일말의 불안을 떨칠 수가 없었다.

그때 파자마 위에다 무명 가운을 걸친 흑인이 초췌한 얼굴로 문 앞에 나타났다. 그는 보란을 홀끔홀끔 쳐다보면서 익살을 섞어 말했다.

「과연! 바로 그것이 파괴 활동 유니폼이라는 거군요. 어째서 이런 시간에 그를 만나지 않으면 안 된다는 거죠?」

「급한 용건이 있습니다.」

「지금은 자고 있는 중입니다. 깨어날 때까지 기다릴 수 없습니까?」

「용건 쪽은 기다릴 수 있을지도 모르겠군요. 그러나 내가 기다리지 못할 것 같아서 말입니다.」

의사는 한참을 묵묵히 생각하는 눈치더니 마침내 결심을 한 듯 고개를 끄덕였다.

「좋습니다. 하지만 될 수 있는 대로 간단히 끝마쳐 주셔야겠습니다.」

「그렇게 하지요.」

보란은 복도를 지나 라이온스의 방으로 들어갔다. 한 발 앞서 들어간 의사의 아내가 조용히 환자를 흔들어 깨웠다.

「손님이 오셨어요.」

실내를 밝히는 불빛이라곤 딘 하나, 간이 닥자 위에 놓인 희미한 램프가 고작이었다. 방 전체가 부드러운 어둠에 싸여 있었다.

라이온스는 베개도 받치지 않고 반듯이 누워 있었다. 그의 왼쪽 팔은 침대에 고정된 채 링거 바늘이 꽂혀 있었다. 투명한 액체가 그의 몸속으로 한 방울씩 흘러들었다.

침대를 사이에 두고 보란은 의사의 아내와 마주섰다. 라이온스가 힘없이 입을 열었다.

「벌써 전면 공격을 시작한 모양이군, 보란.」

「가벼운 잽 정도였어.」

「너무 흥분시키지 마세요.」

그녀는 상냥하게 주의를 주고는 조용히 모습을 감추었다.

「뭣하러 왔나?」

「여러 가지 알아볼 게 있어서. 먼저 선물부터 꺼내 놓을까?」

보란은 뷰트 아포스틴니의 장부를 꺼내 라이온스의 성한 손에 쥐어 주었다.

「나중에 한번 읽어 보게. 골드 더스터 블랙머니의 유출 루트야. 빠짐없이 기록되어 있다고 장담하던 걸?」

「어디서 손에 넣었나?」

라이온스는 싱긋 웃으며 물었다.

「뷰트의 목숨과 교환한 거야.」

라이온스의 얼굴에 떠올랐던 웃음이 싹 걷혔다. 그는 정색을 하면서 감탄했다.

「대단한 교환인데?」

「뭐, 그저 그렇지. 그런데 그 코미디언 말야, 현재로선 걱정 없어. 이것저것 얘기해 주더군. ASA라든가 쇼 비즈니스 세계를 지배하려는 녀석들의 수법 같은 것에 대해서.」

라이온스의 얼굴에 다시 미소가 살아났다.

「라스베이거스도 결국은 작은 도시였군. 어떤 비밀도 다 탄로 나는 걸 보면.」

「그러나 당신이 추적하고 있는 것은 그것뿐만이 아니겠지? 앤더스 문제보다 훨씬 스케일이 큰 것이겠지?」

갑자기 라이온스는 경계하는 눈빛이 되어 말했다.

「그것은 외부 사람에게는 밝히지 못하도록 되어 있어. 우리, 다른 이야기를 하는 게 어때?」

「별로. 내 관심사는 오직 살아 남는 데 있어. 설마 잊은 건 아니겠지? 내가 녀석들과의 싸움에서 패하지 않으려면 어떤 일이라도 알고 있지 않으면 안 된다는 것을.」

「아무리 두터운 우정이라도 통하지 않는 영역이라는 게 있는 법이야.」

라이온스는 좀처럼 굽히지 않았다.

보란의 입가에 웃음이 맴돌았다. 그것은 입술에서만 그치는 냉소일 뿐 눈빛까지 부드러워지지는 않았다.

그는 경찰관의 윤리란 참 묘한 것이로군, 하고 마음속으로 생각했다.

라이온스 같은 경관이라면, 가령 자기 어머니일지라도 매춘 알선 혐의가 있다면 우선 잡아 가둔 다음 나중에 가서 끄나풀에게 불리한 증언을 해준다면 고발을 취하하겠다고 으름장을 놓을 위인임에 틀림없었다.

하긴 법의 시행이란 그런 것이며 적자 생존의 법칙과 오십보백보임을 이해하지 못하는 바는 아니었다.

「나는 사정하러 온 깃이 아나, 교환하러 온 거시. 이쪽에서 뷰트의 장부를 주었으니 당신도 그 대신 뭔가를 주어야 하잖겠나?」

라이온스는 한숨을 내쉬었다.

「줄 만한 것이 없군, 보란.」

「캘리포니아 회전 목마에 관해서 알고 싶어. 처음 그 말을 들었을 때 난 그것이 무슨 암호인 줄 알았지. 그런데 지금 생각하니 그게 아닌 것 같아. 진짜는 무엇인가?」

「마피아의 비밀 사업이지. 끊임없이 회전하는 거대한 바퀴야.」

「그 바퀴에 실려 있는 것은?」

「모든 것이지. 탤런트, 섹스, 마약, 밀수, 블랙머니, 불법 강탈, 시체…… 인간으로서 생각할 수 있는 모든 범죄는 거의 다 이 회전 목마에 실려 있지.」

「로스앤젤레스 경찰이 뛰어든 건 또 무슨 까닭인가? 어떤 이해 관계라도 얽혀 있나?」

「우리 서(署) 관할에 항만이 들어 있는 걸 기억하나? 서쪽으로는 다른 주와도 접해 있지. 그래, 모든 것을 털어놓으란 말인가?」

「로스앤젤레스가 근래에 와서 그런 지형으로 바뀐 것은 아니잖아? 아주 옛날부터 그랬던 게 아닌가?」

라이온스는 다시 한숨을 쉬며 말했다.

「지형은 아주 옛날 그대로지만 그 의미는 아주 달라졌지. 이번 경우엔 녀석의 동업자가 문제란 말야.」

잠시 침묵이 흘렀다. 이윽고 보란이 먼저 입을 꺼냈다.

「그 문제를 충분히 듣고 싶구먼.」

「미안하네만 그건 곤란해. 지금부터 난 함구 무언이야.」

보란은 나직이 휘파람을 불었다.

「그렇게도 중요한 것인가? 일급 기밀이란 게 바로 그것이었나?」

「좋을대로 생각하게나.」

「그렇다면 이건 어떤가? 힌트만이라도 좋으니 가르쳐 주게. 그 답례로 좋은 정보를 제공하겠네. 이쪽에서 훨씬 중대한 것을 가지고 있을지도 모르는 일 아닌가?」

라이온스의 눈은 빈틈없이 무엇인가를 생각하고 있었다. 잠시 후 그는 차분한 억양으로 말했다.

「나가 주게, 보란.」

「허풍이 아냐, 칼. 진짜 근사한 정보라구.」

라이온스는 다시 망설였다.

「좋아. 그렇게까지 말한다면 힌트를 주지. 회전 목마의 중심축은 라스베이거스야. 자, 이만하면 되겠지?」

「아니, 난 그 새로운 파트너란 걸 알아야겠네.」

「당신 쪽에서 가르쳐줄 차례잖아?」

「라스베이거스의 중심축을 움직이고 있는 것은 골드 더스터야.」

「이봐, 보란. 내가 그런 것 정도도 모르리라고 생각했나? 내가 당한 장소가 어디라고 짐작했었어?」

라이온스가 어이없다는 듯 비아냥거렸다.

「그러니까 내 말은, 이건 망원 조준경과 같다는 거야. 렌즈는 저쪽 끝에도 붙어 있어. 중심축은 라스베이거스뿐이 아니라구. 또하나의 중심축이 훨씬 대규모이며 비중도 크단 말야.」

「그게 어딘가?」

라이온스는 비로소 구미가 당기는지 다그쳐 물었다.

「새로운 동반자가 누군데?」

보란은 의미 있는 미소를 지으며 되물었다.

라이온스는 멋쩍은 듯 웃으며 중얼거렸다.

「자네는 정말 빈틈없는 친구야. 못 당하겠어.」

「이제 어쩔 셈이지? 교환에 응할 건가, 여전히 거절인가?」

「알았어. 마피아가 새로 사업을 벌이는 상대를 가르쳐 주지. 그건 중국이야.」

「뭐라구?」

「중국이란 말야, 중국. 어때, 굉장하지 않은가? 거래량도 상당한 액수에 달한다고 하더군.」

「취급하는 상품은?」

「없는 것이 없지. 조만간 이 도시는 세계 최대의 암시장으로 발전하게 될지도 모르겠어.」

「과연 그렇군. 암호가 맞아떨어져.」

「무슨 말인가?」

「또 하나의 중심축 말야. 그곳은 아바나와 지척이야.」

「마이애미인가?」

라이온스의 눈이 빛을 발했다.

보란은 도리질을 했다.

「그렇게 듣지는 않았어. 물론 마이애미도 연관은 있겠지. 그러나 정보 제공자에 의하면 중심축은 샌 주안이라는 거야. 그들끼리는 〈카리브해의 회전 목마〉라 부르는 것 같았어.」

라이온스는 그 말의 신빙성을 저울질해 보는 듯했다.

「어느 정도 신뢰할 수 있나?」

「고해 성사나 마찬가지라고 생각해도 좋을 거야. 그건 새파랗게 질려 벌벌 떨고 있던 뷰트 아포스틴니로부터 들은 정보야.」

「그런 상황에서라면 목숨을 부지하려고 나오는 대로 마구 지껄이는 법이야, 보란.」

라이온스는 못 미덥다는 시선으로 보란을 바라보면서 충고했다.

「그 녀석은 틀려. 그놈은 아마 내가 빠져 나갈 수 없다고 판단했던 모양이야. 그래서 적선이라도 베푸는 심정으로 그대로 털어놓은 거야.」

「그럴 수도 있겠군.」

라이온스는 고개를 끄덕이고는 또 한숨을 내쉬었다.

「그만 가보게, 보란. 그 정도면 됐잖아? 난 당신 때문에 머릿속이 복잡해졌어.」

「하나만 더. 북경과 토미 앤더스는 어딘지 엉뚱한 데가 있어. 어떻게 해서 서로 연결되지?」

「결국, 앤더스에서부터 더듬어 올라가기 시작했더니 정통으로 회전 목마의 실체에까지 도달할 수 있었더라는 얘기지. 최상의 방법이었어. 덕분에 앤더스가 고통을 받게 되었지만. 걱정이야.

좋은 사람인데…… 배짱도 있고. 그런 사람을 희생시키고 싶지
는 않아.」

「말하자면 당신은 그를 이용했었다. 그래서 지금 양심의 가책
을 느끼고 있다. 그건가?」

라이온스는 눈을 치켜뜨고 고개를 저어 보였다.

「맞지도 않지만 그렇다고 틀린 말도 아니군. 그러나 반드시 그
게 전부는 아냐. 마피아의 손이 닿는 것은 모조리 부패해 버려.
연예계는 그 중에서도 부식도가 높은 곳이야. 녀석들은 지금 할
리우드 왕국을 노리고 있지. 영화 산업 종사자들은 머지않아 어
처구니없는 고역을 치르게 될 거야.」

「그것은 회전 목마의 어디와 연결되는 건가?」

보란의 질문은 문제의 핵심을 찌르는 것이었다.

「직접 연결되어 있지는 않아. 영화사 자체도 대기업이기는 하
지만 완성된 영화를 배급하는 과정에 가서는 그 규모가 굉장히
방대해지게 마련이지. 만일 마피아가 유통 과정을 쥐고 흔들게
된다면 그 친구들에게는 그만큼 좋은 회전 목마도 드물 거야. 마
음 내키는 대로 골라 단물을 빨아먹을 수 있으니까 말야. 그렇잖
은가, 보란? 팝콘 판매, 극장 시설, 매상금 분배, 병아리 스타의
상업적 이용……. 적잖은 돈벌이가 될 거라고 생각되지 않나?」

「녀석들이 사용하는 수단은?」

「최고의 수단이야. 매수 작전인 셈이지. 긴축 정책을 쓸 때는
블랙머니가 왕이야. 주머니 끈을 쥐고 있으면 모든 것을 다 지배
할 수 있어. 어떤 기업이든지 말야.」

「그러나 거꾸로 놓고 생각해 보면 어딘지 모르게 서로서로 보
충해 주고 있는 것 같은 느낌이 드는데?」

「으음.」

라이온스는 길게 신음 소리를 냈다. 그리고는 더 이상 숨길 필요가 없다는 듯 죄다 털어놓기 시작했다.

「난 마피아식 사업 운영법을 잘 알고 있네. 그 친구들은 사업별로 각각의 이윤을 각 가문에 배당하는 거야. 어떤 가문이 오락산업의 이권을 얻게 되면 다른 한 가문은 마약을 독점하게 되지. 또 다른 가문은 밀수에 전념하고. 이렇게 해서 회전 목마는 빙글빙글 한없이 돌아가는 거야. 아까 아바나가 가깝다고 말했지? 만일 아바나까지 엉켜 있는 것이라면 모든 이권을 짐작할 수가 있어. 원자력 관계의 비밀, 혁명 수출, 심지어는 관타나모만에 있는 창녀촌 영업권까지도 포함되어 있을 거야.」

「그리고 제2의 라스베이거스를 구성하고 있는 것으로도 생각할 수 있지.」

보란은 조용히 라이온스의 말을 받았다.

「그런 짐작도 가능하지. 지금까지만 해도 카리브해는 여러 가지로 시끄러웠으니까.」

라이온스는 시큰둥하게 대꾸했다.

「그리고 또, 이 도시만 해도 상당히 단속이 심해진 것 같던데. 물론 마피아의 입장에서 보면 그렇다는 말이지. FBI로부터 돈을 받고 있는 카지노 종업원은 몇 명쯤 있는가?」

「당신도 벌써 짐작하고 있으면서 왜 그래?」

라이온스는 히죽 웃었다.

「짐작이야 가지. 그래서 얘긴데 마피아 쪽에서도 이미 눈치 채고 있다고 생각하는 편이 좋아. 감시가 심해지면 그 녀석들은 지체하지 않고 다른 곳으로 이동하는 습성이 있다는 걸 잊지 말게,

칼. 실력 행사, 뇌물, 어느 쪽으로도 넘어가지 않는다고 생각하면 녀석들은 다른 곳으로 옮길 생각부터 하지. 뷰트가 자백한 바에 따르면 최근 1년 동안에 1600만 달러나 되는 돈이 샌 주안으로 보내졌다는 거야. 단 한 군데의 카지노에서 그만한 돈이 유출되었으니……」

보란은 말꼬리를 흐렸다.

라이온스는 생각에 잠겼다가 천천히 되새기면서 말했다.

「그러고 보니까 잠시 이곳에 붙어 있던 억만 장자도 라스베이거스에서의 사업을 정리하고 옮겨 갔으니 어쩌면……」

보란의 눈썹이 꿈틀했다.

「그 사람도 엉켜 있다는 정보는 듣지 못했는데?」

「난 그렇게 말하지는 않았어. 그러나 항상 정보에 어두운 위인이라면 억만 장자가 되지는 못하잖아? 어쩌면 그는 우리가 모르는 어떤 끈을 붙잡고 있는지도 몰라.」

「라스베이거스는 이제 투자할 가치가 없다라든가……」

「뭐, 그런 식이겠지.」

라이온스는 눈을 반쯤 감고 말을 이었다.

「그건 그렇고 이제 그만 나가 주지 않겠나? 졸려 못 견디겠어. 더 이상 눈을 뜨고 있지 못하겠다구. 안주인도 말했잖아? 날 흥분시켜서는 안 된다고 말야.」

보란은 얼굴 가득 웃음을 머금고 말했다.

「알겠네, 칼. 자네는 당분간 여기서 푹 쉬고 있게. 그 동안 경찰 역할은 내가 맡지.」

「나쁜 뜻으로 하는 말은 아니지만 자네는 참견하지 않는 것이 좋겠어. FBI는 매우 치밀한 작전을 진행중이야. 브로놀라가 한 말을 벌써 잊은 건 아니겠지? 아마 그는 몇 번이고 다짐을 주었을 거야. 자네를 사살하라고 말야. 어쨌든 그 친구들은 제3자의 개입을 좋아하지 않거든.」

「나 역시 FBI하고 솜씨를 겨루어 보자는 생각은 손톱만큼도 없어. 그렇다고 눈 가리고 입을 처막고 있을 수는 없잖아? 가만히 참고 앉아서 당하란 말인가? 나로서는 살아 남기 위해 필요한 조치는 무엇이든 취할 수밖에 없어. 여하튼 보고만 있게, 칼. 이 도시의 무법자들을 혼내줄 테니 말야.」

「어허, 그렇게 흥분하지 말라니까. 벌써 한판 해치우고선……. 목숨이 붙어 있을 때 칩을 현금으로 바꿔 작별하는 편이 훨씬 인간적이야.」

「이젠 그것도 늦었어. 뷰트의 전화를 도청해서 알아냈지. 내가 탈출하려면 중앙 돌파를 할 수밖에 없게 되었단 말이야.」

보란은 싱긋 웃으며 덧붙였다.

「그 녀석은 말야, 자기네 카지노인데도 사방에다 도청 장치를 해놓았더군.」

라이온스는 쓸쓸한 미소를 지었다.

「하기야 이 도시에선 자신 이외의 인간을 신용하는 사람이라고는 한 사람도 없으니 그러는 것도 무리는 아니지.」

「어쨌든 녀석들의 판돈에 살짝 색칠을 해줄 참이야.」

「보란의 맛을 보여 주겠다, 이 말인가?」

「음.」

「하지만 방심은 금물이야.」

라이온스의 목소리는 침울했다.

「걱정 없어.」

그것이 작별의 말이었다.

보란은 다시 복도로 나와 의사의 아내에게 목례를 보냈다. 그리고는 의자에 걸터앉아 밤을 새웠다.

어느 틈엔가 밖은 아침이 진군해 오고 있었다. 맥 보란은 다시 한 번 전투에의 각오를 다졌다. 날이 밝는 대로 탤리페론 형제가 몰고 오는 비행기를 마중 나가야 했기 때문이있다.

9
환영식

　보란은 단순히 저격의 명수만은 아니었다. 그는 병기 전문가이기도 했다. 그는 막강한 파괴력을 가진 무기에 관해서라면 야포, 탄약, 각종 폭파 장치 분야에까지 깊은 지식을 가지고 있었다. 말하자면 그는 병기 전반에 걸친 전문가였다. 그의 해박한 지식은 그가 애용하고 있는 자동차, 즉 전투용으로 개조한 밴에 잘 반영되어 있었다. 밴은 이를테면 굴러다니는 전진 기지라고 부를 만한 시설을 갖추고 있었는데 그곳에 적재되어 있는 각종 병기류는 암시장에서 입수 가능한 병기 중에서도 가장 다루기 쉽고 최신형인 일품으로만 고른 것이었다.

　그러나 그가 수집한 병기 중에서 가장 마음에 드는 것은 군사용 무기가 아닌, 어느 총포점에서나 쉽게 구입할 수 있는 사냥용 대형 라이플이었다. 지금 그가 소지하고 있는 라이플은 특별히 주문한 고성능 웨더비 마크 V였다. 그것은 런던 기습 작전중에 입수한 총기로서 미국으로 돌아올 때 많은 비용과 수고를 들여 특별히 별송해 두었던 물건이었다.

웨더비 마크 V는 볼트 액션식으로 460구경 매그넘탄을 사용했다. 적정 사격 거리는 400야드, 최대 사정 거리는 1000야드를 자랑하는 그 총의 대형 조준경은 반마일 전방에 서 있는 사람의 여드름까지 선명히 포착할 수 있었다. 파괴력은 4000파운드.

표적에 닿는 순간 탄두가 퍼지게 되어 있는 매그넘탄은 300그램이 넘게 장탄할 수 있으며 500야드 전방에 있는 사람의 머리까지도 능히 날려 버릴 수 있는 위력을 갖추고 있었다.

보란이 지금 당면한 전투의 사정 거리는 500야드에 훨씬 못 미치는 것이었다. 그러므로 골칫거리는 단 하나, 광선에 관한 문제였다. 아무리 성능이 뛰어난 조준경이라 할지라도 어둠 속에서는 사용할 수 없기 때문이었다. 만일 적의 비행기가 날이 새기 전에 표적 지구에 착륙할 경우, 이쪽은 일찌감치 짐을 꾸려 후퇴하지 않으면 안 될 처지였다.

접근전은 피하는 편이 유리했다. 가뜩이나 위험도가 높은데다 퇴로의 안전성마저 불확실했으므로 신중을 기할 필요가 있었다.

표적의 위치에 대해서라면 의문의 여지가 없었다. 놈들의 자가용 제트기는 일반 활주로 시설을 사용하지 않고 대기중인 자동차에 옮겨 타기에 편리한 외곽 지역으로 착륙할 것이 분명했기 때문이었다. 그것이 마피아 전투원들의 기본 행동 요령이었다.

마중 나온 마피아의 자동차가 주차해 있는 지점은 쉽게 발견했다. 새로 투입되는 〈보란의 목〉 사냥꾼 일행을 맞이하기 위해 마련된 8인승 승용차 무리는 제1활주로 끝의 비행기 정비 격납

고에서 100야드 정도 떨어진 곳에 대기하고 있었다.

보란의 밴이 방패로 삼고 있는 방풍용 펜스는 거기에서 약 200 야드 떨어진 지점에 위치하고 있었다.

보란은 놈들의 승용차를 헤아렸다. 모두 아홉 대였다.

그는 인원수를 어림해 보았다. 대충 짐작으로도 6, 70명은 족히 될 것 같았다. 게다가 비행기의 승무원도 계산에 넣어야 했다. 기장 이하 4명 전원이 전투원까지 겸하고 있을 것이므로 대적해야 할 상대는 75명으로 불어난다. 여기에다 9명의 운전사와 마중 나온 거물급 간부 2명을 더하면 줄잡아 8, 90명은 된다는 결론이다.

그 정도면 상당한 병력이었다. 맞상대로는 무리일지도 몰랐다. 그러나 위험을 안고 있긴 하지만 전혀 상대가 되지 않는 것도 아니었다. 소탕전이 이번 공격의 목적이 아니므로 그저 녀석들의 간담을 서늘하게 만들어 주면 그것으로 족했다.

라스베이거스에서의 대접전에 앞서 공포라는 조미료를 슬쩍 뿌려 주는 식으로 놈들과의 전투의 서막을 근사하게 장식해 보자는 것이 보란의 의도였다.

문득 새로운 착상이 떠올랐는지 보란의 얼굴에 미소가 스쳐 갔다. 만일 뜻한 바대로의 조건만 얻어진다면, 비전투원의 안전지대의 구별이 명확해지고 표적을 선명히 포착할 수 있다면……게다가 태양과 공항의 사정이 유리하게 작용한다면 그때는 표적을 두 개로 분산하여 교대로 공격을 가하리라. 그러면 한줌의 조미료를 덤으로 더 뿌려줄 수 있을 것이다.

그렇게 되면 탤리페론 형제가 인솔해온 사냥꾼 일행을 맥 보란이 어떻게 생각하고 있는가를 유감없이 보여줄 수 있을 것이었다.

텔리페론 형제에게는 몇 가지 일화가 붙어 다녔다.

두 사람은 동부 어느 명문 대학의 법과에서 공부한 적이 있다는 것이었다. 예일 대학이라는 설도 있었고 하버드였다는 소문도 나돌았지만 어느 것이건 모두가 확실하지는 않았다. 어하든 그들은 학창 시절에 한 사람분의 수업료만 내고 두 사람이 번갈아 강의를 받았다는 것이었다.

그 정도로 둘은 꼭 닮았다. 아무리 형제간이지만 외양뿐만 아니라 목소리나 걸음걸이, 사고 방식까지도 그렇게 판에 박은 듯이 꼭 닮기란 드문 일이었다.

그리고 그만큼 강력한 권력을 쥐고 있는 형제도 드물었다. 그들이 장악하고 있는 시체 제조 회사와 비교를 한다면, 그 유명한 〈살인 회사〉 같은 것은 한낱 어린애 장난에 불과했다.

두 사람은 다 코미쇼네의 멤버와 동등한 권한을 가지며 나치의 게슈타포에 뒤지지 않는 친위대를 거느리고 있었다. 텔리페론 친위대야말로 모든 점에서 지하 제국의 보이지 않는 비밀 경찰이라 인정할 만했다.

소문으로는 텔리페론 형제 둘다가 카포를 죽일 수 있는 권한을 가지고 있다고 했다. 다른 보스들로부터 복수당할 염려가 없이 언제든지 가능하다고 했다. 물론 그 소문은 다소 과장기가 없지는 않았으나 텔리페론 형제가 과거에 라코미쇼네에 미리 연락하는 일도 없이 마음대로 카포를 살해한 실례가 몇 번인가 있었던 점으로 미루어 전혀 근거 없는 소문만은 아닌 듯했다.

그것은 텔리페론 형제가 그 유명한 마피아 조직 내에서도 최

고의 두려움과 존경을 받고 있는 실력자임을 여실히 증명해 주
는 것이었다.

그러나 그들의 정체를 모르는 상태에서 그들과 소탈하게 만나
고 있는 한 그런 무서운 인상을 받는 사람은 아무도 없었다.

두 사람은 언제나 수수하면서도 빈틈없는 복장으로 나타나곤
했다. 상대의 급소를 잘 알고 있는 거침없는 화술, 세련된 동작,
끊임없는 미소——두 사람만이 통하는 농담을 은밀히 나누려는
듯이 서로의 얼굴을 쳐다보며 짓는 그 미소는 그들의 능란한 사
교술을 짐작게 했다.

그러나 그들이 탑승한 대형 제트기가 라스베이거스 교외의 맥
카랑 공항을 향해 고도를 낮추려는 지금, 두 사람은 웃지를 않았
다.

그들은 객실 앞쪽에 마련된 회의실에 자리잡고 앉아 회색빛
여명으로 잠에서 깨어나고 있는 라스베이거스의 거리를 자세 하
나 흐트러뜨리지 않고 내려다보고 있었다. 아마도 그들은 마이
애미에서 보란을 맞아 싸웠던 때의 치욕을 되씹고 있는 것 같았
다.

패트 탤리페론은 그때 입은, 치명상이 될 뻔했던 상처를 생각
하고 있는지도 몰랐다. 마이크는 틀림없이, 열 손가락이 넘는 혐
의로 데이드군 경찰에 체포되어 지문을 찍히고 기소되었던 굴욕
을 새삼스럽게 되새기고 있을 것이었다. 동시에 부하들이 얼른
일을 처리하지 못했기 때문에 오래도록 끌었던 석방 청구에 관
한 기억도 되살아났으리라.

두 사람은 제각기 복수의 불씨를 간신히 눌러 놓고 있었다. 그
들이 당한 재액을 장본인인 보란에게 되돌려 주리라고 맹세에

맹세를 거듭해온 그들 형제였다.

어떻게 해서든지 그 바보 녀석의 피로 두 손을 씻지 않으면 사나이로서의 체면이 서지 않는다고 그들은 생각하고 있었다. 그 맹세가 성취되어야만 비로소 두 사람은 이전처럼 마주 보고 미소지을 수 있을 것 같았다.

기내에 경계등이 켜졌다. 조종실 안에서 기장이 음성이 흘러나왔다.

「진입로 오케이, 곧 착륙합니다.」

두 형제는 흘끗 얼굴을 마주 보고는 약속이나 한 듯 벌떡 일어나 한 명은 부하들에게 마지막 지시를 전달하기 위해 뒤쪽으로 가고 다른 한 명은 조종실로 옮겨 조종사의 어깨에 손을 얹었다.

「마중은 나와 있는가?」

「네. 다른 이착륙 비행기는 없습니다. 곧장 25활주로로 진입합니다. 접지(接地)하게 되면 지름길을 활주해서 마중 나온 자동차의 바로 앞에다 대겠습니다.」

「좋아, 그것으로 충분해, 조니.」

부조종사가 의미 심장하게 웃으며 보스를 쳐다보았다.

「그런데 카지노에서 심심풀이로 놀 여가가 있을까요, 탤리페론 씨?」

「놈을 작살낼 때까지는 카지노는 고사하고 계집을 끼고 잘 여가도 없을 거야, 에드.」

두 명의 조종사는 킥킥거리며 웃었다. 조니가 다시 물었다.

「녀석이 그렇게 간단히 처리되겠습니까?」

「물론 되고말고.」

탤리페론은 자신 있게 대꾸하고 보조석에 앉았다. 그는 안전

벨트를 찾아 매면서 덧붙여 말했다.

「조 스탄노가 서툴게 소동을 벌여 모든 작전을 엉망으로 만들지만 않았다면 말야.」

「그 스탄노란 사람을 쳐다보면 몸이 떨립니다. 광기 같은 것이 서려 있거든요.」

조종사 조니는 얼굴을 찡그렸다.

다음 순간 조종사들의 손놀림이 갑자기 활발해졌다. 거대한 기체를 똑바로 활주로를 향하게 돌리고 동체의 균형을 정상으로 유지하면서 속도를 조절했다.

거의 동시에 강철의 새는 접지시킬 정확한 진로를 선택했다. 굉음과 함께 후랩이 작동하더니 바퀴가 나와 고정되었다. 지면이 창 밖으로 어지럽게 밀려 나갔다.

마이크 탤리페론은 이착륙 때마다 반드시 조종실에 가 앉았다. 그것은 비행에 따르는 공포와 정면으로 싸우기 위한 그 나름의 방법이었다.

전문가들은 비행중 가장 위험한 것은 이착륙 순간이라고 말하곤 했다. 더구나 조종실에서는 그 충격과 공포가 몇 배나 가중된다는 설명이었다.

마이크는 공포와 정면으로 맞서기를 즐기는 사내였다. 이번의 보란 사냥 작전만 해도 그랬다. 적어도 마이크 탤리페론에게는 뒷전이란 있을 수 없는 말이었다. 일이 터졌을 때 최전선에서 싸우지 않으면 직성이 풀리지 않는 것이 바로 그의 성격이었다.

그가 양무릎을 꽉 움켜쥐고 있을 때 바퀴가 접지되면서 미끄러졌다. 그런 다음 비행기는 콘크리트 활주로 위를 매끄럽게 굴러가기 시작했다. 잠시 동안 처음의 속력이 유지되었다.

눈에 들어오는 모든 것이 만화경 속의 풍경처럼 잠깐씩 나타났다가는 사라져 버렸다.

조종사는 다시 레버를 움직였다. 역추진 제동이 걸릴 때마다 거대한 기체가 순간적으로 진동을 했으며 그와 동시에 앞으로 솟구칠 것 같은 관성이 조금씩 줄어들었다.

탤리페론은 그세서야 안도의 한숨을 쉬며 안선 벨트를 잡았다.

「훌륭했어, 조니!」

그는 침착한 목소리로 조종사에게 수고의 말을 던졌다.

바로 그때였다. 어처구니없는 사태가 돌발한 것은.

여전히 시속 60마일 이상의 속력을 유지한 채 미끄러지던 비행기가 갑자기 심하게 흔들거리더니 한쪽으로 기울기 시작한 것이었다. 부조종사가 다급하게 외쳤다.

「오른쪽 바퀴가 터졌어!」

조종사의 얼굴에서 핏기가 싹 가셨다. 그는 조종간에 매달리듯이 달라붙어, 옆으로 넘어질 것 같은 거대한 금속성 새를 필사적으로 조종하기 시작했다.

그러나 그것은 소용없는 일이었다. 이제 조종실은 전후 좌우로 마구 흔들리고 있었다. 기체 뒤쪽에서 어렴풋이 무엇인가가 터지는 듯한 소리가 들려 왔다. 그 소리를 제대로 식별하기도 전에 비행기는 크게 흔들리며 급회전했다.

탤리페론의 귓전에 응응거리는 것은 미친 듯이 고동치는 자신의 심장 박동과 기체가 콘크리트 활주로 위를 아슬아슬하게 끌려 다니는 지옥 같은 마찰음뿐이었다.

창 밖의 풍경은 균형을 잃고 어지럽게 회전하는 아수라장으로 변해 있었다.

그것이야말로 공포의 최전선이었다.

정점을 향해 마구 뒤얽히는 혼란 속에서 탤리페론의 뇌리에 섬광처럼 떠오르는 얼굴이 있었다.

그렇다. 맥 보란에게 있어서도 이곳은 최전선인 셈이었다.

그 일이 있기 조금 전, 보란은 주활주로의 서쪽 끝에서 가까운, 흙으로 쌓은 언덕 위에 사격 기지를 두고 방풍 펜스의 바깥쪽에 기대어 있었다.

벌써 새벽이 찾아온 것을 기쁨으로 맞이한 뒤였다. 이제 몇 분만 있으면 태양이 산등성이 너머에서 눈부신 얼굴을 내밀 것이었다. 그렇게 되면 정면에서 빛을 받게 되겠지만 그러나 그때는 이미 태양의 위치가 아무런 영향도 미치지 않게끔 되어 있을 것이었다.

표적이 보란의 쌍안경에 들어왔다. 착륙하는 정확한 시간도 산출했다. 공항은 조용했으며, 다른 이착륙 비행기는 그림자도 보이지 않았다. 그는 자신의 전투와 관계 없이 선량한 시민들이 몰려들지 않아서 다행이라고 생각했다.

운명의 주사위를 던지는 신(神)의 손이 맥카랑 공항에서의 총격전에 대비하여 완벽한 사전 조치를 취해둔 모양이었다.

이제 남은 것은 보란의 전투 수행 능력 여하에 달려 있었다. 그는 자신감을 가지고 전투에 임했다.

마중 나온 마피아 운전사들은 잡담을 그치고 각자의 자동차로 돌아갔다. 쌍안경으로는 누구인지 알 수 없는 몸집이 큰 사내가 요란스럽게 팔을 휘두르며 지휘를 하고 있었다.

듀랄루민으로 이루어진 커다란 새는 그들이 지켜보고 있는 가운데 진입 표지등의 상공에서 강하하여 활주로 입구에 착륙했다.

그와 동시에 보란은 웨더비 라이플의 사격 자세로 들어갔다. 조준경의 선명한 시야에 표적을 잡고 원하는 거리에 초점을 맞췄다.

비행기가 활주로의 교차점에 이르렀을 때 강력한 엔진이 역추진을 개시하는 굉음이 울렸다. 브레이크가 걸리는 소리였다.

두터운 고무 바퀴가 조준경의 십자선에 뚜렷이 포착되었다. 그것에 초점을 맞춘 채 이동 속도의 감을 잡기 위해 수초 동안 조준경을 따라 머리를 움직였다. 마침내 적절한 시간상의 간격을 계산해 내고는 마지막 조준을 했다.

지금이다! 보란은 힘껏 방아쇠를 당겼다. 엄청난 반동과 함께 웨더비의 총구에서 〈공식 인사〉의 의미를 담은 탄환이 튀어나와 적기를 향해 주저없이 돌진했다. 그는 총신의 진동을 겨우 다스려 두 발을 더 쏘고 나서 눈을 들었다.

다음 순간, 적의 비행기는 덜커덩 하고 흔들리며 균형을 잃었다. 얼른 앞날개의 방향타를 아래위로 펄럭이며 옆으로 미끄러졌으나 바퀴가 터지는 바람에 기체의 후미 동체가 활주로에 닿고 말았다. 그대로 우뢰와 같은 마찰음을 내면서 기체는 팽이처럼 회전하여 보란이 진을 치고 있는 언덕 쪽으로 접근해 왔다.

리무진이 대기하고 있던 지점에서는 대소동이 일어났다. 운전사들은 서로 앞을 다투어 차에서 뛰어내리긴 했지만 갑작스런 상황의 변화에 어찌할 바를 모르고 우왕좌왕할 뿐이었다.

그들 속으로 덩치 큰 거한이 정신없이 뛰어다니며 보란이 있는 방향을 가리키고 있었다. 목이 터져라 고함을 지르는 모습도 똑똑히 보였다.

운전사 셋이 어리둥절한 얼굴로 보란을 향해 달려오기 시작했다. 보란은 기다렸다는 듯이 웨더비의 총구를 그쪽으로 돌렸다. 영문도 모르는 채 무작정 뛰어오는 가무잡잡한 얼굴을 십자선 한복판에 올려놓은 다음 방아쇠를 끌어당겼다. 총성과 함께 그 사내의 얼굴은 시야 밖으로 사라져 버렸다.

보란은 조준경에서 눈을 떼고 방금 쏜 한 발의 효과를 관찰했다. 이쪽의 의사는 충분히 놈들에게 전달된 것 같았다.

달려오던 두 사내는 혼비 백산하여 등을 돌리더니 다리야 날 살려라 식으로 자기편 쪽으로 달음박질쳤다.

어느 틈엔가 웅성거리며 모여 있던 무리들이 한 줄로 늘어서 있는 자동차를 엄폐물 삼아 저마다 권총을 뽑아 쥐고 쏘아 대기 시작했다.

한편 활주로 위를 회전하고 있던 마피아 전용기는 파편을 흩날리면서 해체되는 중이었다. 먼저 한쪽 날개가 떨어져 나가고 이어 꼬리 부분이 내려앉았다.

비행기와 동체는 회전하면서 활주로를 벗어나 보란의 사격 기지에서 수백 피트 떨어진 지점에 이르러서야 겨우 멈추어 섰다. 모랫바람이 자욱하게 일었다.

하늘로 뿜어 오르는 흙먼지와 연기 기둥을 타고 붉은 불꽃이 솟구쳐 올랐다. 죽음의 함정에서 달아나려고 허우적거리는 사내들의 비명과 고함이 보란에게까지 들렸다.

이윽고 화염에 싸인 동체 속에서 사내들이 비틀거리며 꾸역꾸역 기어 나오기 시작했다. 필사적인 탈출이었다.

보란은 반사적으로 재사격 자세를 취했으나 곧 생각을 고쳐 먹었다.

이만하면 충분할 것이라고 내심 미소 지으면서 비상 사이렌을 울리며 달려오는 경비차를 홀끗 바라보았다. 지체할 시간적 여유가 없었다.

보란은 마지막으로 다시 두 발의 탄환을 선물했다. 그리고는 철수를 서둘렀다.

어서 오십시오, 전쟁터에. 그것은 녀석들에게 띄우는 보란의 메시지였다. 냉소적으로 보내지고, 당황하여 어쩔 줄 모르게 받아들여진 뜨거운 환영의 인사였다.

같은 순간 수마일 떨어진 넬리스 공군 기지에도 한 대의 비행기가 착륙하고 있었다. 미합중국 정부 소속의 그 비행기에는 FBI 수사관과 보안관 부대가 탑승해 있었다. 그리고 또 한 사람, 엄숙한 표정을 한 사법성 관리도 끼여 있었다.

그는 맥 보란이 선전 포고한 전쟁을 종결짓기 위해 파견된 요원으로 특별 지령을 받고 있었다.

10
특별 지령

군데군데 사내들이 널브러져 있었다. 상체를 일으킨 자신의 몸 구석구석을 어루만져 보는 것으로 무사함을 확인하는 치들이 있는가 하면 장승처럼 뻣뻣이 서서 파괴된 비행기의 소화 작업을 넋나간 듯이 지켜보고 있는 치들도 있었다.

조 스탄노는 구조반장과 조용히 이야기를 나누고 있는 탤리페론 형제를 발견했다.

평소에 그는 그들을 분간하기가 몹시 곤란했었다. 그러나 이번만은 그들도 똑같아 보이지는 않았다. 공통점이 있다면 두 사람 다 형편없는 몰골을 하고 있다는 점이었다.

그나마 스탄노의 입장에서 본다면 그 정도로 끝난 것이 여간 다행스럽지가 않았다.

스탄노는 구조반장을 밀어젖히고 으르렁거리듯이 말했다.

「조종사한테 가서 설명을 듣는 편이 어때? 저기 구급차 옆에 뻗어 있으니까.」

구조반장은 스탄노의 얼굴을 노려보며 무어라고 한마디 하려다가 참는 것 같았다. 그러나 그 자리를 떠나려 하지는 않았다.

두 보스를 앞에 두고 스탄노는 유감스럽다는 표정을 노골적으로 드러내며 말했다.

「이거 정말, 생각지도 못한 일이 벌어져 버렸으니…….」

「이렇게 죽지 않고 탈출할 수 있는 것을 기적이라고 하는거야, 조.」

형제 중의 한 사람이 —— 마이크와 패트의 어느 쪽이건 스탄노에게는 언제까지나 구분이 되지 않았지만 —— 대꾸했다.

「여기 반장님으로부터 총성에 관한 질문을 받고 있던 중이야. 지상 정비원 몇 사람이 사고 직전에 총소리 같은 것을 들었다고 말씀하시는데 자네 귀에는 무엇이 들리던가, 조?」

피가 흐르는 이마의 상처를 손수건으로 닦아 내던 쪽이 물었다. 스탄노는 곧 눈치를 채고 요령 있게 대답했다.

「네, 분명히 총소리 비슷한 소리이긴 했습니다만 그건 바퀴가 터지는 소리였습니다.」

「나도 그렇게 설명을 드리긴 했는데 반장님은…….」

그의 말을 막으며 구조반장이 입을 열었다.

「그러나 관제탑 직원들은 사고를 전후해서 총소리를 들었다고 말하고 있습니다.」

「무슨 말이 그렇게 많은가? 이런 혼란중에 확실한 상황 같은 것을 제대로 파악할 여유가 어디 있어? 도대체 말하고 싶은 게 뭐야?」

스탄노가 반장을 윽박질렀다.

「사실을 확인해 두고 싶을 뿐입니다.」

반장도 지지 않고 응수했다.

「사실이라구? 거 참, 대단하게 나오시는데?」

스탄노는 빈정거리듯이 내뱉고는 딴청을 피웠다.

「당신네들의 이 시원찮은 활주로가 정비 불량이었기 때문에 우리 비행기가 박살이 났다, 이게 바로 사건의 진상이라는 거야. 자, 이제 어지간히 해두고 꺼지는 게 신상에 좋을 텐데, 반장 나으리.」

「진상은 곧 밝혀지겠죠.」

반장은 동요됨이 없이 조용히 대꾸하고는 그 자리를 떠났다.

탤리페론 형제는 잠시 멀어져 가는 그의 뒷모습을 지켜보았다. 이마에 부상을 입은 쪽이 먼저 말을 꺼냈다.

「그 총소리의 정체는 무엇이었나, 조?」

「말할 것도 없습니다.」

반장을 상대하던 기세는 어디로 갔는지 스탄노는 어깨를 늘어뜨리며 말했다.

「보란입니다. 대형 라이플을 사용한 것 같습니다. 비행기 바퀴를 쏜 모양입니다.」

형제 중 하나가 크게 한숨을 쉬자 다른 한 사람이 다시 물었다.

「그래서? 보란은 어떻게 되었나?」

「즉시 부하 몇 명을 놈에게로 내보냈습니다만 빈가 비기로우란 녀석이 세 걸음이나 내디뎠을까 했을 때 나동그라져 버리자 나머지 녀석들은 도망쳐 오고 말았습니다. 도망쳐 오는 녀석들을 책망할 수도 없었지요. 엄폐물이라고는 아무 것도 없는데다가 놈은 라이플의 명사수이니까요. 그때부터 놈의 관심은 비행기가 아니고 아예 우리에게 집중되어 있어서 달리 손을 쓸 수 있는 입장이 아니었습니다.」

「우리가 도착한다는 것을 어떻게 알았을까?」

「모르겠는데요.」

스탄노가 고개를 저었다.

「〈개〉와 연락을 취했다고 생각할 수도 있겠지.」

「그렇…… 네, 그렇습니다. 그 선에서 새어 나갔을 겁니다. 우리는 골드 더스터에서 곧장 이리로 달려오는 길입니다만 그 전에 놈이 본거지로 잠입해 와서는……」

「뭐라구? 본거지에 놈이 쳐들어 왔었단 말인가?」

탤리페론이 어이없다는 듯 되물었다.

「네, 저, 어느 틈엔가 숨어 들어와서는…… 뷰트 아포스틴니를 위협하고……」

스탄노는 진땀을 흘리며 더듬거렸다.

「그건 정말이지, 상상도 할 수 없는 사태인데, 조?」

「정말 유감입니다. 그런데……」

스탄노가 말끝을 돌리려 했으나 탤리페론은 좀더 자세한 설명을 들으려는 듯 물고 늘어졌다.

「분명 이 도시를 물샐틈도 없이 봉쇄하라고 명령했을 텐데?」

「네, 분명히 그랬습니다. 하지만 아무리 철저히 울타리를 쳐놓아도 놈을 가두어 놓는다는 것은 무리였습니다. 현재도 200명이 넘는 전투원이 경비를 하고 있습니다만 놈은 제 마음대로 드나들고 있는 판국입니다. 놈은……」

「그래, 뷰트는 놈을 어떻게 했다는 이야긴가?」

「확실한 것은 잘 모릅니다. 상세한 설명은 들을 여가가 없었으니까요. 여하튼 놈은 골드 더스터에 잠입해서 아포스틴니를 협박했죠. 그는 놈에게 가짜 지폐를 쥐어준 다음 속여서 가두었다고 생각했었는데 보기 좋게 달아나 버렸답니다.」

탤리페론 형제 중 한 사람은 혀를 끌끌 찼고 다른 하나는 의혹에 찬 눈길로 말했다.

「그 말을 액면 그대로 받아들일 수는 없어, 조. 애초에 보란에게 가짜를 쥐어줄 만큼 간이 큰 녀석이 있기나 해?」

「그렇지만…….」

「여하튼 뷰트에게 직접 물어 보는 것이 좋겠지?」

한 탤리페론이 다른 탤리페론에게 동의를 구했다.

「그것은 차후 문제고 우선 오늘의 이 소홀한 경비 상태부터 따져 봐야겠어. 도저히 납득이 가지 않아. 이 공항에도 경비 요원을 배치해 두었어야 할 것 아닌가, 조?」

「네, 지당하신 말씀입니다만……」

「활주로까지는 미처 손이 미치지 않았다는 건가?」

스탄노는 궁지에 몰리고 있는 자신을 느꼈다. 그는 거칠게 침을 탁 뱉고는 한 걸음 앞으로 나서며 말했다.

「그렇게 말씀을 하시지만 말입니다, 설마 그 생쥐 같은 녀석이 여기까지 기어나와서 공격하리라고는 그 누구도 상상하지 못했을 겁니다.」

「누구도 상상할 수 없는 일을 상상하도록 하기 위해서 우리는 많은 돈을 지불하고 있는 것이 아니었던가?」

형제 중의 한 사람이 따져 물었다. 스탄노는 헛기침을 하고 나서 말했다.

「그건 이곳에서 어떤 일이 일어나고 있는지 모르기 때문에 하시는 말씀입니다.」

「내가 말인가? 좋아. 그렇다면 묻겠는데 비행기를 박살 내고 빈가를 쓰러뜨린 것은 어떻게 설명하겠어, 응?」

「그런 말씀은 마십시오. 나도 나름대로 도우려고 뛰어다녔습니다.」

스탄노는 죄송스럽다는 듯이 시선을 떨군 채 변명을 늘어놓았다.

「거짓말이 아닙니다. 이제까지 이렇게 책임을 통감했던 적은 없었습니다.」

「우린 60명이나 되는 전투원을 싣고 날아왔어. 그런데 지금은 불과 40명밖에 남아 있지 않아. 더욱이 절반은 부상당했어. 이런 꼴로 라스베이거스로 쳐들어간다면 나중에는 과연 몇 사람이나 성한 녀석을 데리고 갈 수 있다고 생각하나?」

「어쨌든 너무 걱정하지 마십시오. 그 새낄 그냥!」

조 더 몬스터 스탄노는 주먹을 불끈 쥐고 으르렁거렸다.

「자네 쪽에서도 한 사람 당했다고 했던가?」

「네. 자동차에 운반해 두었습니다. 염려하지 마십시오. 이번 사건이 밖으로 새지 않게 잘 수습하겠습니다.」

그때 한 사내가 다리를 절룩거리면서 그들에게 다가와 스탄노는 거들떠보지도 않고 이마를 다친 탤리페론에게 보고했다.

「걸을 수 있는 인원은 점호를 끝냈습니다. 사망 18명, 들것을 필요로 하는 인원은 13명, 나머지는 무사합니다.」

「좋아. 부상자를 전원 자동차로 운반하게, 찰리. 병원에는 돈을 쥐어 주고, 알겠지? 13명에게는 최고의 대우를 해주도록 배려하는 것도 잊지 말게. 그건 그렇고 우리도 어서 여길 뜨는 게 좋겠군. 귀찮은 심문으로 발이 묶이면 곤란하니까 일찌감치 후퇴하자구.」

다리를 저는 사내는 고개를 끄덕이며 부상자들을 뉘어 놓은 곳으로 돌아갔다.

탤리페론이 스탄노의 팔을 잡으며 위로했다.

「그렇게 낙담 말게, 조. 보란에게 당한 것은 자네가 처음이 아냐.」

「제가 마지막이 되도록 하겠습니다.」

그러자 탤리페론 형제 중 한 사람은 킥킥거리며 웃었고 또 다른 한 사람은 빈정댔다.

「그 대사는 전에도 한 번 들은 적이 있는데, 조?」

스탄노는 어금니를 꽉 깨물었다. 좋기도 하겠지라고 속으로 중얼리면서 마음껏 비웃게끔 내버려 두기로 작정했다. 그러나 불원간 보란의 목을 봉투에 넣어 바치는 것이 누구인가를 똑똑히 보여줄 결심이었다.

스탄노가 보기에 두 사람의 탤리페론도 그다지 대단한 뚝심가는 아닌 듯싶었다. 입으로야 큰소리를 치고 있었지만, 속마음은 겁을 잔뜩 집어먹고 있음이 분명했다. 그렇고말고. 한 껍질 벗겨내면 아무리 탤리페론 형제라 해도 별수 없을 터이니까.

사실 탤리페론 형제도 태연을 가장하고는 있었지만 마음은 그리 편하질 못했다. 조 더 몬스터 스탄노의 짐작대로 안절부절못하는 심정이었던 것이다.

해럴드 브로놀라는 넬리스 공군 기지의 관제실로 들어가 일직 장교가 내미는 전화기를 웃는 얼굴로 받아들었다.

「브로놀라인데, 그쪽은?」

순간 그의 웃음은 흔적도 없이 사라져 버렸다. 그는 당황한 시선을 장교에게로 돌리면서 수화기를 통해 전해 오는 목소리에 귀를 기울였다.

「그래서……. 음, 곧 철수했다구? 알았네.」

워싱턴에서 날아온 사내는 뒤통수를 한 대 얻어맞은 것 같았다. 수화기에서는 계속 속사포와 같은 목소리가 흘러나왔다. 브로놀라는 관제실 책상을 손가락으로 두드리면서 묵묵히 듣고 있었다. 그리고는 천천히 말했다.

「알았어. 신속히 처리하도록 하세. 헬리콥터로 그쪽으로 가겠네. 누굴 시켜 그 친구들을 미행하도록 조처하게. 20분쯤 후에 도착할 테니.」

브로놀라가 수화기를 일직 장교에게 돌려 주면서 물었다.

「맥카랑 공항에서 발생한 사고를 보고받은 바가 있나?」

「네. 자가용 비행기가 착륙중에 활주로에서 대파됐다는 소식이었습니다. 불과 몇 분 전의 일입니다. 그러나 활주로는 벌써 재정비되어 사용 가능한 것으로 알고 있습니다.」

브로놀라는 고맙다는 인사를 하고 밖으로 나왔다. 맥카랑 공항의 활주로가 망가졌건 재개되었건 그런 것은 알 바 아니었다. 다만 사건의 배후에 있는 것임에 틀림없는 한 사내의 동정에만 관심이 쏠릴 뿐이었다.

관제실 밖에서 기다리고 있던 동료들에게로 돌아간 브로놀라는 주임 보안관에게 말했다.

「FBI 지역 주임 빌 밀러의 전화였어. 마피아 일행이 확실히 도착하긴 했는데, 느닷없이 우리의 불사신 전쟁 전문가가 나타나 가혹한 환영식을 벌였다는군. 방금 받은 보고로 짐작하건대 그 친구, 보기 좋게 녀석들의 코를 납작하게 눌러 놓은 모양이야.」

보안관의 입술이 웃음기를 머금었다.

「대단한 배짱인데? 그렇다면 공항에 착륙할 때 달려든 건가?」

「달려든 정도가 아냐. 공중으로 날려 버렸다구. 비행기를 쳐부수고 18명을 즉사시킨데다가 부상자도 적지 않다더군. 그 탤리 페론 형제인가 뭔가 하는 놈들도 상처투성이로 비틀거리며 간신히 기어나왔다나……?」

「그건 좀 지나쳤는데?」

보안관은 미간을 찌푸렸다. 그리고는 팔짱을 끼면서 중얼거렸다.

「자포자기 심정이 아닐까? 그 전쟁광 말야.」

보안관 일행은 헬리콥터 발착장을 향해 활주로를 따라 걸었다. 브로놀라는 푸 하고 한숨을 쉬며 말했다.

「이렇게 생각하는 건 어떨까. 보란이 함부로 일반 시민들까지 말려들게 했다는 얘기는 아직 들어본 적이 없어. 그 점에 있어서는 대체로, 아니 반드시라고 해도 좋을 정도로 충분히 조심하는 친구라구. 이번 경우만 하더라도 그래. 주위에는 다른 비행기의 그림자조차 없었다는 사실에 유의해야 할 것이야. 지상에도, 상공에도, 아니 관제 범위 안에는 한 대의 비행기도 없었다는 거야.」

「그렇다고는 하지만 난폭한 행위 자체에는 변함이 없어. 이젠 비행기까지 쫓아다니게 되었으니…….」

「어째서 비행기라고 예외일 수가 있겠나. 그의 입장에서 본다면 부근에는 일반인이 없고 또 그들이 말려들 위험도 없는 한 비행기건 탱크건 쳐부순다는 사실에는 변함이 없지 않은가?」

브로놀라는 열을 올리며 퉁명스럽게 말했다.

「이거 정말, 당신이 그처럼 그 녀석을 옹호할 줄은 몰랐는데?」

보안관은 의외라는 듯 빙그레 웃었다.

「난 원래 그랬어. 달리 비밀스러운 이유가 있는 것은 아냐. 나름대로 손을 쓰긴 했지만 이미 명령이 떨어진 이상 어쩔 수 없지. 그러니 두고 보란 말야. 발견하는 즉시 그의 머리에 총알을 박아 넣을 테니까. 다만 그 순간이 닥칠 때까지는 감정을 품고 싶지 않다는 얘기야.」

「하긴 나도 그 녀석이 좋아, 핼. 그러나 명령은 명령이니까.」

보안관은 고개를 끄덕였다.

「그렇구말구.」

브로놀라도 고개를 주억거리며 맞장구쳤다.

「녀석을 발견하는 대로 그 자리에서 다른 미치광이와 마찬가지로 쏘아 버리겠다, 그건가?」

「그렇지.」

브로놀라는 자신의 의중을 떠보는 상대방의 질문을 교묘히 피하며 담담하게 대꾸했다.

일행은 헬리콥터 발착장에 당도했다. 보안관 주임은 한 걸음 뒤로 물러서서 부하들부터 먼저 타도록 했다.

「가령 녀석이 우리에게 총부리를 겨냥하지 않으리라는 것을 알고 있어도 말인가?」

보안관은 브로놀라의 옆얼굴을 흘끗 훔쳐보면서 말을 건넸다.

그리고는 확실한 대답을 강요하듯 덧붙였다.

「그래도 우리는 녀석을 사살한다. 그렇지?」

「진짜로 반격해 오지 않았으면 좋겠는데……」

브로놀라는 말끝을 흐렸다. 그는 헬리콥터 안으로 발을 들여 놓고는 뒤돌아보며 쓸쓸하게 말했다.

「보란의 사격 솜씨를 내 눈으로 본 일이 있는데 정말 기가 막히더군. 일단 겨냥한 표적은 절대로 놓치지 않아. 정확하게 목표를 꿰뚫는다구.」

「이쪽도 그렇게 간단히 목표물을 놓치지는 않지. 우리도 저격의 명수를 인솔해 왔으니까.」

주임 보안관도 한쪽 발을 헬리콥터 안으로 들여 놓으면서 만만찮게 대꾸했다.

브로놀라는 털썩 주저앉으며 혼잣말처럼 중얼거렸다.

「그거야 그럴 수밖에. 그 외에 우리의 쓰임새가 어디에 또 있겠는가.」

바로 그랬다. 보안관도 브로놀라도 달리 다른 일에 쓰일 만한 재능은 갖고 있지 않았다.

브로놀라는 한때 보란의 옹호자였다. 그러나 지금의 사태를 해결하는 데 있어 그만큼 적합한 인물도 드물었다. 그는 공적인 업무와 개인적인 감정을 철저히 구분지을 줄 아는 위인이었으므로 보란을 사살하는 임무가 그에게 주어진 것은 지극히 당연한 일이었다.

브로놀라는 보란이 응전해올 것인지 않을 것인지 하는 문제는 더 생각하지 않기로 작정했다.

직무의 성질상 페어플레이 정신 같은 것을 개재시킬 여지가

없었던 이제까지의 인생이었지만 이번처럼 불유쾌한 임무에 직
면한 예는 없었다. 그러나 결국 그것이 인생인 셈이었다.

　브로놀라는 무슨 일이 있어도 보란을 죽이지 않으면 안 되었
다. 그것이 평생을 걸어온 그의 소임이었으므로 사소한 감상을
앞세울 수는 없는 노릇이었다. 브로놀라에게 주어진 사명은 요
컨대 보란을 사살할 것, 그뿐이었다.

11
신경전

라스베이거스 거리는 그야말로 거미줄 같은 정보망으로 에워싸여 있었다. 경찰과 암흑가 쌍방이 맥 보란의 출현을 은폐하려고 노력했음에도 불구하고 소문은 감당할 수 없게 번지는 들불처럼 사람들의 입에서 입으로 퍼져 나갔다.

국도에서의 탈취 사건, 골드 더스터의 침입 사건과 더불어 비행장에서의 돌발 사태는 24시간 내내 도시의 여기저기서 속삭여지는 흥미 진진한 화젯거리였다. 그것은 보란이라는 인물을 더욱 전설 속으로 밀어넣었으나 사실과는 거리가 먼 과장이 대부분이었다.

〈CIA의 살인 허가증을 소지하고 있다〉라는 것이 가장 사람들의 기호에 알맞는 소문이었다.

다음으로 자주 입에 오르내린 소문은 〈그는 천의 얼굴을 가졌는데 어느 누구도 원래의 모습을 보지 못했다〉라는 낭설이었다.

거기에 뒤지지 않게 사람들의 관심을 끈 것은 〈어쨌든 두고봐, 그가 죽으면 못 다한 일은 경찰이 인수할 테니〉라고 하는 그럴 듯하게 들리는 억측이었다.

라스베이거스는 순식간에 헛소문과 억측이 난무하는 도시로 변해 버리고 말았다.

법에 충실한 시민들은 보란을 압노적으로 지지했다. 물론 라스베이거스에서 사업을 하는 사람 치고 어느 카지노가 마피아계이며 어느 카지노가 그렇지 않은가를 모르는 사람은 없었다. 그것 또한 언제나 세상에 나도는 소문의 재료였던 것이다.

대부분의 선량한 시민들은 마피아와 공존해올 수밖에 없었다. 그것은 라스베이거스의 전통이었다. 그러나 정계, 재계의 연줄이나 무제한으로 투입되는 재정적 원조를 배경으로 수월하게 독선적 특권을 손안에 넣어 버린 정체 불명의 비즈니스맨들에 대해 법에만 의존하는 카지노의 경영자들이 커다란 불만을 가지고 있다는 것은 숨길 수 없는 사실이었다.

따라서 라스베이거스의 정당한 시민들은 관광객 유치에 미칠 영향을 걱정하고 있기는 했으나 대체로 보란이 전개하고 있는 십자군적 행동을 은근히 지지하는 입장이었다.

그렇기는 해도 중심가와 그리타 가루치 일대에는 긴장감이 넘치고 있었다. 카지노가 연달아 늘어서 있는 거리는 삼엄하기까지 했다.

카지노의 딜러들은 테이블에 카드를 돌리면서도 연신 문 쪽을 살폈다. 피트보스들도 낯선 얼굴이 들어오면 불안스럽다는 듯 안절부절못했다. 보안 요원은 항시 손을 권총 손잡이에 얹은 채 순회중이었다.

무슨 내막인지 전혀 모르는 관광객의 눈에도 쉴 새 없이 대로를 순시하는 순찰차나 도보 순찰, 특히 그리타 가루치 일대를 왔다갔다 하는 경찰들의 모습이 기이하게 비칠 정도였다.

만일 눈여겨보는 사람이 있었다면 그러한 경찰들 가운데는 라스베이거스와 인접한 북 라스베이거스, 이스트베이거스, 헨더슨, 심지어는 멀리 볼더시에서 파견되어온 사람도 섞여 있다는 것을 알아챘을 것이었다.

사람들은 경찰 이외에도 권총을 휴대한 사복의 사내들이 하루 종일 거리를 배회하고 있는 것을 알아냈다.

하기야 그러한 사내들을 한눈에 선인인가 악인인가 분간하는 데는 보통 이상의 육감이 필요했을 테지만.

그리고 갑자기 타향 사람들끼리 모여 사는 도시 라스베이거스에 개개인의 용모가 얼마나 중요한 것인가를 확인하는 계기가 찾아왔다. 그것은 강박 관념으로까지 심화될 우려가 있는 철저한 검문 탓이었다.

경찰은 혼자 우두커니 서 있는 사람이나 택시를 기다리는 사람을 보면 무턱대고 신분증 제시를 요구했다. 경찰끼리 서로 검문하는 장면도 더러 눈에 띄었다.

그들뿐 아니었다. 실크의 맞춤 양복을 입고 선글라스를 콧잔등에 걸친 험상궂은 사내들이 호텔 로비를 서성거리기도 하고 라운지나 카지노를 순시하기도 했는데 그들도 의심 많은 본성을 강하게 자극하는 사람을 보면 누구든지 가리지 않고 마구 검문했다.

그 결과 검문자와 피의자 사이에 서로 언성을 높이거나 주먹다짐까지 오고가는 사태가 일어나기도 했다. 그러나 그런 장면은 비극적이라기보다는 다분히 희극적이었다.

한번은 프리몬트 스트리트의 술집에서 사소한 총격전이 발생했다. 총질을 한 두 사내의 정체는 보란의 목에 걸린 현상금을 노리고 찾아온 살인 청부업자들로 밝혀졌다.

경찰은 그 어느 때보다도 분주했다. 살인 청부업자건 아니건 선날들의 삼입을 체크하기 위해 공항과 버스 터미널, 역 대힙실에까지 특별 감시반을 배치해 두고 있었다.

그렇게 해서 보란 경계 경보는 발령되었으며 사건과 직접 관련이 없는 일반 시민들도 사건의 추이를 주시하게 되었다.

경찰과 마피아의 신경전은 시간이 흐를수록 치열해졌다. 보란을 둘러싼 팽팽한 긴장은 극도에 달했다.

보도진들 사이에서는 끊임없이 정보가 새어 나오고 있었다. 이미 시내에는 FBI 특별 수사반이 도착했으며, 법무성에서 파견된 어느 고위 관리가 모든 경찰 활동을 통합 지휘하고 있다는 이야기도 거기서 새어 나온 소문 가운데 하나였다.

라스베이거스의 경찰진은 그것을 별로 달갑지 않게 생각하고 있었다. 카슨 시티의 어떤 기자는 주 및 FBI 관리들이 라스베이거스에서의 사건에 대해 보도 관제를 펴고 있다고 공식적으로 불만을 토로했다.

소문은 그것뿐만이 아니었다. 뷰트 아포스틴니가 정오의 집계에 모습을 나타내지 않았다고 알려지기가 무섭게 갖가지 소문이 꼬리를 물고 흘러나오기 시작했다.

순식간에 도시 전역에 퍼진 소문의 내용은 〈황금의 마음을 가진 사나이〉 뷰트가 스켈턴 프랙크에 매장되었다는 것이었다. 스켈턴 프랙크는 시내의 훨씬 남쪽, 하이웨이 91호선이 뻗어 있는 사막에 위치한 사설 묘지였다.

이어서 또다른 정보가 사람들 사이로 오고갔다. 골드 더스터 호텔의 맨 위층을 전세낸 동부의 거물이 있는데 그 호텔에는 뒤가 구린 인간들의 출입이 빈번해져서 지금은 호텔 전체가 마치 무장 진지로 변해 버린 느낌이 든다는 내용이었다.

정보통들은 서부의 범죄 도시에서 비밀 숙청의 회오리바람이 몰아치고 있는 것이 아닌가 하고 수군거렸다. 그러한 소문은 시간이 경과함에 따라 더욱 맹렬하게 퍼져 나갔다.

그러나 보란은 조금도 동요하지 않았다. 그는 새벽의 공항 기습에서 돌아와 시내 북쪽에 있는 검소한 호텔방에서 피로를 풀었다. 방에서 간단하게 식사를 끝내고 샤워를 한 다음 충분하게 수면을 취했다. 보란은 오후 2시에 깨어나 다시 활동을 개시했다. 한창 유행하고 있는 플레어 슬랙스에 스포츠 셔츠를 껴입고 새 모자를 쓰는 것으로 준비는 끝이었다. 자신이 보기에도 만족스러운 변장이었다.

그리고 나서 곧장 골드 더스터로 발길을 옮겼다. 현관에는 제복을 입은 보안관과 험상궂은 사내들이 진을 치고 드나드는 사람 하나하나에게 날카로운 시선을 던지고 있었다.

히죽거리면서 다가간 보란은 여어! 하고 수인사를 건네면서 그들 사이를 빠져 나갔다.

「흥, 경기가 좋은 모양이야.」

누군가가 등 뒤에서 시비조로 말했다.

「지금 그 따위 건방진 말을 지껄인 놈이 누구야?」

보란은 홱 돌아서서 몇 명의 사내들을 차례로 노려보았다. 대답하는 놈은 고사하고 정면으로 마주 보는 놈조차 없었다. 보란은 들으라는 듯이 비웃으며 로비로 향했다.

홀에는 무장한 사람들이 구석구석 박혀 있었다. 막 들어선 보란과 분간할 수 없는 복장을 한 사내들도 몇 있었다. 반창고를 붙인 놈들이 거들먹거리며 돌아다니는 사이로 머리에 붕대를 감은 사내들도 간혹 눈에 띄었다. 라운지를 향해 걷고 있는 한 녀석은 눈에 띄게 다리를 절었다.

보란은 성큼성큼 카운터로 다가가서 앞에 서 있던 중년 부인을 사납게 밀어젖힌 뒤 종업원의 주의를 자기에게로 돌리게 했다.

「그 친구들은 아직 위에 있나?」

「네, 그렇게 생각됩니다만…….」

객실 담당은 자신없이 중얼거렸다.

「생각됩니다만이 뭐야! 확인해 봐!」

「아아, 네. 마침 생각이 났습니다.」

객실 담당 종업원의 말투가 또박또박 이어졌다.

「확실히 위에 계십니다. 조금 전에 저녁 식사를 운반해 드렸으니까요.」

「좋아, 계속 수고하게.」

보란은 종업원의 어깨를 두어 번 두들겨 주고는 호텔을 빠져나왔다.

그는 별 제지도 받지 않고 시내를 돌아다녔다. 짐짓 껄렁하게 구는 것으로 마피아 쪽 요원을 따돌리고 공손하게 대함으로써 경찰의 눈을 피했다. 그런 식으로 중심가의 오락 센터, 그리타 가루치를 누비고 다녔다. 몇몇 유흥장에 들러 슬롯머신 놀이를 즐기기도 했다.

그러나 보란은 무작정 어슬렁거린 것이 아니라 귀를 기울여 사소한 정보 하나라도 건지기 위해 대담하게 잠입한 것이었다. 한 시간 가량 정찰한 다음 택시로 토미 앤더스와 레인저 걸스를 만났던 호텔로 직행했다.

보란은 그 호텔의 주차장을 기웃거렸다. 자신의 폰티액 컨버터블에 대한 감시가 풀려 있는 것을 확인하자, 곧 그것을 끌어내 네온사인이 명멸하는 번화가 순방을 시작했다.

주어진 환경에 좌우되지 않고 언제나 그것에 뛰어들어 어떠한 난관에 직면할지라도 과감히 그 환경의 일부가 되어 버리는 기술을 몸에 익힌 이래 보란은 수많은 사선을 그렇게 넘어왔었다.

엄중한 경계 체제는 그 대상이 되는 특정한 인간에게 반드시 불리한 것만은 아니었다. 경우에 따라서는 감시당하고 있는 쪽이 도리어 감시자가 될 수도 있었기 때문이었다.

12
모 험

밤이 깊어지자 보란은 자기 방으로 돌아가 다시 옷을 갈아 입었다.

검은 스킨슈트 위에다 거물급 살인 청부업자들이 즐겨 입는 검은색 실크 내의를 입었다. 그리고는 깃이 퍼진 파스텔 셔츠에 폭넓은 넥타이를 매고 믿음직한 베레타를 겨드랑이 밑 홀스터에 넣은 다음 상의를 걸쳤다.

복장에 맞추어 헤어스타일을 약간 손질하고 콧등과 턱 언저리에는 반창고를 하나씩 붙였다.

거기에다 자색이 도는 알이 끼워진 가느다란 금테 안경을 끼고 차양이 뒤로 젖혀진 검은 중절모를 썼다.

보란은 거울을 들여다보며 만족한 미소를 지었다. 제법 그럴 듯하게 느껴졌다.

호텔을 나와 시내 중심가로 들어선 보란은 곧장 골드 더스터로 향했다.

경비는 여전히 삼엄했다. 그는 사복한 마피아 요원들과 정복 경찰들이 눈에 불을 켜고 드나드는 사람을 일일이 체크하고 있는 현관을 유유히 걸어 들어갔다.

「나 뷘턴인데…….」

보란은 카운터로 다가가 생각나는 대로 아무 이름이나 하나 댄 다음 영문을 모른 채 옆으로 비켜서는 종업원의 팔을 낚아채며 은근한 목소리로 덧붙였다.

「하드 마운틴을 전화로 불러내 주겠나?」

「네?」

「산 위의 요새에 친구가 있어. 전화를 연결해 주게.」

「그건 제 소관이…….」

객실 종업원은 난처하다는 듯이 한참을 망설이다가 보란이 짐짓 인상을 쓰자 가죽으로 된 의자와 마호가니 탁자가 줄지어 있는 구역으로 눈을 돌리며 체념조로 말했다.

「저, 죄송합니다만 전화실에서 기다려 주십시오. 수화기를 들고 계시면 교환수가 곧 연결시키도록 해놓을 테니까요.」

「좋아!」

보란은 심술 사나운 영감처럼 목쉰 소리로 대꾸하고는 5달러짜리 지폐를 던져 주었다.

전화실에는 램프가 켜져 있었다. 그는 수화기를 집어들었다.

「여보세요, 난데 그쪽은?」

보란이 대뜸 묻자 교환수의 건조한 음성이 끼여 들었다.

「지금 부르고 있으니 조금만 기다려 주십시오.」

「그런가? 그럼 저쪽이 나오면 자넨 헤드폰을 벗어 주게. 비밀

이야기라서 말야.」

「알겠습니다.」

교환수는 무뚝뚝하게 대답했다.

「부탁하네.」

보란은 거듭 당부했다.

몇 초가 경과한 다음 교환수가 다시 말했다.

「연결되었습니다. 저는 이제 헤드폰을 벗겠습니다.」

보란은 킥킥거리면서 상대방을 불렀다.

「당신은?」

「데저트 하이 목장인데, 누구에게 용무가 있소?」

상대방은 목소리를 낮추었다.

그러나 보란은 목청을 한껏 높이고 유쾌하게 웃으면서 농을 던졌다.

「어때? 요샌 어떤 근사한 깔치하고 그짓을 하나?」

「이 빌어먹을 본부에서 말인가? 이봐, 근데 누구야, 당신은?」

상대방도 웃음을 머금으며 말했다.

「뷘턴일세.」

「뷘턴이라니?」

상대방은 자신없게 되물었다.

「오늘 새벽에 도착한 조(組)의 한 사람이지.」

보란은 자조적인 웃음을 연출하면서 덧붙였다.

「구사 일생으로 살아났어.」

「아, 그런가? 그 녀석은 여기도 공격을 해왔지. 엊저녁의 일이었지만.」

상대는 요란하게 웃었다.

「그 얘기라면 나도 들어서 알고 있어.」

보란은 친근한 말투로 상대방을 안심시켰다. 그리고는 오랜 친구를 대하듯 터놓고 말했다.

「우린 지금 골드 더스터에 머물고 있는 중이야.」

「그렇다더군. 그래, 누굴 찾나?」

「누구라는 이름까지는 듣지 못했어. 하여튼 전화를 걸라는 지시만 받았어.」

「누구한테서? 조한테서 말인가?」

「아아, 역시 이런 경우에는 책임자를 불러 주는 편이 좋지 않을까? 잔류 부대를 지휘하는…….」

상대방은 다시 한 번 크게 웃고 나서 말했다.

「그렇다면 시원하게 이야길 해도 좋겠어. 당신은 지금 그 책임자와 통화를 하고 있는 중이니까. 난 레드 에반스야.」

「얼른 와닿지 않는 이름인데? 적어도 뷘턴 정도는 돼야 즉각 알아먹지, 안 그런가?」

보란은 가벼운 투로 받았다.

「그렇게 즉각 알 수 있는 이름이 소원이라면, 도그(개)나 펌프킨(호박)은 어때?」

레드 에반스란 사내는 농담을 즐기는 성격인 듯 시종 흥이 나서 응수했다.

갑자기 보란이 정색을 했다.

「사실을 말하면 그쪽으로 가야 할 일이 생겼어.」

「거, 좋고말고. 언제든지 대환영이야. 물론 계집을 여남은 명쯤 끌고 온다면 말야.」

에반스는 계속 농담을 하고 싶은 모양이었다.

「난 지금 키가 6피트나 되는 늘씬한 스웨덴 아가씨의 신체 검사를 하고 있는 중이야. 각선미가 그만이지. 그것이 일단 내 몸을 휘감게 되면 살려 달라고 비명을 지를 때까지 죄어 드는 거야. 화끈하지.」

보란은 능청을 떨었다.

「이름이 뭐래? 그 여자 말야.」

「이름 따위야 낸들 알 수 있나. 그저 몸 전체가 젖가슴과 엉덩이로 빚어 놓은 것 같은 여자라고 생각하면 돼. 이렇게 멋진 여자는 좀처럼 보기 힘들 거야.」

보란은 엉큼한 웃음을 섞어 가면서 약을 올렸다.

「제기랄! 어지간히 해두게. 난 수도승과 같은 금욕 생활을 하고 있다구. 벌써 6일째 여자 구경을 못 했어. 다른 때 같으면 당장 시내로 내려가서 입맛대로 고를 수 있을 텐데, 그 새끼가 덤벼드는 바람에 망쳤어. 정말 환장할 지경이야. 그런데 대체 무슨 용건으로 이리 오겠다는 건가?」

「음, 수고스럽겠지만 자네가 한번 계곡 밑으로 내려가 주었으면 해서. 문제의 짐짝을 찾아내지 않으면 안 되거든.」

「뭐라구?」

「강탈당한 걸로 알고 있지만 아직 강탈당하지 않은 짐을 얘기하는 거야. 그게 계곡에 그대로 남아 있다는군.」

「바보 같은 소리 작작하게. 당신 혹시 어디 아픈 것 아냐? 헛소리를 다하고……」

에반스는 웃기지 말라는 듯 코방귀를 뀌었다.

「나는 지금 그 건방진 새끼가 가로챘다고 생각했던 짐을 말하고 있는 거야. 그 녀석은 그걸 갖고 달아난 게 아니란 말야.」

「그럼?」

「숨겨 놓고 갔어.」

「누가 그런 말을 하던가? 설마 조는 아니겠지?」

「조말고 누가 또 있겠나? 사실 몇 시간 전에 손님을 한 분 모셨지. 친절하게 손을 좀 봐드렸더니 벌써 한 시간 동안 같은 말만을 되풀이하고 있다네.」

「그럴 리가!」

「사실이라니 믿어 보는 수밖에. 물건이 아직 거기에 있다니까 직접 한번 내려가 보지.」

「엉터리야!」

「농담이나 하자고 전화를 한 줄 아나? 조는 그들을 내려 보내서 찾으라고 말했어.」

「그들이라면……?」

「계리사들 말야. 그 친구들 철수한 건 아니겠지?」

「물론, 아직 이곳에 있어. 조가 있으라고 했으니 꼼짝 못 하고 있어야지. 하지만…….」

「그곳엔 지금 몇 명이나 남아 있나, 레드?」

「얼마 안 돼. 그렇지만 이곳 역시 허술하게 내버려둘 수는 없다고 생각해. 그렇잖은가? 만일 그 새끼가 또 습격해 오기나 한다면…….」

「아냐. 녀석은 지금쯤 어느 구석엔가 처박혀 있을 거야. 도시 전체를 단단히 죄어 놓았으니 아마 숨도 제대로 쉬지 못할걸?」

보란은 나직이 웃고 나서 계속 말을 이었다.

「지금은 완전히 조용해져서 들리는 것이라곤 주사위 구르는 소리와 카드 떼는 소리가 고작이야.」

「그래, 그 물건은 어디 가야 찾는다는 건가?」

「습격을 받은 그 벼랑 아래야. 여기서 손을 봐주고 있는 손님의 말로는 그럴 가능성이 높다는 거지. 그러니 그 부근을 샅샅이 뒤져봐.」

「그 손님이란 게 설마 보란은 아니겠지?」

「그렇다면 얼마나 좋을까마는.」

「정말이야.」

레드는 답답하다는 듯이 덧붙여 말했다.

「사실대로 말하면 이곳에는 나까지 넣어서 4명밖에 없어. 사무원은 제외하고 말야.」

「그 녀석들은 기대할 수 없지.」

「그렇구말구.」

「녀석들은 찰칵하고 방아쇠 당기는 소리만 나도 누구든 상관 않고 곁에 있는 사람의 등에 바싹 달라붙는단 말야.」

「정말 그래?」

레드는 재미있다는 듯 소리 내어 웃었다.

「잠깐 동안 그 친구들에게 심야의 등산을 시켜 보는 것도 해롭지는 않겠지, 레드?」

상대방은 잠시 망설이는 것 같았다. 몇 초의 침묵 뒤에 그는 머뭇거리면서 말했다.

「나도 동행해서 감시할 수 있었으면 좋겠는데…….」

「그건 그만두는 편이 좋아.」

보란은 주의를 주었다.

「될 수 있으면…….」

「될 수만 있다면 자네에게 계집을 20명이라도 데리고 가고 싶네, 레드. 자넨 소문대로 화통한 친구 같으니까.」

「당신도 그럴 것 같아. 그래, 여긴 언제쯤?」

「두서너 가지 처리해야 할 일이 있어서……. 다시 말하겠는데 이건 조의 지시야. 내 마음대로 움직이는 게 아니라구. 다른 사람에게는 절대 비밀이야.」

「물론이지.」

레드 에반스의 대답은 시원스러웠다.

「이 전화를 끊은 뒤에도 절대 입 밖에 내서는 안 되네.」

「알았어. 명심하겠네.」

「그리고 또 한 가지, 내 이름을 함부로 지껄여선 안 돼.」

「그만한 건 나도 안다구, 빈턴. 너무 걱정하지 말게.」

상대방의 목소리에 당혹해 하는 기색이 감돌기 시작했다.

「헬리콥터의 엔진도 점검해 놓게.」

보란의 말투는 명령에 가까웠다. 그는 딱딱한 어조로 계속했다.

「언제든지 날 수 있도록 준비해 두게. 이쪽의 정세는 급격히 달라지고 있어. 언제 어느 분이 출발하게 될지 몰라.」

「그건…… 그러니까, 두 분 중의 어느 한 분이란 뜻인가?」

「그렇지.」

「과연 그렇구먼. 당신은 그분들을 개인적으로 알고 있…… 습니까?」

갑자기 레드의 태도가 확 바뀌었다.

「왜, 알고 있으면 안 되나?」

「아, 아닙니다. 실례했습니다.」

「괜찮아. 사과할 것까진 없어, 레드.」

보란은 너그럽게 상대방을 다독거려 주었다.

「감사합니다. 그런 줄도 모르고 실례를 범해서 정말…….」

「좋아, 좋아! 그것보다는 말야, 사실을 털어놓자면…….」

「네, 사실을 털어놓자면 뭡니까?」

「자네는 신뢰할 만한 인물인 것 같아서 말야.」

「그렇게 말씀해 주시니 정말 무어라고…….」

「사실은…….」

보란은 길게 뜸을 들였다.

「자네 보스에 대한 건데…… 어떻게 말하면 좋을까?」

「알겠습니다. 사문(査問)에 관해서 말씀하시려는 거죠? 그것은 우리도 걱정하고 있었습니다.」

레드의 목소리에는 불안해 하는 기색이 역력했다.

「오늘 새벽에 있었던 맥카랑 공항에서의 사태를 그분들은 퍽 유감으로 생각하고 계셔.」

「당연히 그러시겠죠. 어쨌든 그건 좀 심했으니까요.」

레드는 얼른 맞장구를 쳤다.

「한마디만 충고해 주지. 앞으로는 조를 멀리하는 편이 좋을 거야.」

「네, 그것은 뭐……. 참으로 고맙습니다, 뷘턴 씨.」

보란의 머릿속에 레드의 당황하는 모습이 선명하게 떠올랐다.

「그와는 필요 이상의 말은 하지 않는 거야, 레드. 알겠나? 네, 라든가 아니오,라고만 대꾸하면 돼.」

「그렇게 하겠습니다, 뷘턴 씨. 그런 염려일랑 하지 마십시오.」

「좋아. 무슨 일이 생기면 내게로 연락하게.」

「이 전화는…… 사실은 조의 지시가 아니죠?」

「그렇다네, 레드. 그의 명령은 아니야. 또 그는 지금 명령을 내릴 만한 입장도 아니고 말야.」

「역시 그랬군요. 우리도 모두 오늘 새벽의 불미스러운 사건으로 어떤 여파가 밀려올 것인지 걱정들을 하고 있었습니다.」

레드는 매우 조심스럽게 수긍했다.

「자넨 걱정 없어. 안심하게, 레드.」

보란은 관대하게 말했다.

「정말 뭐라고 감사의 말씀을 드려야 할지…….」

「그런 말은 하지 말라니까. 그것보다 어서 그 물건부터 찾아야지. 발견하면 자네가 알아서 잘 보관해 두도록 하게. 나도 될 수 있는 대로 빨리 그쪽으로 가겠네.」

「네, 기다리고 있겠습니다. 부하들도 데리고 오시는 겁니까?」

「생각중이야.」

보란은 상대방의 공손한 태도에 웃음이 터지려는 것을 간신히 참으며 레드가 자신을 어떤 위치로 생각하고 있는지를 떠보았다.

「그쪽 수비 대장이 누구더라?」

「만일 제 짐작이 맞는다면 바로…….」

「그래, 자네 짐작이 맞았어.」

「보스, 아무 염려 마십시오. 보스 마음에 꼭 들도록 이곳 경비에 만전을 기하겠습니다.」

「자네만 믿겠네. 자, 그럼 나중에 만나기로 하지.」

「네, 뷘턴 씨. 반드시 기대에 어긋나는 일이 없도록 하겠습니다.」

보란은 전화기를 내려놓았다. 그는 전화실을 나서면서 담배에 불을 붙여 한 모금 깊이 들이마신 다음 로비의 중앙을 향해 탁한 연기를 내뿜었다.

이 세상에는 〈반드시〉라는 말은 통용되지 않는 거야,라고 레드에게 말해 주었더라면 정말 유쾌했으리라. 어떤 일이든 〈반드시〉 성취할 수는 없는 법이었다. 그러나 그렇다고 해서 모험과 같은 시도가 전혀 가치 없는 일이라고는 생각지 않았다.

맥 보란은 모험을 절대 두려워하는 사나이가 아니었다. 오히려 그는 끊임없이 모험 속으로 뛰어드는 인간형으로 자신을 단련시켜 왔다.

그는 라운지로 들어가는 입구에서 두 아가씨와 정면으로 충돌하고 말았다. 토비 레인저와 또 한 아가씨였다. 그녀는 몸에 닿는 것을 좋아하는 캐나다인이었다.

보란은 일부러 난잡한 사과의 말을 늘어놓고는 뒤도 돌아보지 않고 스탠드바로 향했다.

그러나 두 여자는 문가에 우두커니 선 채 보란의 뒷모습을 지켜보고 있었다. 보란은 두 여자의 시선을 피부로 느낄 수 있었다.

보란은 카운터에 5달러짜리 지폐를 던지면서 큰 소리로 바텐더에게 주문을 했다.

도대체 이 세상에는 분명하고 확실한 것이란 있을 수 없는 게 아닐까, 보란의 생각은 그러했다.

그가 던진 두 주사위의 눈금은 각각 1과 2로 나온 것 같았다. 그것은 크랩아우트(지는 수)였다.

13
구출 작전

라스베이거스에서의 무대 장치는 보란이 임의로 설치한 것이 아니었다. 그는 다만 이미 설치되어 있는 무대를 활용할 뿐이었다.

그러나 지옥에서 온 사나이는 일면 탁월한 기회주의자이기도 했다. 그는 자신이 직면한 결사적인 전쟁에 즈음해서 압도적으로 불리한 전세를 뒤집어엎는 데 도움이 될 만한 것이라면 라스베이거스 대로를 알몸으로 활보하라고 해도 마다하지 않을 작정이었다.

현재 라스베이거스에서의 상황은 보란의 생환을 기대하기 어려운 방향으로 치닫고 있었다. 이 전투에서 살아 남아 어느 정도 승리를 거둘 전망은 어디를 둘러보아도 없었다.

그래도 그는 어떤 해결책이 생겨날 때까지, 혹은 갑작스런 죽음의 방문을 받게 될 순간까지, 모든 손잡이에 달려들어 개폐 장치를 조작하거나 문을 두들겨부술 각오가 서 있었다.

최대의 희망은 보란을 잡아 없애려는 적의 무대를 보란 자신에게 유리하도록 얼마나 적절히 이용하느냐에 달려 있었다.

시내는 일찍이 없었던 혼란과 긴장에 싸여 있었다. 그는 그것을 거꾸로 활용하여 오히려 적을 궁지에 몰아넣을 계획이었다.

그런데 지금, 적의 본거지 한복판에서 도비 레인저가 다가오려 하고 있었다. 무심코 친밀한 말투로 인사를 건네거나 의심을 살 만한 몸짓을 하거나, 여하튼 상황에 어울리지 않는 행동을 취하기만 하면 그의 정체는 당장 발각될 것이고 결국 그것으로 보란은 완패가 몰고 오는 당연한 최후를 맞게 될 것이었다.

토비가 카운터 쪽으로 다가와서 말을 걸었다.

「이봐요, 한잔 사주지 않겠어요?」

「아침부터 두 번이나 계집을 바꿨단 말야! 이젠 나를 업어간다고 해도 사양하겠어!」

보란은 남이 들으라는 듯 큰 소리로 무안을 주었다. 토비의 몸이 뻣뻣하게 굳어지는 것을 느낄 수 있었다. 다른 한 여자가 토비의 반대쪽으로 다가와서 보란에게 몸을 밀착시켰다.

「어떻게 타협을 봤어, 언니? 불경기래?」

토비는 무슨 말을 할 듯하다가 입을 다물어 버렸다. 그러자 프랑스계 캐나다 아가씨는 히죽 웃으며 보란을 나무랐다.

「그건 너무 지나쳐요, 알겠어요?」

아직 아무도 카운터에서의 촌극에 주의를 기울이는 사람은 없는 듯했다. 그렇다고 해서 언제까지나 그 서투른 연극을 계속 할 수는 없었다.

보란은 위스키를 약간 핥고는 잔을 내려놓으면서 낮은 목소리로 재빨리 말했다.

「고맙소. 이대로 손발을 맞추어만 준다면 도움이 되겠는데?」

「연기를 계속해요. 상당한 실력인데요?」

조제트 세브류가 윙크를 해보이며 그를 부추겼다.

「그만하면 우리와 함께 무대에 설 수도 있겠어요.」

토비는 빈정거렸다.

「이 계집은 애교도 없군. 납으로 거길 채워 놓은 모양인데, 당장 꺼져 버려!」

보란은 어색하게 서 있는 토비를 향해 냅다 고함을 쳤다. 토비의 얼굴이 새파랗게 질렸다.

「우리는 토미를 찾고 있어요.」

조제트는 교태를 부리듯이 온몸을 비비 꼬며 속삭였다.

「난 모르는 일이오.」

보란도 낮은 목소리를 냈다.

「누구에겐가 붙잡혀 갔어요.」

늘씬한 캐나다 여자가 다시 말했다.

보란은 느닷없이 잔을 움켜쥐고 눈을 부라리며 외쳤다.

「뭐, 100달러! 바가지도 어지간히 씌우는 게 어때? 설마 금덩어리로 된 몸은 아닐 텐데.」

토비의 얼굴이 이번에는 새빨갛게 물들었다. 보란은 일부러 크게 웃으면서 너스레를 떨었다.

「뭐, 어때. 이왕 말이 나왔으니 흥정이나 해볼까?」

그는 조제트의 팔을 붙잡고 손님이 붐비는 카운터를 떠나 구석진 테이블로 데려갔다. 토비는 곧 뒤따라왔다. 여자들을 세워 둔 채 그가 먼저 의자에 앉았다.

「자, 앉아요, 앉으라니까.」

보란이 의자를 가리키며 말했다. 토비는 뽀로통해져서 종알거렸다.

「우쭐대지 말아요. 폭로해 버릴 거예요, 정말.」

「조용히 해요, 제발.」

그는 토비를 달래며 손짓으로 앉으라는 시늉을 했다. 그녀가 자리에 앉기를 기다려 보란은 두 여자를 타일렀다.

「무대의 연기와는 다르단 말이오. 정체가 드러나는 순간이면 전원 몰살이라는 사실을 잊지 마시오. 그래, 토미가 어떻게 되었다는 거요?」

조제트는 그의 팔을 쓰다듬고 있었다. 노여움으로 얼굴을 찡그리고 있던 토비 레인저가 입을 열었다.

「5시 넘어서부터 보이질 않아요. 여기까지 쫓아오긴 했는데, 여기서부터 단서가 끊겨 버렸어요.」

「혼자 나갔소?」

「아뇨. 두 사내와 함께였던 것 같아요.」

「알았소. 내가 찾아보겠소.」

「어머, 고마워요.」

토비의 찌푸린 표정이 금세 환해졌다.

「이제야 얼굴이 펴지는군.」

「얼마나 걱정했었다구요?」

조제트가 끼여 들었으나 보란의 눈은 토비를 똑바로 쳐다보고 있었다. 그녀는 눈을 얌전히 내리깔면서 정중하게 사과의 말을 했다.

「용서하세요, 당신 앞에서 화를 내서. 당신에게는 죽느냐 사느냐 하는 문제가 걸린 연극이었는데……」

「세상이란 그런 거요.」

「잘했어요, 정말.」

「당신의 눈은 속일 수 없었소.」

「아무도 날 속이진 못해요. 난 특별하거든요.」

토비는 웃으면서 대답했다.

「암, 확실히 특별이지.」

그의 말에 그녀는 얼굴을 붉히면서 조제트 세브류를 슬쩍 곁눈질했다.

「이제 난 슬슬 실례하는 게 좋겠어, 조제트.」

「당신은 수영 솜씨도 훌륭했어요.」

조제트는 여전히 손바닥으로 그의 팔을 쓰다듬고 있었다.

「피를 보게 하는 것도 훌륭한 솜씨요? 그보다 나머지 아가씨들은 어디 있소?」

「한 시간 뒤에 우리의 무대가 시작돼요. 아마 준비를 하고 있을 거예요.」

토비가 말했다.

「그럼 앤더스는 내가 맡겠소. 그리고 당신들 말이오, 이런 곳엔 가능한 한 나타나지 않는 것이 좋겠소. 위험이 가득 도사리고 있으니까.」

「네, 그렇게 하겠어요.」

토비는 어두운 얼굴로 고개를 끄덕였다.

아가씨들과 헤어진 보란은 그 길로 카지노를 향했다. 장내는 비교적 한산했으며 열기도 그다지 심하지 않은 것 같았다.

테이블에 앉아 있는 손님도 얼마 되지 않았다. 종업원들은 한결같이 불안하고 초조한 모습들이었다. 슬롯머신을 즐기고 있는 고객은 불과 20명 안팎이었다.

실내를 대충 살펴본 결과 눈에 띈 전투원은 약 10명 가량이었다. 만일 그의 판단이 정확하다면 그들 모두는 이 지방 출신일 것이었다. 동부에서 날아온 총잡이들에겐 이 카시노의 출입이 통제되어 있으리라는 게 그의 생각이었다.

손님 가운데는 각 경찰 기관에서 파견되어온 수사원도 상당히 섞여 있을 것으로 판단되었다. 그 점만은 보란도 확신할 수 있었다.

칸막이 저쪽의 극장 식당에서는 막 쇼가 시작된 듯 팡파르가 연주되고 있었다. 카지노에서의 승부에 방해가 되지 않도록 방음이 되어 있기는 했지만 그래도 소리는 벽을 뚫고 새어 나왔다.

보란이 다가선 크랩 테이블에서는 조그마한 승부가 전개되고 있었다. 그는 20달러짜리 지폐를 던졌다. 딜러가 칩으로 교환해서 내밀었다.

「자, 주사위를 던지겠습니다.」

보란은 슈터의 손목을 지켜보았다. 테이블에 던져진 두 개의 주사위 눈금은 똑같은 3이었다.

「포인트 6.」

계원이 말했다.

보란은 칩을 레이 아웃(판돈을 거는 대)로 밀었다.

「6이 나와 주겠지.」

「좋아, 내가 상대하지.」

한 사내가 칩을 밀어 놓으며 나섰다.

보란이 먼저 주사위를 받아 쥐고 던졌다. 눈금의 합은 6이었다. 이번에는 상대자가 주사위를 굴렸다. 그는 2와 5의 눈금을 확인하고는 분통을 터뜨렸다.

「빌어먹을!」

보란은 불어난 칩 무더기를 다시 돈으로 바꾸고는 테이블을 떠났다.

뷰트 아포스틴키의 방으로 이르는 계단은 두 명이 지키고 있었다. 보란은 거침없이 그들 앞으로 다가갔다.

「어이! 안에 있나?」

두 사내가 동시에 보란을 훑어보았다. 그 중 한 사내가 고개를 끄덕였다.

「있긴 있는데…….」

「내가 만나고 싶어한다고 전해 주게.」

그러자 다른 사내의 턱 근육이 씰룩거렸다.

「건방진 주둥아리를 함부로 놀리는 게 아냐. 만나고 싶으면 직접 뛰어가는 것이 어때?」

「심부름은 못 하겠다는 뜻인가?」

보란은 가소롭다는 듯 비웃었다.

「자네 같은 친구의 심부름은 깨끗이 거절한다는 얘기지.」

사내도 비아냥거렸다.

보란은 빙긋 웃어 주고는 계단을 올라갔다. 얇은 셔츠 하나만 달랑 걸친 몸집이 작은 사내가 층계참의 의자에 앉아서 낯선 방문객을 올려다보았다.

「무슨 용건인가?」

「들어가서 내가 만나러 왔다고 전해 주게.」

몸집이 자그마한 그 사내의 이름이 맥스 키노였다는 것을 상기하면서 보란은 말했다.

「나라는 건 누굴 말하는 거지?」

「뷘턴이야.」

「모르겠는 걸. 뷘턴이라는 이름은.」

「앞으로 알게 될 거야, 맥스. 곧 말이야.」

「호흥. 그래서 그를 만나고 싶다는 건가?」

「미안하지만 여기까지 일부러 행차한 것은 자넬 위해서가 아니라는 걸 명심해 주기 바라네.」

맥스 키노는 알았다는 듯 웃음을 떠올리며 물었다.

「혼이 났겠지, 오늘 새벽엔? 어디 다친 데는 없나?」

「아아, 세 번째 다리는 아직 건재해. 그것만 아무 탈없이 싱싱하다면 세상살이 걱정 없는 것 아닌가?」

보란은 키들거리면서 대꾸했다.

「저 버튼을 누르면 돼. 안에서 열어줄 거야.」

키노도 웃음을 흘리면서 문의 버튼을 가리켰다.

「그와 함께 있는 자는 누군가?」

「아, 그 문제의 코미디언이야. 이탈리아 녀석이지. 아직 당하고 있는 모양이야.」

「내가 온 것도 사실은 그 건(件) 때문이야.」

보란은 터놓았다.

「왜?」

「높은 양반들은 그 녀석이 지금쯤 죄다 불었겠거니 생각하고 있으니 말이야.」

「하지만 조는, 천천히 족칠수록 더 많은 걸 캐낼 수 있다고 생각하는지 성급하게 조이지 않는 것 같던데? 뷰트는 어제 일로 높은 분에게 한방 얻어 터졌거든.」

「정말 안됐어.」

보란은 목소리를 낮추었다.

「아아, 가엾게도 말야. 나는 뷰트와 3년이 넘도록 사귄 친한 사이였지. 내겐 아주 좋은 보스였어. 그러니 더욱더 안된 마음이 들어서…….」

맥스 키노는 혀를 끌끌 찼다.

「그렇게 낙담하지 말게. 모두들 섭섭하게 생각하고 있더군, 높은 분들까지도. 그러나 어떻든 간에…….」

보란은 한숨을 내쉬었다. 그리고는 어깨를 으쓱하며 자조적인 말투로 덧붙였다.

「세상살이가 다 그런 것 아니겠나, 맥스? 내일의 일을 누가 점칠 수 있겠나, 그렇잖은가? 그건 그렇고 버튼을 누르면 된다고 했지?」

「아니야, 내가 열어 주지.」

경호원은 용수철이 퉁기듯 자리에서 몸을 일으키더니 몇몇 제한된 사람 외에는 그 내막을 모르는 개폐 장치를 보란을 위해 조작해 주었다.

그렇다. 세상이란 그런 것이다. 속고 속이고 오늘의 적이 내일의 보스가 될지도 모르는 그런 것이다.

맥스는 버튼을 눌렀다.

「뷘턴이 와 있어. 안으로 들어가고 싶다는데?」

「누구라고?」

「있잖아, 뷘턴 말이야. 예의……. 알겠지?」

부저 소리와 함께 곧 문이 열렸다. 보란은 안으로 들어서자마자 뷰트의 안전 장치가 폐쇄되었다는 것을 알게 되었다.

소파 위에는 조 스탄노가 기다랗게 누워 잠들어 있었다.

한가운데의 회전 의자에 묶여 있는 사내는 토미 앤더스였다. 그를 정면으로 마주 보고 두 사내가 앉아 있었다. 또 한 사내는 앤더스의 뒤쪽 책상에 올라앉아 있었다. 그는 보란을 보자 느닷없이 덤벼들기부터 했다.

「여기에 무슨 용건이 있나?」

그는 마치 발정한 짐승 같은 소리를 냈다. 그러나 보란은 상대하지 않았다.

앤더스의 몰골은 차마 눈뜨고 볼 수 없을 정도였다. 머리카락은 마구 흐트러져 얼굴에 감기고 벌써 목이 말을 듣지 않는지 머리가 어깨 위에 축 늘어져 있었다. 폭력이 가해졌음을 당장 알 수 있는 외상은 없었지만 그가 어떤 고통을 당했는지는 보지 않아도 훤히 짐작이 갔다.

보란은 소파 곁에 서서, 스탄노를 내려다보며 퉁명스럽게 내뱉었다.

「이 판국에 어떻게 잠이 오는지 모르겠군.」

「잠자는 데도 허가가 필요한가?」

시비조였다. 아무래도 이 지방의 조직원과 중앙에서 온 전투원 사이에는 노골적인 적대 감정이 있는 모양이었다.

보란은 콧등에 붙인 반창고를 어루만지며 따끔하게 한마디 해 주었다.

「그렇다면 자네들이 공항에서 보인 추태는 허가를 받은 것이라는 말인가?」

사내는 책상에서 훌쩍 뛰어내리더니 앤더스의 뒤통수를 내리
갈겼다. 그것으로 울분을 풀고 있는 것 같았다.

코미디언의 머리는 힘없이 반대쪽으로 수그러졌다가 다시 원
상태로 돌아왔다. 그는 초점이 흐린 눈을 보란의 얼굴에 고정시
키더니 갑자기 또렷한 목소리로 욕설을 퍼부었다.

「똥이나 처먹어!」

「방금 갈긴 것은 내 손이 아니었어, 미스터 코미디언.」

보란은 쓴웃음을 지으며 변명했다.

「너도 마찬가지야.」

앤더스는 벌레 씹은 얼굴로 중얼거렸다.

「이 아저씬 사람을 싫어하는 모양인데?」

보란이 피식 웃으면서 말하는 것을 들은 난폭한 사내가, 으르
렁거리면서 무저항인 코미디언에게 다시 한 번 힘껏 주먹질을
했다.

「이놈은 빈틈없는 놈이야! 그 진저리나는 보란 새끼와는 물론
이고 경찰과도 손을 잡고 있단 말야!」

보란은 스탄노 쪽으로 시선을 옮겼다.

「내버려 두면 언제까지라도 자고 있겠군. 어지간하면 이제 깨
우는 것이 어때?」

「깨워선 안 돼!」

거칠게 생겨 먹은 녀석이 소리쳤다.

「조는 하루 밤낮을 한숨도 자지 못했어. 그냥 두는 게 좋아.」

다른 녀석이 거들었다.

「그래? 그럼 가만히 내버려 두기로 하지.」

보란은 선심 쓰듯 조용히 대답했다.

「도대체 여기엔 무슨 용무가 있어 온 건가?」

아니꼽다는 말투였다.

「높은 분들의 명령일 뿐이야.」

보란은 대꾸하면서 앤더스에게로 다가가 그의 뒤통수를 어루만졌다. 그러나 명 코미디언은 보란의 친절을 뿌리쳤다.

「지네들이 이 녀석에게 너무 시간을 잡아먹고 있는 것 같다고 높은 분들이 걱정하고 있어. 그래서 직접 심문해 보고 싶다는 거야. 현재로선 이 녀석이 유일한 단서니까 말야.」

「아직 확실히 모르는 일이야!」

「그렇다면 언제쯤에나 확실해진다고 생각하나? 자네들의 동료 두 명이 피살되었을 때 이 녀석이 현장에 있었던 건 사실이 아닌가?」

「그렇기 때문에 지금 이 녀석을 가장 적절한 방법으로 만져 주고 있잖아!」

다혈질인 사내가 완고하게 우겼다.

「만져 주고 〈있는〉 것이 아니야. 〈있었던〉 거지.」

보란이 정정했다.

의자에 앉아 있던 두 사내가 벌떡 일어섰다. 코미디언에게 주먹질을 하던 사내도 보란에게로 다가왔다. 그들은 거칠고 사나운 낯짝을 더욱 일그러뜨리며 보란을 노려보았다.

「어디선가 본 기억이 있는 얼굴인데, 뷘턴?」

「앞으로는 자주 보게 될 거야.」

보란도 지지 않으려는 듯 눈썹을 치켜 올리고 녀석들의 얼굴을 번갈아 쏘아보았다.

「허어?」

　사내들은 보란을 때려눕히려는 듯 의미 있는 시선을 교환했다. 보란은 선수를 쳤다.

　「기다려. 그렇게는 곤란해. 아무래도 자네들은 저기 뻗어 있는 〈잠자는 숲속의 미남〉와 상당히 배짱이 맞는 것 같구먼. 어때, 마지막까지 저 녀석과 동행시켜 주기로 할까?」

　순간 우두머리격인 사내는 당혹한 표정으로 두 명의 자기패들을 돌아다보았다.

　「아니, 잠깐만…… 그게 대체……?」

　한 사내는 스탄노를 잠시 쳐다보았다가 보란에게로 시선을 되돌리며 굳어진 얼굴로 중얼거렸다.

　「그렇게 되는 거였구나.」

　「인생이란 건 말야, 다 그렇게 돌아가는 회전 목마라구.」

　태연스럽고 침착한 보란의 대답이었다.

　위세 당당하던 3인조 고문자는 금세 안절부절못하고 눈치만 살피는 졸장부처럼 온순해졌다.

　「놀라운 통고인데?」

　그들 식의 용어를 풀이하자면 조 스탄노의 죽음이 임박했다는 뜻이나 마찬가지였다.

　「그것이 인생이라는 거지.」

　보란은 되풀이하여 말했다. 그리고는 딱하다는 듯 스탄노 쪽을 홀끔 보고 나서 말을 계속했다.

　「일단 〈쓸모없다〉고 결정된 이상 손을 쓸 수도 없겠지. 그러니까 우선 자네들만이라도 말려들지 않게 조심하는 게 좋아. 아래층으로 내려가 다른 자리를 찾아보든지. 아니, 그것보다도 두세 시간 자취를 감추는 편이 더 좋지 않을까?」

「으음, 너무하군.」

사내들은 신음처럼 내뱉고는 스탄노와 보란을 번갈아 쳐다보았다. 이제 보란이 말하는 바를 확실히 이해했을 것이다.

「그렇게까지 하지 않으면 안 되나?」

「자네는 저 사내와 뗄 수 없는 사이라도 된단 말인가?」

보란은 스탄노를 가리키며 날카롭게 따져 물었다.

「처, 천만에…… 난 그저…… 저 사람과 오래 교제를 해왔기 때문에……」

의리 없는 마피아의 사내가 더듬거리면서 부인했다.

「그렇다면 더욱더 두세 시간 정도 꺼져 있는 게 좋아.」

「이렇게 중요한 일을 어째서 높은 양반들은 옷 갈아 입듯 간단히 결정할 수 있을까?」

한 사내가 납득이 가지 않는다는 얼굴로 중얼거렸다.

「위에 올라가서 그 친구들에게 한번 물어볼 텐가?」

보란은 차갑고 무뚝뚝한 소리로 되물었다. 그 말에 사내는 기가 죽은 듯 입을 다물었다. 그러더니 비굴한 웃음을 띠며 말했다.

「방금 내가 한 말은 잊어 주게, 뷘턴.」

보란은 어깨를 추썩거렸다.

「무슨 얘기를 했는지 듣지도 못했어. 난 괜찮으니까 일찌감치 꺼지기나 해. 이 스파이는 내가 맡아서 처리할 테니.」

그들은 소파에서 멋모르고 자고 있는 가엾은 전(前) 보스를 한동안 멀거니 내려다보다가 바쁜 걸음으로 방을 나갔다.

보란은 문이 닫히는 것을 확인하고 토미 앤더스의 손목에 묶인 밧줄을 풀기 시작했다.

「난 인종 차별주의자는 아니지만, 당신네들 이탈리아식으로
사는 놈들이란 참 한심하기 이를 데 없단 말야.」

코미디언이 넉살을 부렸다.

「하지만 난 폴란드계인 걸.」

보란은 본래의 음성으로 대꾸했다.

「무슨 계이건 그런 것은……」

몸집이 작은 코미디언은 하려던 말을 삼키고 눈을 크게 떠 보
란의 얼굴을 뚫어지게 들여다보았다.

「서둘지 않으면 첫 쇼에 늦는단 말야.」

보란은 빙긋 웃으며 앤더스를 재촉했다.

「햐, 이거 놀라운데! 당신이었군!」

코미디언이 감탄했다.

「아까는 정체가 탄로날까 싶어 조바심 쳤었지.」

보란은 이야기를 하면서 밧줄을 마저 풀었다. 앤더스는 자유
롭게 된 손목을 조심스럽게 주물렀다. 보란이 그를 부축해서 일
으켜 세웠다.

「어때, 걸을 수 있겠나?」

「그건 토끼에게 뛸 수 있느냐고 물어 보는 것과 같아.」

앤더스는 손가락으로 머리카락을 빗어 올리고는 흐트러진 옷
매무새도 대충 정리했다.

「여기서 도망칠 수만 있다면 두 다리가 골절이 되고 세 번째
다리에 부목을 붙여 놓아도 걸어 보이겠다, 이 말씀이야.」

보란은 킥킥거리며 웃고 나서 코미디언을 앞세우고 자신은 뒤
에 붙어 섰다.

「이제부터 마음을 단단히 먹는 거야. 여기서 무사히 빠져 나갈

때까지 말야.」

「스탄노는 어쩌고?」

「멋대로 자게 내버려둬.」

두 사람은 복도로 나왔다. 보란은 손을 뒤로 해서 조심스럽게 문을 닫았다. 문 옆에 놓인 의자에 앉아 있던 맥스 키노가 겁먹은 듯이 보란의 얼굴을 쳐다보았다.

「도대체 무슨 일이 일어난 겁니까, 뷘턴 씨?」

먼저 나간 세 녀석들에게 무슨 말을 들었는지 그의 태도는 아까와는 달리 공손하기 이를 데 없었다.

「대단찮아. 자네가 걱정할 것은 없어. 다만 나중에 내가 따로 명령할 때까지 이 문을 열어서는 안 돼.」

「네, 알겠습니다!」

경호원은 기운차게 대답했다.

「누가 오더라도 절대!」

「맡겨 두십시오, 보스.」

보란은 만족한 웃음을 짓고는 키노의 턱을 쓰다듬어 주었다. 그런 다음 앤더스의 팔을 우악스럽게 잡아 끌고 계단을 내려갔다.

「이젠 질렸어. 아무리 애써도 자꾸만 개미 떼가 샌드위치에 달라붙는다면 피크닉은 아예 단념해 버리는 것이 좋아.」

코미디언은 나직한 목소리로 투덜거렸다.

「타월을 던지고 싶어진 모양인데?」

보란은 카지노를 내려다보며 건성으로 물었다.

「은퇴하겠어. 물러나기 좋은 기회가 아닌가 싶어.」

「목사는 은퇴 같은 건 할 수 없을 텐데, 앤더스?」

「목사라구? 누가 그런…….」

「마피아가 이 나라 그늘의 정부라면 자네의 영업은 바로 그늘의 교회라는 것이 되겠지.」

두 사람은 마지막 계단을 내려섰다. 조금 전까지 그곳을 지키고 있던 두 사내는 코빼기도 보이지 않았다.

「그렇지만 나 같은 꼴을 당한다면 아무리 자네라 해도 그런 말은 하지 않을 거야.」

앤더스는 계속 투덜댔다.

「그렇지만 말야, 자네의 동업자가 모두 문을 닫아 버린다면 세상은 멋도, 맛도 없는 삭막한 회색의 세계로 변해 버릴 것이 아닌가?」

두 사람은 카지노의 홀을 가로지르는 중이었다. 보란은 짐짓 험악하게 인상을 일그러뜨렸다.

「그럴지도 모르지.」

코미디언은 시무룩하게 인정했다.

「그렇고말고. 자네도 알고 있을 거야. 사람들이 왜 자네의 쇼에 빨려 드는지. 그건 혼이 담긴 예술이라구. 바로 자네의 혼 말야, 앤더스. 그렇기 때문에 자네가 이런 고생을 치르는 것이 아니겠나?」

「굳이 그렇게 말한다면 그럴지도 몰라. 하지만 나 자신을 목사라고 생각해본 적은 단 한 번도 없었어. 그런데 내가 여기 있다는 걸 어떻게 알아냈지?」

바로 그 순간 두 명의 조직원이 그들의 앞길을 가로막았다. 보란은 눈을 사납게 치켜떴다. 그의 당당한 기세에 눌려 놈들이 길을 터주었다. 보란은 앤더스를 앞으로 떠밀면서 그 사이를 빠져 나왔다.

「내가 있는 곳을 어떻게 알아냈냐니까?」

앤더스가 그의 대답을 재촉했다.

「귀여운 아가씨들이 가르쳐 주었지. 만일 그 아가씨들이 자네가 있는 장소를 알았더라면 거기까지 쫓아 올라갔을 거야. 틀림없어.」

보란은 얼굴을 찌푸린 채 대답했다.

「뭐라고, 아가씨들이?」

그러나 보란이 그 말에 대꾸할 필요는 없었다.

로비에서 두 명의 아가씨가 서성거리고 있었던 것이었다. 그녀들은 자꾸만 추파를 던지는 실크 차림의 사내들 쪽을 될 수 있으면 보지 않으려고 외면하고 있었다.

보란은 앤더스의 등을 확 밀어젖혀 두 여자에게로 쫓아 보내며 냅다 소리를 질렀다.

「저 계집들을 데리고 냉큼 꺼져! 또 이 로비에서 손님을 끌고 있는 현장이 발각되면 그때는 숫제 이 도시에서 내쫓을 테니 그리 알아!」

때마침 근처에 있던 스무 명 남짓한 사람들이 재미난 구경거리를 놓칠세라 우르르 몰려들었다.

그러자 우락부락한 경비원이 세 사람에게 다가가 굵고 거친 음성으로 윽박질렀다.

「나가라는 소리가 들리지 않나?」

고개를 떨구고 풀이 죽어 출구로 밀려가는 세 사람을 위해 주위에 모여든 사람들은 급히 두 줄로 갈라서 길을 내주었다.

「지금부터, 아니 앞으론 이 호텔을 이런 방식으로 운영해 나갈 테니!」

보란은 뒷말을 생략했다. 주위에 있던 모든 사람들이 그의 선언에 찔끔했다. 그는 홱 몸을 돌려 보폭이 큰 걸음으로 성큼성큼 카지노로 되돌아갔다.

앤더스와 레인저 걸스의 일은 이것으로 일단락되었다. 다음은 당면한 작전을 완수한 뒤 보란 자신이 탈출할 차례였다.

적어도 현재로서는 그가 흔드는 주사위의 눈은 내추럴(크랩 도박에서 무조건 승리를 뜻하는 눈금)의 연속이었다.

14
변 신

　결정적인 순간이 다가왔다. 보란은 카지노를 한 바퀴 돌면서 피트보스들에게 명령을 내려 전원 자기의 뒤를 따르게 했다.

　살아 남는 데 도움이 될 만한 정보는 모조리 긁어모으고 거기에다 자신의 목숨까지 얹어 운명의 도박대에 내던져 최후의 승리를 얻을 것. 지금부터 보란이 시작하려는 것은 바로 그것이었다.

　피트보스들은 투덜투덜 저희들끼리 말을 주고받으면서도 그의 뒤를 따랐다. 조심스러운 대화의 단편이 보란의 귀에까지 전해졌다.

　「모르겠어. 하지만 그가 그렇게 말하던 걸.」

　「…… 틀림없이 새 지배인이야.」

　「무엇으로 증명…….」

　「내일 또 어떻게 변하게 될지…… 정말 알다가도…….」

「이름이…… 뷘턴이라든가?」

〈뷘턴〉은 뷰트의 방으로 이르는 계단 아래에서 행렬을 정지시켰다.

「맥스?」

보란은 계단을 올려다보며 말했다.

「네, 보스.」

「두어 명 정도 뽑아서 카지노에 있는 손님들을 전원 내몰도록 해. 8시 집계에 맞춰 카지노는 폐쇄한다, 알겠나?」

맥스 키노는 기쁘다는 듯이 계단을 뛰어 내려왔다. 보란이 그에게 추가로 명령을 내렸다.

「손님들에게 밤 12시에 다시 개장한다고 전해. 대신 그 동안에 라운지나 식당에서 먹고 마시는 것은 모두 무료로 한다. 다만 극장 식당 쇼는 속행시킬 것. 폐쇄하는 곳은 카지노뿐이야. 그 외에는 전부 정상적으로 영업을 시키도록!」

「알겠습니다!」

맥스는 힘차게 대답을 하자마자 신이 나서 뛰어갔다. 보란의 곁에 서 있던 피트보스가 조심스럽게 말했다.

「이제 곧 근무 교대 시간입니다만…….」

「내 이름은 뷘턴이다. 기억해 두는 것이 좋아. 그래, 자네가 뛰어가서 다음 근무자들에게 지금 말한 것을 전달하고 오게. 그들에게도 공짜로 먹고 마셔도 좋다고 일러. 다음 근무는 자정부터다, 알겠지?」

보란은 엄격하게 지시했다.

「알겠습니다, 뷘턴 씨.」

상대방은 만면에 미소를 띠고 총알같이 달려갔다.

행렬은 건물의 가장 안쪽에 위치한 회계실과 사무실 앞에까지 가서 멈추었다.

이렇게 해서 보란은 대담하게도 라스베이거스의 치밀한 방범망을 완전히 뚫어 버린 것이었다.

회계실 계원들은 임박한 8시의 집계에 대비하여 여러 가지 잡다한 준비를 진행시키는 중이었다.

보란은 그들을 한자리에 집합시키고 착석케 한 다음 일장 연설을 늘어놓았다.

「어떤 사태가 발생했는가는 모두들 짐작하고 있으리라고 생각한다.」

사태를 정확히 파악하고 있는 사람이 없다는 것을 번연히 알면서도 그는 그렇게 말문을 떼었다.

「아포스틴니 씨가 직장을 그만두고 다른 곳으로 옮긴 것은 이미 여러분의 귀에도 들어갔을 것이다. 그러나 그 사실은 오늘밤 12시가 될 때까지 공식적으로 발표할 수 없다. 그러므로 당분간 카지노를 폐쇄한다. 하지만 만사를 원활하게 진행시키지 않으면 안 된다. 알겠나, 원활하게 말이다! 그러면 지금부터 이 카지노의 영업은 정지된다. 모든 테이블의 매상금을 여기로 옮겨 집계하도록! 1센트도 남기지 말고 전액을, 알겠지? 밸런스 시트 같은 건 내지 않아도 좋다. 무조건 총액만 집계하면 된다. 앞으로 네 시간 안에 깨끗이 완료하고 새로운 영업 체제로 전환한다. 거듭 강조하겠다. 1센트도 오차가 없도록, 알겠나? 회계 책임자는 누군가?」

금테 안경을 낀 소심하게 보이는 사내가 한 걸음 앞으로 나서며 자신이 감독관이라고 소개했다.

「좋아, 그럼 철저히 감독해 주게. 정리를 깔끔히 마친 다음 0시부터 새영업 체제로 다시 개장 테이프를 끊는다.」

보란은 위엄 있는 목소리로 말했다. 감독관은 새로운 보스에게 알았다는 뜻을 표시했다. 보란은 자세를 바꾸어 피트보스들에게 날카로운 시선을 돌렸다.

「너희들은 집으로 돌아갈 건가, 이대로 근무를 계속할 건가? 어느 쪽이지?」

「교대 시간이니 집으로 들어가겠습니다.」

그들 중의 한 사람이 대답했다.

「아냐. 자네들은 여기 남아서 도와 주도록 해. 걱정할 것 없어. 틀림없이 과외분의 급료를 지불할 테니까. 교대하러 오는 친구들이 있으면 쫓아내 버려. 매상금은 전부 회수하여 여기 있는 숙녀분들을 시켜 운반하고 그게 끝나면 라운지나 식당 또는 좋은 데로 가서 각자 마음대로 즐겨도 좋아. 계산은 회사에서 부담하겠어.」

그러자 감독관은 큰 결심을 한 것처럼 정색을 하고, 조심스럽게 입을 열어 정기 집계의 기록을 새 장부에 기재하는 것이 도리에 맞는 일이며 관례이기도 하다고 설명했다.

신임 보스 〈번턴〉은 다분히 위협조로 관례가 어떻게 되었건 상관할 바가 아니다. 앞으로는 전원 자기의 명령대로 따라 주는 것이 신상에 이로울 것이다,라고 감독관에게 경고했다.

이의가 있다고 나서는 사람이나 의문을 제기하는 사람은 더 이상 없었다.

보란은 피트보스들을 카지노로 다시 데리고 가서 해산시켰다. 그들의 태도는 희희낙락 활기에 넘쳤다. 서로 웃음을 주고받으며 시시덕거리고 있는 그들에게 보란은 끝맺음의 말을 던졌다.

「이제부턴 여러분의 근무 조건에 각별히 신경을 쓰겠다.」

그 말을 의심하는 사람은 하나도 없었다. 뷰트 아포스틴니는 엄격하기만 한 지배인이었다. 그러나 뷘턴은 엄격하면서도 그와는 다른 무엇이 있는 것 같았다. 우선 그는 참으로 화통한 사나이였다. 무엇보다도 골드 더스터의 과거 16년간을 회고해 볼 때, 먹고 마시는 것이 회사 부담으로 종업원들에게 베풀어진 역사는 단 한 번도 없었다.

카지노의 일시적 폐쇄에 큰 소리로 항의하는 단골 고객도 몇 있었으나 장내의 인파는 썰물처럼 빠져 나가고 있었다.

보란은 계단을 반쯤 올라가서 외쳤다.

「이러쿵저러쿵 잔소리하는 놈이 있으면 덮어놓고 집어 던져!」

맥스 키노가 올려다보고 있는 것을 발견한 보란은 앞으로 나오라고 손짓을 했다.

「자넨 지금부터 내 경호원이야, 맥스.」

「알겠습니다, 보스.」

맥스는 히죽 웃으며 고개를 숙여 보였다.

새 보스에 충성을 맹세하는 이 급속한 변신. 이것이야말로 마피아의 기본 생존 방식이었다. 낡은 옷은 미련없이 던져 버리고 새옷으로 갈아 입자는 것이겠지.

원래의 위치로 돌아가 앉은 맥스를 뒤에 남겨 두고 〈뷘턴〉은 새 집무실로 되돌아갔다. 잠시나마 〈잠자는 미남〉과 공유하지 않으면 안 될 집무실이었다.

8시 20분. 조 스탄노는 그때까지도 자고 있었다. 보란은 소리없이 책상 서랍을 뒤져 몇 가지 귀중한 정보가 될 만한 자료를 주머니에 쑤셔 넣었다.

전화 번호 리스트를 조사하여 원하는 번호를 골라낸 뒤 책상에 기대어 정신없이 코를 곯고 있는 사내에게로 시선을 주면서 다이얼을 돌렸다.

「여어, 나 뷘턴인데, 그쪽은?」

상대방이 수화기를 들자마자 대뜸 물었다. 전화선 너머의 주인공은 레드 에반스였다. 요란스럽지는 않지만 다소 들뜬 기분이 말투에 여실히 드러나 있었다.

「발견했습니다, 뷘턴 씨! 문제의 물건 말입니다.」

「잘했어, 레드.」

보란은 지극히 사무적인 말투로 레드를 상대했다.

「전액이 거기 있던가?」

「네, 그런 것 같습니다. 케이스 두 개를 다 찾았으니까요. 계리사들이 지금 계산하고 있는 중입니다. 틀림없이 전액일 것입니다.」

「좋아. 그럼 내 말을 잘 듣게, 레드. 돈 계산도 좋지만 두 명의 증인을 잊지 말고 동석시키게. 계리사들 외에 말야. 자네의 심복을 두 사람 동석시키는 것이 좋겠군. 알겠나?」

「네, 시키는 대로 하겠습니다.」

「그리고 참, 계리사들의 책임자는 누구지?」

「램키입니다. L, E, M, K, E, 램키.」

레드는 또박또박 발음했다.

「그 친군가? 좋아, 램키에게 이렇게 지시해 주게. 계산이 끝나면 물건의 수송 경로를 종래의 방식에서 변경시키라고 말야. 최종 착륙 지점을 제외한 전경로를 변경하는 거다. 누구에게도 말해서는 안 돼. 파일럿에게도 이륙하기 전까지는 비밀로 해두라고 일러. 알았나?」

여기서 최종 착륙 지점이란 〈카리브해의 회전 목마〉의 중심지인 샌 주안을 말하는 것이었다.

「네, 뷘턴 씨.」

「거듭 말하겠다, 레드. 어떤 루트를 취할 것인지는 비밀에 붙일 것.」

「걱정 없습니다. 맡겨 주십시오.」

「좋아. 지금 몇 시쯤 됐지, 레드?」

「예, 잠깐 기다려 주십시오…… 8시 21분입니다.」

「그러면 램키의 시계도 자네의 시계에 맞추도록 해. 헬리콥터는 지금부터 정확히 20분 후에 발착장으로 끌어낼 것. 그러니까, 8시 41분에 말야, 알겠지?」

「네, 뷘턴 씨.」

「그리고 참, 조종사는 누구였더라?」

「잭 그리말디입니다. 녀석도 제법 이야기가 통하는 친굽니다.」

「좋아, 잭에게 전하게. 9시 정각에 내가 있는 이곳, 골드 더스터의 옥상에 착륙해 주었으면 한다구. 1분이 빨라도, 1분이 늦어도 안 돼. 9시 정각이야, 레드.」

「호텔 옥상에 말입니까, 보스?」

「바보야, 호텔이 아냐. 카지노 쪽의 옥상 말이야.」

「아아, 네, 그렇군요. 알았습니다.」

「그러니까 지금까지 뷰트가 기거하고 있던 방 위쪽이 된다, 이 말이야.」

「네, 틀림없이 그렇게 전달하겠습니다.」

「시간적인 여유가 없어. 곧 서두르게.」

「네. 그리고 저…… 오늘밤에 이곳으로 오실 겁니까?」

「갈지 안 갈지 아직은 잘 모르겠어. 정세의 변화에 따라야지. 그쪽은 만사 실수 없이 처리해 나가고 있겠지, 레드?」

「네, 이쪽이야 뭐……. 안심하셔도 좋을 겁니다.」

「됐어. 그럼 내가 지시한 것을 당장 착수하게.」

보란은 수화기를 놓고 평화스럽게 잠들어 있는 조 스탄노의 얼굴을 내려다보며 이맛살을 찌푸렸다.

「이번에도 엉뚱한 개입자가 나타나 초읽기를 망쳐 놓는다면 곤란한데…….」

탤리페론 형제는 라스베이거스 중심가에서 제일이라고 자처하는 요리사가 정성 들여 조리한 저녁을 막 끝낸 참이었다.

길고 지독했던 하루에서 제대로 된 식사는 처음이었다. 그리고 지금 두 사람은 브랜디와 수제품 시가를 손에 들고 팬트하우스의 테라스에 서서 긴장된 근육을 풀며 한가로운 시간을 보내는 중이었다.

「언제까지 이런 애매한 상태가 계속될 건가?」

패트가 큰 소리로 말했다.

「이제 조금만 참으면 될 거야. 곧 만회할 기회가 오겠지.」

마이크가 위로했다.

「빨리 확실한 정보가 들어 왔으면 좋겠는데. 어쩌면 놈이 벌써 라스베이거스를 벗어난 것이나 아닌가 하는 생각이 들면 좀처럼 마음이 안정되질 않아.」

「그렇지는 않을 거야. 녀석은 이상하리만치 자기 현시욕이 강해. 게다가 또 우리가 여기에 와 있다는 것도 알고 있어. 공항에서 놓쳤다고 억울해 할 테니 곧 나타날 거야, 틀림없어!」

「조가 그 코미디언에게서 정보를 캐내 주었으면 좋겠는데 말야.」

「그 코미디언이 무엇인가를 알고 있다고 생각되었으면 내가 직접 놈을 심문했을 거야. 놈의 몸을 둘로 접어 놈의 물건을 숨도 못쉴 정도로 목구멍 깊숙이 처넣었을 거야.」

「설마 그것으로 배부르진 않겠지.」

패트는 얼굴을 찌푸리며 말했다.

난간에 기대어 있던 경호원이 목청껏 웃으며 말했다.

「녀석의 물건이라면 아무도 먹고 싶어하지 않을 걸요? 제발 그것만은 하고요.」

형제도 웃으면서 브랜디를 조금씩 마셨다.

잠시 후 패트가 입을 열었다.

「보란이라는 새끼는 좀처럼 단서를 남기지 않아.」

「그러고서도 우리의 등만 노리고 있으니…… 정말 괴로운 싸움이야, 이건. 우리로서는 녀석이 불시에 습격해 오기만을 기다리는 수밖에 달리 방법이 없어. 습격해 오기를 기다렸다가 놈이 자취를 감추기 전에 때려잡아야 한다는 얘기지.」

「그 얘긴 월남에 있는 친구들에게나 들려주는 것이 어떨까?」

두 사람은 또 마주 보고 웃었다.

「슬슬 휴전을 하고 싶은 모양이지?」

마이크가 묻자 패트는 코방귀를 뀌면서 일어섰다.

「그 녀석의 피로 목욕물을 끓인다면 가능하지.」

패트는 난간으로 다가가 경호원 곁에 서서 좌우로 펼쳐진 네온의 물결을 내려다보았다.

「기막힌 전쟁터로군, 정말. 사실을 말하자면 이 도시는 어쩐지 싫어. 그전부터 그랬어. 분명히 이 근처에는 원폭 실험장이 있을 거야.」

「네, 있습니다.」

「역시!」

뒤에서 마이크 텔리페론이 웃어댔다.

「이봐, 기분 전환으로 계집이나 안는 게 어때? 여긴 근사한 계집들이 많이 있을 것 같은데 말야.」

「아냐, 그 새끼가 살아 있는 한 계집보다 더 좋은 것을 갖다줘도 난 싫어.」

「그렇다면 녀석이 죽을 때까지 여자하고는 담을 쌓겠다는 얘기가, 뭔가?」

마이크는 능글맞은 미소를 떠올리며 물었다.

「설마, 그런 바보짓을 할까 봐서…….」

「어쨌든 오늘밤으로 결말이 날 거야.」

마이크는 여전히 웃음을 잃지 않고 여유 있게 말했다.

「제발 그랬으면 좋겠는데…….」

패트는 울적한 목소리로 대답했다.

「녀석은 꼭 공격해올 거야. 반드시 말야. 그러니 이젠 큰소릴랑 집어치우라구.」

「올 테면 빨리 오는 게 좋아. 이 따위 도시에선 오래 머물고 싶지가 않단 말이야.」

「오늘은 어째 첫걸음부터 운이 좋지 않았어. 조란 놈의 엉덩이에 말뚝이라도 쑤셔 박고 싶은 심정이었지. 농담이 아니라구. 하긴 뭐, 아직 그 녀석은 그런 대로 쓸 만한 놈이긴 하지만.」

「아직은.」

「하지만, 문제가 전혀 없는 것도 아니야.」

「오늘 새벽처럼 멍청이짓을 한 번만 더 저지른다면……」

「그때는 살려 두시 못해.」

마이크가 패트의 말을 받아 단호하게 내뱉었다.

이런 종류의 노골적인 대화가 전개되고 있을 때는 경호원은 못 들은 걸로 해야 했다. 그래서 경호원은 상관없다는 듯한 얼굴로 밤하늘의 별만 쳐다보고 있었다.

「시피 피터스를 기억하고 있나?」

패트가 물었다.

「셰이커 샘이라고도 불렀었지, 아마?」

마이크가 되물었다.

「그래. 그 녀석이 마리넬로 노인에게 마취약 냄새를 맡게 하려고 했었지.」

「응, 브롱크스 소동 때였어.」

두 사람은 또 잠시 동안 서로 웃었다.

무심히 밤하늘을 쳐다보고 있던 경호원이 고개를 돌리지 않고 말했다.

「시피가 그 후 어떻게 되었는지 전혀 듣지 못했는데요.」

「앞으로도 듣지 못할 거야. 허드슨강 바닥을 착암기로 긁어낸다면 또 모르지만.」

「그 경우에라도 말야, 두께가 10피트나 되는 콘크리트 수영복을 부수지 않으면 곤란할 걸?」

패트가 비웃으며 덧붙였다.

「살인 청부업자로서는 시피 피터스의 솜씨가 조 스탄노보다 한 수 위였던 것 같은데요?」

경호원은 감정이 상한 듯 볼멘 소리를 냈다가 이내 고개를 끄덕이며 말을 이었다.

「물론, 녀석이 시체 제조업에 싫증을 내기 전까지의 이야깁니다만……」

「흥, 자넨 그렇게 생각하나?」

마이크가 못마땅한 듯 물었다.

「네, 그렇게 생각합니다.」

경호원은 보스의 비위를 상하게 한 거나 아닌지 염려하면서도 내친 김이라 솔직하게 대꾸했다.

그때 간부 한 사람이 테라스에 나타났다. 그는 문 옆에 조용히 서서 보스들이 봐주기를 기다렸다.

난간에 기대어 있던 마이크 탤리페론이 먼저 그를 보았다.

「무슨 용무인가?」

「뵙고 싶다는 사람이 있어서 왔습니다. 이 호텔의 지배인입니다만……」

「호텔 지배인이 왜?」

「잠깐 인사를 드리고 싶어서 왔노라고 하던데요?」

「지금 그런 게 문젠가? 좀 기다리라고 해. 그보다 새로운 정보는?」

「약 5분 전에 그리타 가루치 담당반의 보고가 있었습니다만, 단서는 아직 제로 상태라고……」

「좀더 눈알을 부라리고 살펴보라고 해!」

「그게 점점 골치 아프게 되어 가고 있답니다, 보스. 어딜 가나 경찰이 파리 떼처럼 우글거리고 있다는 겁니다.」

「경찰이 몇 명 있건 내가 알 바 아니잖아!」

패트 탤리페론은 화를 벌컥 냈다.

「이런 코딱지만한 도시에 그 새끼가 숨을 장소가 얼마나 있다는 거야, 응? 도대체 너식들은…… 어하튼 좋아. 그 녀석부터 들여 보내!」

「네?」

「호텔 지배인 말야. 일단 예의는 지켜 주어야지.」

「아, 네.」

전령은 대답과 동시에 사라졌다.

「그 녀석들은 손을 떼고 있는 게 뻔해! 벌써부터 겁을 집어먹고 있다면 또 보란에게 보기 좋게 당할 게 틀림없어. 하여간 모조리 겁쟁이들만 모아 놨으니!」

패트는 식식거리며 화를 냈다.

「아냐, 그렇지 않아. 이번에야말로 당하는 쪽은 보란 놈일거야.」

마이크는 시가를 아무렇게나 팽개치며 대꾸했다.

「늘 그 소리만 하고 있군.」

「두고 보라니까. 꼭 그렇게 될 테니 말야.」

그때 세련미가 넘치는 40대 사내가 문 앞에 나타나 쾌활한 투로 말을 건넸다.

「여기로 오면 만나뵐 수 있다고 들었기 때문에…….」

그 사내의 핸섬한 얼굴을 보자마자 패트 탤리페론은 이유도 없이 싫은 녀석이다 하고 생각했다. 그런 류의 인간들에게서 흔히 볼 수 있는 영양 상태가 좋아 보이는 핑크빛 안색을 평소부터 좋지않게 생각하고 있었기 때문이었다.

「당신은 벌써 우리를 만나고 있어.」

패트는 시큰둥하게 응수했다.

「그래, 무슨 용무로 찾아왔나?」

마이크가 나서며 물었다.

「특별한 용건은 없습니다만 쾌적하게 지내고 계시는지 어떤지 걱정이 되어서……」

「그 밖에는?」

별 감동 없는 말투에 지배인은 풀이 죽었는지 눈을 내리깔았다.

「저, 이건 중요한 손님을 접대할 때의 관례입니다, 텔리페론 씨. VIP가 묵고 계실 경우엔 언제나 제가 이렇게 인사를 드리는 것이……」

「아아, 알았네. 그래서 얼굴을 나타냈다, 이거지? 고맙네. 이제 됐으니 그만 가도 좋아.」

패트는 건성으로 고개를 끄덕여 보이고는 손짓으로 물러가라는 시늉을 했다.

「저……」

지배인은 문으로 한 걸음 내딛다가 갑자기 무슨 생각이 난 듯 엉거주춤 멈춰 서서 지나가는 말처럼 털어놓았다. 필시 무엇인가 하고 싶은 말이 있는 듯했다.

「카지노에 새 지배인이 부임해온 것을 알고 계시는지요?」

「새 보스란 말인가?」

「네…… 그가…… 새로운 방식을 도입한 것 같기에.」

「누구야, 그 녀석은?」

「뷘턴이라고 했습니다. 지금 그 소문이 한창이어서 혹시 듣고 계시는지 해서요. 뷘턴 씨는 먼저 카지노를 폐쇄해 버렸다는 것입니다.」

「폐쇄라구?」

「네, 자정까지. 징부도 새로 비꾸느니 하면서……. 그때까지는 쇼도 계속하고 마실 것은 무료로 한다든가 아무튼 그런 내용입니다.」

「알려 줘서 고맙네.」

마이크는 지배인의 등을 톡톡 두들겨 주면서 문 밖으로 밀어냈다.

「이젠 그 건에 대해선 상관하지 않아도 좋을 거야. 잘 자게.」

「안녕히 주무십시오.」

지배인은 깍듯이 예의를 차리고는 모습을 감추었다.

순간 텔리페론 형제는 서로 마주 쳐다보았다. 마이크가 고개를 갸웃거리면서 말했다.

「지나치게 빠른데? 동부에는 불과 두세 시간 전에 연락하지 않았어?」

「필요하다면 그 친구들은 더 과단성 있는 조치도 취했을 거야.」

패트는 알 바 아니라는 듯 어깨를 으쓱하며 덧붙였다.

「버그시가 처단되었을 때도 그랬잖은가, 마이크?」

「하지만 그때는 사전에 선임되어 있었거든. 미리 교체 요원을 파견할 수 있는 여유가 있었어. 그러나 이번에는 좀…….」

「신임 보스인가 하는 친구를 만나 보는 것이 좋겠군. 그 친구

도 경계 수단을 강구하기 전에 우리와 미리 타협해 두는 편이 유
리하다고 생각하고 있을지 모르잖아?」

「어째서? 카지노는 우리 관할이 아니잖아?」

「이런 비상 사태에는 무엇이든 우리 관할로 될 수 있는 거라
구.」

「공짜로 마시게 허락했다니 가서 한잔쯤 마시고 와도 좋을 것
같은데요?」

경호원이 끼여 들었다.

마이크는 눈살을 찌푸렸다.

「그렇다고 해서 우리가 데리고 온 요원들이 모두 그런 식으로
마시러 간다면 곤란한데?」

「뷘턴이라니, 들어 보지도 못한 이름인데, 알고 있나?」

「아니, 이름만으론 모르겠는데? 뭐, 만나 보면 알겠지.」

「보나마나 도박장에서 근무하기에는 아직 덜 닳아 빠진 녀석
일 거야.」

「또 모르지.」

패트는 물고 있던 시가를 뽑아 휙 난간 밖으로 집어 던지면서
의미 있는 웃음을 띠었다.

「좋아, 그렇다면 슬슬 가보기로 할까?」

15
수수께끼

「군소리는 집어치우라니까! 자넨 금고실에서 돈을 꺼내 세기만 하면 돼.」

보란은 감독원을 윽박지르고 있었다.

「뷘턴 씨.」

상대방은 당혹감에 어쩔 줄 모르면서도 물고 늘어졌다.

「그건 벌써 확인이 끝난데다가…….」

「확인이 끝났건 안 끝났건 내가 알 바 아냐!」

보란이 다시 호통 쳤다. 그는 감독원에게로 한 걸음 다가서며 계속 몰아세웠다.

「새로 게임을 시작할 때는 새 카드를 사용한다. 그것이 당연하지 않은가? 어때?」

「하지만 저어…… 금고실의 돈은…….」

보란은 느닷없이 감독원의 멱살을 불끈 휘어잡고 눈알이 튀어

나올 정도로 마구 흔들어 댔다. 그런 다음 벽에다 밀어붙이면서
소리쳤다.

「아무래도 수상해, 자네의 태도 말야!」

보란은 짐짓 노여움에 떨리는 목소리를 내었다.

「뭔가 숨기려는 게 있어! 내게 숨기고 있는 게 뭐지?」

「시, 시키는 대로 하겠습니다, 뷘턴 씨.」

사내는 완전히 겁에 질려 부들부들 몸을 떨었다.

「나는 37만 5000달러, 전액이 딱 맞아 떨어지는 것을 이 눈으
로 보고 싶어. 탁자 위에 쌓아 놓은 것을 이 두 눈으로 똑똑히 확
인하고 싶단 말야. 앞으로 10분 후에 아래로 내려갈 테니 그때까
지는 틀림없이 준비를 해놓게. 알겠나?」

감독원은 그제서야 납득이 가는 것 같았다. 보란은 연신 고개
를 주억거리는 소심한 사내에게 다시 고함을 질렀다.

「알았으면 어서 꺼져!」

감독원은 잠에 빠져 있는 조 스탄노를 절망적인 눈으로 흘끗
보고 나서 급히 복도로 나갔다. 보란도 그 뒤를 따라나가 경호원
을 불렀다.

「맥스!」

몸집이 작은 경호원은 잽싸게 뒤돌아보며 비굴한 웃음으로 답
했다.

「네, 보스.」

「지금 몇 시지?」

「에, 그러니까…… 8시 30분이 되어 가고 있습니다.」

「좋아, 그럼 8시 40분이 되면 알려 주게.」

「알겠습니다.」

「지금부터 〈잠자는 미남〉을 깨울 참이야. 녀석이 계단을 무사히 내려갈 수 있게 도와 주도록.」

「네, 보스.」

맥스의 얼굴에서 웃음이 더한층 퍼졌다.

보란은 문을 닫고 거울 앞에 섰다. 복장을 점검하고 모자를 쓴 뒤 챙을 내렸다. 그런 다음 소파로 가서 코스틴노의 큼직한 발을 잡아 방바닥으로 끌어내렸다.

FBI 지역 주임은 자동차 안으로 목을 쑤욱 밀어넣으며 브로놀라에게 말했다.

「여태 당신을 찾아다녔어. 도대체 어디 있었나?」

「여기저기 냄새를 맡고 다니느라고…….」

법무성 관리는 피로한 기색으로 자동차문을 열어 주었다.

「타게나, 빌.」

「아냐, 난 지금 막 골드 더스터에 갔다오려던 참이었어. 무엇인가 야릇한 낌새가 느껴져서 말야.」

「골드 더스터에 한정된 것은 아니지 뭐.」

브로놀라는 한숨 짓고 나서 푸념조로 덧붙였다.

「이상야릇한 사태에 휘말리고 있는 것은 이 도시 전체야.」

「하여튼 조사하고 오겠네.」

빌은 의미 있는 미소를 띠며 브로놀라의 호기심을 자극했다.

「당신도 골드 더스터 탐색에 흥미가 있을 줄 알았는데?」

「무슨 일이 일어났다는 건가?」

「소문만 듣고 있는 거지. 라스베이거스 어디를 가도 그 소문으로 야단법석이니까.」

「아포스틴니에 대해선가? 그것이라면 나도 들었지. 그래서 이번에는 그 악의 화원에 어떤 꽃이 피었다는 건가?」

「골드 더스터에 잠복중인 요원의 보고로는 새 보스가 벌써 도착했다는 거야. 신임 지배인은 자정까지 카지노를 폐쇄해 버리고 그 대신 무료로 술과 음식을 제공하고 있다더군.」

「그래? 그건 확실히 이상한 이야기이긴 한데?」

「게다가 좀 묘한 이야기도 있어. 그 사내의 이름은 뷘턴이라고 하는데 이 근처의 마피아 내정을 꿰뚫고 있는 누구에게 물어봐도 그런 이름을 가진 조직원은 도무지 짐작이 가지 않는다는 거야. 골드 더스터에서 잠복중인 부하의 말로는 그 사내의 행동이라든가 차림새 같은 걸로 미루어 지방 조직의 간부라기보다는 동부 출신일 확률이 높다는 거야. 거, 왜 있잖아, 실크 슈트로 몸을 치장하고 있는……」

「지금 이 도시에 넘치고 있는 친구들이구먼.」

브로놀라는 납득이 간다는 표정으로 대꾸했다.

「그렇지만……」

빌은 의심 많은 FBI 요원답게 계속 고개를 갸웃거렸다.

「어쨌든 앞뒤는 맞잖아, 빌? 뷰트의 경질은 갑자기 결정되었다, 그래서 후임자가 당도할 때까지 탤리페론 형제가 똑똑한 부하 한 놈을 골라 들여앉혔다, 뭐, 그런 스토리가 아닐까?」

브로놀라가 나름대로의 의견을 피력했다.

「사실은 말야, 상당히 비약시킨 견해이긴 하지만……」

「뭔가?」

「당신도 보란에 관해서라면 누구보다 잘 알고 있잖아? 그래서 말인데…… 어떨까, 녀석은 〈그런〉 기발한 행동을 할 만한 인물

아닌가?」

「〈그런〉이라니?」

「뷘턴이라는 사내로 완전히 둔갑해서 적의 본거지로 파고 들어가는 수법 같은 것 말야.」

브로놀라는 잠자코 상대방의 얼굴을 바라보았다. 한참을 곰곰이 생각하는 눈치더니 이윽고 조용히 입을 열었다.

「그 녀석이라면 충분히 그럴 만한 뱃심이 있지.」

「도대체 무얼 노리고?」

「모르겠어. 본인에게 직접 물어 보러 가는 것이 어때?」

브로놀라는 어깨를 움츠려 보이며 말했다.

「카지노를 폐쇄하고 밤중까지 술을 무료로 대접한다는 것은 아무리 보란이라 해도 너무나 통이 큰 짓이란 말야.」

빌 밀러는 혀를 내둘렀다. 갑자기 브로놀라가 서두르기 시작했다.

「녀석은 빈틈없는 전쟁 전문가라구. 무슨 일을 벌이더라도 치밀하게 계산을 한 다음 행동하는 타입이지. 그래, 자넨 몇 명이나 데리고 갈 작정인가?」

「10명 정도 집합시켰어.」

「더 많이 모으는 게 좋겠어. 참 아까하던 얘기 계속해 보게. 골드 더스터에 잠복시켜둔 부하가 뭐라고 했다구?」

「응, 그의 얘기에 의하면 뷘턴이라는 녀석의 인상을 확실하게 확인할 수 있는 기회를 좀처럼 잡을 수 없다더군. 언제나 돌아다니면서 두 손을 휘두르고 있다는 거야. 직접 얼굴을 조명에 노출시키지 않으려고 신경 쓰는 기미가 엿보인데. 게다가 안경도 하나 걸치고 반창고도 붙였다나? 그러니 진짜 얼굴을 확인할 수 없을밖에. 다만 한 가지, 키나 체격은 보란과 일치하고 있으며 나이도 거의 비슷해 보인다고 했어.」

「과연! 그렇다면 현장으로 직행하는 것이 좋을 성싶구먼. 내 동료를 찾아서 보안관 전원을 골드 더스터로 보내도록 전달해 주겠나? 저격수들에게는 손가락 근육을 충분히 풀어 두라고 말해 주게. 지방 경찰에게도 협력을 요청해서 1평방 피트에 2명 정도의 인원을 배치시키고 교통을 차단하도록 일러. 지원을 제의해 온 카우보이들은 사막 쪽에 배치시키고…….」

「한 걸음 삐끗하면 망신만 톡톡히 당하는 꼴이 되어 버려.」

「걱정 말게. 보란이 온 시내를 휘젓고 다니는 것을 앉아서 지켜보고만 있는 편이 더 망신이야. 하여간 자네 말을 들으니 코끝이 근질근질거리기 시작하는 걸. 보란의 냄새임에 틀림없어.」

「전에도 녀석은 그런 엉뚱한 짓을 해보인 적이 있다는 말인가?」

「물론, 많지. 언젠가 팜 스프링스에서의 경험담을 들려주겠네. 잊기 전에 말야.」

브로놀라가 시동을 걸자 자동차는 앞으로 튀어나갔다. 뒤에다 대고 빌이 외쳤다.

「조심하게, 핼.」

「O.K!」

사실 얼마나 무정한 노릇인가. 둘도 없는 우수한 병사를 독나방을 짓이기듯 처치하지 않으면 안 되다니. 얼마나 무의미한 손실이란 말인가. 조심하라고? 지금이 그런 말을 듣기에 어울리는 때일까? 천만의 말씀. 차라리 비정한 인간이 되라고 강요해야 옳을 것이다. 인정을 외면하고 임무를 완수하라, 뛰어가서 숭고

한 한 인간을 사살하고 오라, 하고.

물어볼 것도 없이 그는 그렇게 할 것이었다. 그것이 의무였기 때문이었다.

해럴드 브로놀라와 맥 보란이라는 서로 닮은 두 사람은, 그러나 정반대의 입장에 서서 각기 해야 할 일을 하고 있을 뿐이었다.

조 더 몬스터 스탄노는 여섯 살 이후로 한 번도 침대에서 떨어져본 적이 없었다.

그에게는 어제, 오늘이 몹시 운이 나쁜 날이었다. 연이어 사건이 터졌다.

산허리에서의 기습과 강탈, 탤리페론 형제로부터의 굴욕적인 전화, 보란 봉쇄의 실패, 뷰트의 침실로 숨어든 놈을 그냥 사라지게 했던 치명적인 실책. ……게다가 맥카랑 공항에서의 어이없는 희생도 있었다.

그뿐 아니었다. 울면서 살려만 달라는 뷰트를 싣고 드라이브 했던 그 찌는 듯한 사막을 생각하면 정말이지 재수 옴붙은 날이었다.

덕분에 꼬박 36시간 동안을 뜬눈으로 밝혀야 했다. 그러니 침대에서 굴러 떨어지는 것도 무리는 아니라고 할 수 있었다.

틀림없이 낮 사이에 일어났던 사건에 못지않은 기분 나쁜 악몽에 가위 눌리고 있는 것이라고 스탄노는 생각했다. 그리고는 약간 부어오른 눈꺼풀을 애써 뜨려 했다.

빌어먹을, 이대로 눈이 들러붙어 버리는 거나 아닌지 몰라, 하고 중얼거렸을 때 언뜻 두 다리가 멀어져 가는 것이 보이고 그러자 겨우 자신의 위치를 기억해낼 수 있었다.

의식의 밑바닥에 있는 무엇인가가 꿈틀거림과 동시에, 자기가 잠결에 굴러 떨어진 게 아님을 깨달았다. 어떤 괘씸한 놈에게 끌어내려진 것이었다.

스탄노는 무거운 몸을 뒤척이며 손바닥으로 얼굴을 문질렀다. 코가 쿡쿡 쑤시고 아팠다. 손가락 끝에 미지근한 액체가 끈적끈적하게 묻어났다. 도대체 어떤 미련한 새끼가 코피가 터지도록 끌어내렸을까, 불만을 품으면서 그가 몸을 일으켰다. 신음을 뱉으며 일어선 것까지는 좋았으나 그는 아직도 술에 취한 것처럼 다리가 휘청거렸다.

책상에 걸터앉은 사내는 동부의 조직원들이 늘 입고 다니는 실크 슈트를 착용하고 있다는 점을 제외한다면 전혀 기억할 수 없는 인물이었다.

스탄노의 손이 본능적으로 상의 밑을 더듬었다. 그러나 아무 것도 집히지 않았다.

책상 위의 사내는 그를 외면한 채 벽을 향하고 있었다. 그렇다고 어디를 보고 있는 것도 아니었다. 그저 한쪽 다리를 건들거리고 있을 뿐이었다.

「누구야, 넌?」

스탄노의 목소리는 거칠었다.

「미안하지만 스탄노 씨, 당신과 대화를 나누는 것은 금지되어 있어.」

스탄노는 울화가 치밀었다. 도대체 저 사내가 무슨 말을 지껄이고 있는지 알 수 없었다. 머리가 무거워 생각하기도 귀찮았으며 헛구역질이 올라올 것도 같았다. 하긴 하루 밤낮을 아무 것도 먹지 못했으니 위장이 등가죽에 달라붙는 것도 당연한 노릇이었다.

그는 비틀거리면서 소파로 되돌아갔다. 겨우 어떻게 몸을 끌어올리고는 무릎에 팔꿈치를 괴고 두 손으로 머리를 감싸안았다.

사내는 여전히 침묵을 지키고 있었다.

「그 새낀 어디 있어?」

사내는 여전히 다리만 흔들어댈 뿐 아무 말도 하지 않았다.

「귓구멍이 막혔나!」

스탄노는 버럭 고함을 쳤다.

「그 새끼는 어떻게 됐냐니까? 그 교활한 광대가 모든 걸 다 토해 냈나?」

그제서야 실크 슈트의 사내가 입을 열었다.

「옛날 이야기는 그만두시지, 스탄노. 당신과 이야기하고 싶지 않아서가 아니라 우리 대화가 밖으로 새어 나가게 되면 내 입장이 곤란해진다구, 알겠나?」

전혀 흔들림이 없는 침착한 목소리였다.

「뭐라구? 어째서 나와 이야기해서는 안 된다는 건가? 옛날 이야기라는 건 또 뭐야?」

스탄노는 당황하여 어리둥절해진 얼굴을 찡그리며 일어섰다.

「그리고 내 권총은 어떻게 했지?」

「실례지만 당신은 언제나 그렇게 잠깨는 버릇이 나쁜가?」

사내는 책상에서 내려와 스탄노 앞을 오락가락했다.

「정말 뭐라고 설명해야 할지, 스탄노 씨?」

그리고 그 무례한 사내는 느닷없이 컵에 든 물을 스탄노의 얼떨떨한 얼굴에 확 끼얹었다.

순간 조 스탄노는 화들짝 놀라 자세를 고쳤다. 눈앞에 어른거리던 안개가 가시기 시작했고 머릿속도 맑아졌다. 상대방의 의미 심장한 행동의 수수께끼가 풀림과 동시에 섬뜩한 느낌이 등줄기를 훑고 지나갔다.

「나하고는 이야기하고 싶지 않다구?」

치명적인 의미를 갖는 그 말을 아무래도 수긍할 수 없는 듯 그가 다시 물었다.

「글쎄, 미안하다고는 생각하지만.」

「무슨 뜻이지?」

「당신은 벌써 알아챈 것 같은데, 스탄노 씨?」

그랬다. 스탄노는 이미 알고 있었다. 지나칠 정도로 훤히 알고 있는 일이었다. 이와 똑같은 짓을 그 스스로도 몇 명이나 되는 사내들에게 가해 왔던가.

헤아릴 수 없을 만큼 많은 〈쓸모없는〉 요원들을 죽음의 길로 인도하면서 설마 그것이 언젠가 자신에게도 닥쳐 오리라고는 꿈에도 생각지 못했었다.

그런데 지금…… 어째서? 도대체 무엇 때문에? 아니다, 쓸데없는 말은 하지 않겠다. 어떤 일이 있어도 잠자코 있어야지. 뷰트가 그랬던 것처럼 울고불고 외치며 목숨을 구걸하는 수치스러운 짓만은 절대 않겠다.

스탄노는 어깨를 활짝 폈다. 당당하게 보이기 위해서.

「높은 분들이 당신을 만나고 싶어하는데, 스탄노 씨.」

「아, 그래? 그럼 만나야지. 어디 있나, 그 친구들은?」

「벌써 알고 있을 텐데?」

「건방지게 입을 놀릴 것까진 없잖아, 이 애송이야!」

「왜 이렇게 험하게 나오시나. 난 전혀 그럴 마음이 없는데 말 야.」

스탄노가 보기에도 눈앞에 있는 애송이는 비교적 공손한 편이 었다. 적어도 체면을 더럽히는 일만은 없을 것 같았다.

「난 대체 뭐가 어떻게 됐는지 통 기억이 나질 않아. 아직 잠이 덜 깬 모양이야. 아무튼 36시간 동안 한숨도 자지 못했거든.」

「그렇겠군.」

성큼성큼 다가온 사내가 스탄노의 상의를 펼치고 홀스터에 권 총을 집어넣었다. 그리고는 동정 어린 목소리로 그를 북돋아 주 었다.

「무기도 없는 맨몸으로 보내고 싶지는 않아서 말야. 가령 나의 원수라고 해도 그냥 그곳으로 가게 하는 짓은 피하고 싶어.」

「탄환은 있나?」

「물론이지.」

「그러니까 나는…….」

「당신에게도 그만한 권리가 있다고 봐.」

「고맙군. 어디서 만났더라, 자네하고는?」

「한 번도. 그보다 이건 어떨까?」

어느 틈엔가 사내의 손에는 커다란 소음기가 부착된 권총이 쥐어 있었다.

「안녕, 미스터 스탄노.」

보란은 말을 마치자마자 그를 문 쪽으로 밀어붙였다.

비틀거리며 벽에 부딪친 거한은 히죽히죽 웃음을 날리고 있는 실크 슈트의 사내를 매서운 눈초리로 쏘아보았으나 참기로 했다는 듯 나직하게 물었다.

「그 친구들은 어디에 있다고 했지, 의리 있는 애송이?」

「언제나 그 장소야.」

보란이 책상 위의 버튼을 누르자 문이 열렸다.

데굴데굴 구르듯이 뛰쳐나간 스탄노는 맥스가 앉아 있는 곳까지 단숨에 달려가 몸을 구부리고 속삭였다.

「이봐, 도대체 무슨 일이 일어났다는 건가, 맥스?」

「말하고 싶지 않습니다. 스탄노 씨.」

맥스의 무정한 대답이었다.

스탄노의 이마에서 식은땀이 스며 나왔다. 정체를 알 수 없는 사내로부터 문둥병자 취급을 당한 것까지는 참을 수도 있겠지만, 맥스에게조차 이런 대접을 받다니!

그러나 연민의 정을 간직하고 있는 경호원의 눈빛을 대하자 스탄노는 당황하여 황급히 시선을 돌리고 말았다. 그는 퉁기듯 일어나서 손수건으로 콧등을 눌렀다.

그가 주위를 휩싸고 있는 무서운 고요함에 놀란 것은 계단을 세 칸이나 내려갔을 때였다.

그는 고개를 돌려 사람의 그림자도 없는 카지노에 게임 테이블만이 정렬되어 있는 적적한 광경을 멍청히 지켜보았다.

조 더 몬스터 스탄노는 맥스 쪽을 돌아보았다.

「무슨 장난이란 말인가, 맥스?」

「그대로 잠자코 내려가시오, 스탄노 씨.」

맥스의 대답은 그것뿐이었다.

눈앞에 다시 자욱한 안개가 끼는 것을 느끼며 스탄노는 마피아 지옥의 한복판으로 천천히 발을 떼어 놓았다.

16
탈 출

골드 더스터 카지노의 새 지배인 〈뷘턴〉은 맥스의 앞을 지나
가면서 명령했다.

「좋아, 맥스. 따라와!」

보란이 계단으로 나서자 텅 빈 카지노를 휘적휘적 걸어다니고
있는 스탄노의 모습이 보였다. 보란은 상관 않고 계단을 내려갔
다. 맥스도 뒤떨어지지 않으려고 급히 따라왔다.

카지노와 인접한 식당에서는 모두들 마음껏 즐기고 있는 듯,
몹시 취하여 발음이 분명치 않은 흐릿한 목소리들이 흘러나오고
있었다. 보란은 혼자 빙그레 웃었다.

종업원들 모두 축제 분위기에 들떠서 보란이 바라는 장소에
집결해 있었다.

보란이 카지노로 들어서려는 순간 네 명의 사내가 로비 입구
에서 들어왔다.

「이봐, 잠깐 기다려!」

한 사내가 그를 불러 세웠다.

보란은 뒤를 돌아보았다. 패트와 마이크 탤리페론, 그들을 호위하는 경호원 무리였다.

네 사내가 보란에게로 다가왔다. 그들은 벌써 입구와 계단의 중간 지점까지 다가오고 있었다. 거기서 그들이 한 걸음이라도 더 다가온다면 보란이 살아 남을 수 있는 확률은 영영 사라지고 말 것이 분명했다.

보란은 그들 쪽으로 먼저 한 걸음 내디뎠다. 그리고는 몽유병 환자처럼 게임 테이블 사이를 방황하고 있는 조 스탄노를 가리키며 외쳤다.

「저기다!」

순간 네 사내는 어리둥절한 얼굴로 멈춰 서서 보란이 가리키는 방향을 눈으로 좇았다.

조 스탄노가 얼어붙은 듯이 그 자리에 멈춰선 채 고개를 들려는 참이다. 한 생애에 걸쳐 살인업을 해오는 동안 몸에 밴 전투원으로서의 본능이 다음 순간 그가 나타내 보인 기민한 동작으로 여실히 드러났다.

그는 적과 대항할 때의 자세를 취하면서 재빨리 몸을 숙였다. 늙은 타조처럼.

주위의 정경은 다년간에 걸쳐 그 자신이 입회했던 수백이 넘는 경우에서처럼 극히 자연스러우면서도 피할 수 없는 것으로 그의 눈에 비쳤다. 다만 다른 점이 있다면 처형당하는 쪽이 그 자신이라는 것이었다.

한때는 활기가 넘치는——비록 연출에 의한 것이긴 했지만

——화려한 사교장이었던 장소에 지금은 죽음의 냄새와 무거운 침묵만이 떠돌고 있었다. 더욱이 처형을 명령하는 손가락끝이 자기에게로 향하여졌으며 총살을 담당한 사내들이 다가오고 있는 중이었다.

그러나 스탄노는 그런 의식(儀式)에 순순히 복종할 마음은 티끌만큼도 없었다. 뷰트처럼 무릎을 꿇고 애원하지 않으리라고 스스로에게 다짐했던 터였다.

「좋아, 상대해 주지!」

그는 고함을 지르며 권총으로 손을 뻗쳤다. 동시에 보란은 재빨리 반대 방향으로 뛰었다. 맥스 키노도 뒤지지 않으려고 덩달아 뛰었다. 누군가가 당황한 목소리로 외쳤다.

「미, 미쳤습니다, 녀석은!」

순간 불꽃이 작렬했다. 총탄이 엇갈려 날아오는 가운데를 뚫고 보란과 맥스는 회계실로 뛰어들었다. 안으로 들어서자마자 보란은 경비원들에게 명령을 내렸다.

「사격전이 시작되었다! 아무도 이 안에 들여 보내서는 안 돼!」

회계실에는 예상을 훨씬 넘는 현금이 비좁도록 쌓여 있었다. 네 개의 계산대 위에는 1피트나 되는 두께의 돈다발이 산더미처럼 쌓아 올려졌고 감독원은 정신없이 왔다갔다 하면서 여직원들을 재촉하고 있었다.

보란이 그를 쏘아보며 물었다.

「끝냈나?」

「네, 전액 운반했습니다.」

「남김 없이?」

「네, 금고실에는 1센트도 남아 있지 않습니다.」

「총액은?」

「50만 달러가 조금 넘습니다, 뷘턴 씨. 그러나 정확한 액수는 아직······.」

「좋아, 그 정도로 해두고 여기서 도망쳐!」

「네?」

감독원은 돈다발과 보란을 번갈아 쳐다보았다.

「저 총소리가 들리지 않나? 어서 여자들을 인솔해서 대피해. 이런 곳에서 너희들을 죽이고 싶진 않아.」

「이대로······? 이 많은 돈을 내버려 두고 말입니까?」

「무얼 꾸물거리나? 가지고 도망칠 수는 없잖아?」

감독원은 멀뚱멀뚱 서 있기만 했다.

「여자들을 데리고 나가!」

보란이 고함치자 이미 인내의 한계에 달했던 감독원이 분통을 터뜨렸다. 그는 홱 등을 돌려 어깨를 치켜 올리고는 문 쪽으로 걸어가서 뒤도 돌아보지 않고 외쳤다.

「계집애들의 안내는 당신이 맡으면 될 거 아니오?」

그는 문을 쾅 소리나게 닫았다.

「자, 다들 나가! 빨리! 여기서 죽고 싶진 않겠지?」

보란이 나머지 사람들을 재촉했다. 그는 닥치는 대로 여자들의 등을 떠다밀었다. 벌집을 쑤신 듯한 소동을 어떻게든 수습해 보려고 맥스도 거들었다.

「맥스! 자네가 안전한 곳까지 인도하게.」

「알겠습니다, 보스.」

충직한 부하의 대답이었다.

마침내 방에는 보란과 회계실 담당 경비원밖에 남아 있지 않았다. 보란은 경비원을 쏘아보았다.

「뭔가, 자넨? 설마 이 돈을 다 먹겠다는 배짱은 아닐 테지?」

「처, 천만의 말씀입니다.」

경비원은 더듬거리며 대꾸하고는 곧 밖으로 뛰어나갔다.

보란은 지폐 더미로 다가가서 돈다발을 덥석 움켜쥐었다. 50달러에서 1000달러까지 여러 액면의 다발이 섞여 있었다. 그 중에서 가장 고액 뭉치를 하나 집어 재킷 안주머니에 찔러 넣었다.

그런 다음 소화 장치를 찾아내어 자동 스프링클러를 망가뜨렸다. 그리고는 숨 돌릴 사이도 없이 문 앞으로 가 엎드리면서, 특수 화약의 안전 장치를 푼 뒤 지폐를 쌓아 놓은 테이블에 집어던졌다.

슈욱 하고 연기를 뿜기 시작한 폭발물은 빙글빙글 회전하면서 화학성 약품을 사방에 뿌렸다.

그것을 확인한 다음 보란은 급히 밖으로 뛰쳐나갔다. 문을 쾅 닫고 다이얼식의 자물쇠로 단단히 잠근 후 그는 복도에 서 있는 경비원에게 일렀다.

「아무도 들여 보내서는 안 돼!」

「네.」

「가령 하나님이 나타날지라도 출입시켜서는 안 된다, 알겠나? 이 방은 통제 구역이야.」

「알겠습니다.」

보란은 다시 전진하여 카지노 끝에 이르렀다. 그곳을 지키고 있던 2명의 보초에게 같은 명령을 되풀이했다. 두 사람 모두 내키지 않는다는 얼굴이었다.

「누가 강도짓이라도 했습니까, 뷘턴 씨?」

「아아, 바깥의 소동 같은 것에 신경쓸 필요 없어. 자네들은 여기에서의 임무만 실수 없이 완수하면 돼!」

보란은 모퉁이를 돌아 카지노의 메인플로어로 나갔다. 그때 맥스 키노가 돌아왔다. 그는 조심조심 사격전의 현장을 우회하여 오는 중이었다.

보란의 위치에서는 자세히 확인할 수 없었지만 로비 입구에 피를 흘리며 뻗어 있는 시체 중의 하나는 탤리페론인 것 같았다. 둘 가운데 누구인지는 알 수 없었다.

갑자기 키노가 외쳤다.

「위험합니다, 보스! 조가…….」

테이블 구석 어디에선가 총소리가 울린 순간, 몸집이 작은 경호원은 바닥으로 몸을 던졌다. 보란도 그에 따랐다. 다음 순간 보란의 손에는 검은 악마, 베레타가 쥐여 있었다. 로비에서 몇 명의 사내들이 뛰어 들어오는 것을 보고 보란이 고함쳤다.

「밖에 있어!」

또다시 총성이 울리고 탄환이 문턱에 박혔다. 그 한 발로 보란은 조 스탄노의 위치를 간파했다. 보란은 기어서 테이블 사이를 빠져 나와 표적을 겨누었다.

베레타가 두 번 목쉰 소리를 토해냄과 동시에 스탄노의 두 다리는 자유를 잃고 말았다. 거한은 쓰러지며 신음했다.

복도에 있던 사내들이 일제히 밀어닥치는 바람에 보란의 출구가 막혀 버렸다. 방법은 오직 하나, 조 스탄노 쪽으로 빠져 나가는 수밖에 없었다.

보란은 테이블 밑을 기어 스탄노가 널브러져 있는 데에 이르렀다. 스탄노의 몸은 벌집처럼 되어 있었다. 가슴에 뚫린 무수한 구멍과 복부를 관통한 자리에서 피가 쏟아져 나왔고 입가로도 한 줄기 선혈이 흐르고 있었다. 바지는 보란이 명중시킨 탄환 때문에 붉게 물들어 가고 있었다.

「이봐, 용감한 사나이. 내가 죽인 놈은 어느 쪽이지? 패트인가? 아니면 마이크?」

「양쪽 다라고 생각되는데, 조.」

보란은 자신의 원래 목소리로 대답해 주었다. 조 스탄노의 얼굴에 희미한 웃음이 떠올랐다. 그는 연거푸 기침을 해댄 뒤 피거품을 토해 내면서 말했다.

「대단치 않은 녀석들이란 걸 처음부터 알고 있었지.」

힘겹게 말을 마치자마자 그는 고개를 떨구었다. 숨을 거둔 것이었다.

일제 사격의 불꽃이 그 테이블 밑으로 집중된 것은 바로 그때였다. 보란은 재빨리 몸을 굴려 위기를 모면했다. 어디에선가 쥐어짜는 듯한 맥스의 음성이 날아왔다.

「어떻게 됐습니까, 보스?」

「도박은 끝났어, 맥스! 이젠 자네 재량껏 행동해!」

맥스로서는 그런 상황에 부딪쳐 보기는 처음이었다. 언제나 지시받는 생활을 해온 그에게 별안간 재량껏 행동할 것이 명령되었으니 그가 이해하지 못할 것은 당연했다. 그는 무턱대고 보란에게로 기어왔다.

「조리실로 뛰어듭시다, 보스. 그게 안전합니다.」

이때 텔리페론 형제 중 살아 남은 사내가 계단을 뛰어 내려왔다. 그 뒤를 부하 한 명이 따르고 있었다. 보란의 귀에 외톨이 텔리페론의 외침이 들렸다.

「보란이다! 놓치지 마라!」

보란은 파라베람 탄환을 쏘아올렸다. 텔리페론이 주춤하는 사이에 그는 계단 밑으로 날쌔게 몸을 날렸다. 누군가가 소리쳤다.

「보스가 맞았다!」

연속 동작을 취하는 동안에 보란이 끼고 있던 선글라스 렌즈가 박살나 버렸다. 그러자 맥스 키노는 안경테 속에서 빛나고 있는 눈을 들여다보고 사건의 진상을 순간적으로 알아차렸다. 그는 혼란스러워진 자신의 머리를 마구 흔들었다.

그러나 진상을 알아차렸다는 것은 그에게 아무런 의미도 갖고 있지 않았다. 상대의 정체가 무엇이든 간에 이미 보스는 보스였다.

「따라오십시오, 보스!」

달리 뾰족한 수는 없었다. 어차피 한 배에 탄 신세였고, 더욱이 시간은 자꾸 흘렀다. 보란은 맥스의 뒤를 따랐다. 마호가니와 녹색 펠트의 정글 사이를 기고, 뒹굴고, 미끄러지기도 했다. 그 아슬아슬한 순간이 끝없이 이어질 것 같은 생각이 들기 시작했을 때 맥스가 날카롭게 말했다.

「똑바로 뛰어드십시오. 뒤에서 엄호하겠습니다!」

보란은 조금 떨어진, 커튼으로 가린 문을 향해 뛰었다. 빗발치듯 탄환이 날아왔다. 살육의 대상을 찾아 종횡무진 날아다니는 성난 벌떼가 허공을 가르며 벽에 들이박히기도 하고 두 줄로 늘어선 테이블을 깎기도 했다. 냉정히 응사하는 맥스의 모습이 언뜻 눈에 들어왔다.

「연방 보안관이다! 사격을 중지하고 무기를 버려라!」

총성이 멎고 대신 우렁찬 목소리가 장내에 울려 퍼졌다.

보란은 얼른 커튼 사이를 빠져 나갔다. 짧은 복도를 통과하여 조리실에 이르렀다. 힘껏 문을 박차고 들어섰으나 급정지해야만 했다. 쇼트건을 겨눈 사내가 눈앞에 우뚝 서 있었던 것이다. 해럴드 브로놀라였다.

법의 냉정한 집행관은 그러나 슬픈 듯한 얼굴로 일순간 사격을 망설였다. 심장이 한 번 고동을 칠까 말까 하는 짧은 순간의 멈칫거림이었다.

시간이 정지했다. 보란의 머리는 어지럽게 회전하여 수없는 상념을 주마등처럼 떠올렸다. 문득 사람의 그림자가 뒤따라 들어온 것을 의식했다. 그리고 그는 노련한 경호원 맥스 키노가 거의 무의식적으로 몸을 날린 것을 알아챘다.

맥스는 몸에 배인 보호 본능으로, 소중한 보스의 육체와 죽음의 탄환 사이에 자신의 몸을 내던진 것이었다. 그것은 바로 맥스 키노의 죽음의 순간이었다.

브로놀라는 맥스가 맞쏜 총알을 허벅지에 맞고 무릎을 꿇었다. 쇼트건이 바닥에 내동댕이쳐졌다.

보란과 브로놀라의 시선이 허공에서 서로 엉켰다. 보란은 잠깐 침통한 생각에 잠기면서 충성스러운 경호원의 유해에 말없는 작별을 고했다. 이어 그는, 브로놀라의 어깨를 가볍게 두들겨 주고 앞으로 달려갔다.

불길한 느낌이 들었다. 어쩐지 크랩아우트를 쥐고 있는 것 같았다. 그 예감은 뒷문에 가까워질수록 더욱더 강해졌다. 아니나 다를까, 실크 슈트를 입은 사내들의 무리가 마주 쏟아져 들어왔다.

「위험해!」

귀에 익은 음성이 등 뒤에서 소리쳤다.

보란은 새 클립을 베레타에 끼워 넣던 참이었다. 간발의 조작. 그와 동시에 그는 적의 총구를 피해 몸을 날려 심장이 멎을 것 같은 순간에 대비했다.

경고의 주인공은 금발의 여인, 레인저 걸스의 리더인 토비였다. 신경이 곤두서는 찰나 그녀의 동작이 시야에 잡혔다. 처음 만났을 때와 같이 몸에 찰싹 달라붙는 핫팬츠 차림이었다. 더욱이 그녀는 니켈 도금한 소형 리볼버의 총구를 앞으로 내민 채 쉴 새 없이 방아쇠를 당기고 있었다. 붉은 혓바닥이 널름거렸다.

정면에서 나타난 사내들이 당황하여 우왕좌왕 달아나려 했다. 그녀는 재촉이나 하듯 탄환 세례를 퍼부었다.

보란도 합세하여 세 발을 쏘아 놈들을 몰아냈다. 그리고 나서 토비의 손목을 거머쥐고 뒷문으로 끌고 갔다.

「달아날 길은 사막밖에 없다구요!」

「그렇지도 않소.」

신선한 공기를 폐 속으로 밀어넣으면서 보란은 옥상으로 통하는 강철 사다리를 기어오르기 시작했다.

8시 59분.

마침내 보란이 카지노의 옥상에 올라섰을 때 어렴풋이 프로펠러가 공기를 가르며 다가오는 소리가 들렸다.

토비도 사다리를 올라오고 있었다. 보란은 다가가서 그녀를 꾸짖었다.

「내려가요! 빨리 도망쳐야 하오!」

「당신이 무사히 빠져 나가는 것을 확인하고 싶어서 그래요.」

그녀는 헐떡이며 대꾸했다. 그리고는 힘에 겨운 듯 구원을 요청했다.

「가냘픈 여인을 도와 주지 않겠어요?」

보란은 아래를 내려다보고 나서 결심한 듯 그녀의 팔을 잡아 끌어올렸다. 이어서 세 발의 탄환을 내려보냈다. 비명과 함께 토비를 뒤쫓던 사내의 몸이 바다로 떨어졌다.

「도와준 것은 고맙게 생각하고 있소. 그러나…….」

돌연 토비가 탄환을 발사했다. 보란의 뒤쪽 난간을 기어오르던 사내가 맥없이 밑으로 굴러 떨어졌다. 또 한 번 그녀의 도움을 받아들인 결과가 되었다.

토비가 침을 꿀꺽 삼키며 말했다.

「저건…… 헬리콥터 소리 같은데요?」

「그랬으면 좋겠는데 말이오.」

보란이 어두운 하늘을 올려다보며 대답했다.

그때 헬리콥터가 모습을 드러냈다. 맞은편 호텔의 창문에서 총알이 날아왔다. 보란을 저지하려는 최후 대책이었다. 보란도 건너편 유리창을 향해 계속적으로 베레타를 쏘아 댔다.

이윽고 헬리콥터가 보란의 바로 위에 와 멈추었다. 줄사다리가 내려졌다. 그는 한 손으로 사다리를 붙들고 토비를 끌어당겼다.

「자, 먼저 올라가요, 토비.」

그러나 토비는 도리질을 했다.

「난 여기서 작별하겠어요. 행운을 빌어요. 반드시 또 만날 수 있을 거예요.」

보란은 초를 다투는 절박한 상황 속에서도 잠깐 그녀를 바라보았다. 모든 것을 이해한다는 듯 고개를 끄덕이는 그의 표정에서 토비는 감사와 일말의 애정을 읽을 수 있었다.

「알겠소. 토비, 당신의 주사위에 행운이 따르기를…….」

그는 사다리에 체중을 실었다. 중간쯤 올라가서 한 손을 크게 흔들어 조종사를 재촉했다.

「어서 출발해!」

헬리콥터는 보란을 대롱대롱 매단 채 수직으로 급상승하여 사막의 상공을 향해 날아갔다.

눈부신 네온의 숲은 점점 어둠 속으로 가라앉더니 마침내는 무의미한 한 점으로 변하고 말았다.

「약속은 9시였었죠?」

프로펠러가 내는 굉음에 자신의 말이 지워지지 않게 하려고 조종사는 악을 쓰다시피 했다.

「시간에 맞게 도착한 겁니까?」

「아, 지나칠 정도로 정확했어!」

보란도 마주 소리쳤다.

그는 라스베이거스에서의 순간순간을 되새겨 보았다.

칼 라이온스를 만나면서부터 시작된, 미국 최대의 환락 도시를 좀먹고 있던 병근을 조금이나마 잘라내는 작업이었다. 물론 언젠가 또 환부는 본래대로 비대해질 것이었다. 그것은 그때 가서 해결할 문제였다. 어쨌든 그 과정에서 몇 명인가의 멋있는 사람을 만났고 작별을 고했다.

암흑계에 투신하고 있는 소인배의 본성에 대해서도 새로운 발견을 했다. 보란은 맥스 키노를 잊을 수 없었다. 돌이킬 수 없는 실책을 범한 브로놀라도 너무 낙담하지 않았으면 좋겠는데…….

탤리페론 형제는 어떻게 되었을까? 복수를 꾀한 것은 그쪽이었다. 그러나 이제는 녀석들의 이름을 전투 명단에서 지워 없애는 성급한 짓은 하지 않으리라. 죽었다고 생각하고 있었는데 불쑥 나타난 경우가 더러 있었으니까……

미국에서 가장 뜨거운 피가 끓고 있는 코미니언, 토미 앤더스. 그야말로 참다운 사나이였다. 그가 미국인의 영혼을 세척하는 직업에서 발을 빼지 말기를……!

마지막으로 그 문제의 아가씨, 토비 레인저. 그녀의 정체는 아무래도 미심쩍은 구석이 있었다.

FBI? 그렇다면 칼 라이온스의 협력자였단 말인가? 토미 앤더스도 한패였을까?

그럴지도 모르는 일이었다.

보란은 그녀와의 작별을 회상하면서 한숨을 쉬었다. 그녀에 대한 걱정은 안 해도 좋으리라. 그 아가씨라면 어디에 내버려둬도 스스로의 일은 혼자 해결할 수 있을 것 같았다. 하지만 그녀의 정체는 생각할수록 종잡을 수 없었다.

어쩌면 그녀는 그녀 나름대로의 역할을 완수하고 있는 중인지도 몰랐다. 자신이 뷘턴으로 변신했던 것처럼 그녀도 레인저 걸로 위장했음에 틀림없었다.

앞으로 그들을 다시 만날 수 있을까? 가능성은 충분했다. 여태까지만 하더라도 그런 경험이 여러 번 있었다. 결국 전투의 세계는 좁고 한정된 현장인 셈이었다.

그건 그렇고…… 지금은 어디를 향하여 가고 있는 것일까? 불확실한 미래로 막연히 이어지는 이 행로의 끝닿는 데는 과연 어디일까?

돈이 가득 든 가방을 무릎에 얹고 불안스레 쭈그리고 앉아 있는 계리사의 옆얼굴을 보란은 가만히 들여다보았다.

「자네가 램키인가?」

보란이 큰 소리로 묻자 상대방은 눈을 깜박거리며 조심조심 고개를 끄덕여 보였다.

「조종사의 이름은 잭 그리말디고?」

계리사는 또 고개를 끄덕이고는 보란의 눈길을 피했다.

보란은 온몸의 힘을 빼고 등받이에 편안히 기대었다.

라스베이거스는 이제 지평선 위의 빛나는 작은 점에 지나지 않았다. 그들은 예상되는 레이더 탐지를 피해 상당히 저공으로 비행하는 중이었다. 머지않아 보란은 〈카리브해의 회전 목마〉의 중심지 샌 주안에 도착할 터였다.

보란은 아직까지 조직의 중심층과 대결해본 적이 없었다. 그러므로 〈카리브해의 회전 목마〉는 그들과의 한판 승부를 가릴 수 있는 절호의 기회를 마련해줄 것 같았다.

뜻하지 않은 라스베이거스의 방문으로 적을 혼란에 빠뜨리고 거기에다 새로운 전쟁의 빌미를 만들어 놓았으니……

보란은 빙그레 미소 지으며 잿더미로 변했을 금고실의 지폐를 회상했다.

그는 담배에 불을 붙이고 연기를 깊숙이 빨아들였다. 마음의 동요는 전혀 일지 않았다. 비록 마피아 전멸 가도의 길이 더욱 험난해지고 그 피곤한 여로의 끝에 더 뜨거운 환영식이 기다리고 있을지라도……

(계속)